O vírus das tulipas vermelhas

DANIËLLE HERMANS

O vírus das tulipas vermelhas

Tradução de

PATRICIA BROERS-LEHMANN

EDITORA RECORD
RIO DE JANEIRO • SÃO PAULO
2015

CIP-BRASIL. CATALOGAÇÃO NA FONTE
SINDICATO NACIONAL DOS EDITORES DE LIVROS, RJ

Hermans, Daniëlle, 1963-
H473v O vírus das tulipas vermelhas / Daniëlle Hermans; tradução de Patricia Broers-Lehmann. – 1. ed. – Rio de Janeiro: Record, 2015.

Tradução de: Het tulpen virus
ISBN 978-85-01-08747-8

1. Ficção holandesa. I. Broers-Lehmann, Patricia. II. Título.

15-21766 CDD: 839.313
CDU: 821.112.5-3

Título original: HET TULPEN VIRUS

Texto revisado segundo o novo Acordo Ortográfico da Língua Portuguesa.

Editoração Eletrônica: FA Studio

Direitos exclusivos de publicação em língua portuguesa somente para o Brasil adquiridos pela
EDITORA RECORD LTDA.
Rua Argentina, 171 – Rio de Janeiro, RJ – 20921-380 – Tel.: 2585-2000,
que se reserva a propriedade literária desta tradução.

Impresso no Brasil

ISBN 978-85-01-08747-8

Para Taco

Alkmaar

21 de julho de 1636

Ela espantou a mosca e franziu o cenho ao olhar para a prateleira vazia. O pão que havia assado no dia anterior sumira, e ela sabia exatamente onde fora parar: na barriga daqueles ébrios que iam até lá beber seus salários miseráveis.

Passou as mãos úmidas no avental, desfez o laço sob o queixo e, com a touca, deu uma bordoada na mosca que havia pousado na janela. A criatura azul-esverdeada caiu e se espatifou sobre a bancada, debatendo-se despropositadamente. Ela pegou o pilão com as mãos, cerrou os dentes e esmagou o inseto. Depois, colocando o pesado utensílio de lado, limpou o suor da testa e saiu da cozinha, na esperança de ainda encontrar pão no balcão da taberna.

Abriu a porta. O mau cheiro engolfou-a como uma onda, e ela recuou até encostar no batente da porta. Com os olhos fixos no cadáver estirado em frente ao armário, estendeu a mão para trás, para segurar-se no umbral.

— Sr. Winckel?

Hesitante, soltou o apoio e entrou no salão. Ao se aproximar do corpo, levou uma das mãos à boca, e a outra à barriga. O fedor de urina misturado ao cheiro metálico de sangue invadiu suas narinas. Ela respirou fundo para conter o enjoo, mas seu estômago revirou-se de tal forma que o vômito pingou por entre os dedos e escorreu do nariz. Virou-se, colocou as mãos nos joelhos e começou a arfar. A náusea arrefeceu.

Com as pontas do avental, limpou os restos de secreção da boca. Lentamente, virou-se mais uma vez para o corpo. Contraiu os lábios, soltou o ar e olhou para baixo de esguelha.

O olho direito do morto estava parcialmente pendurado, e retribuía seu olhar. A pancada no lado esquerdo do crânio havia sido tão brutal que não restara quase nada daquela parte da cabeça. Sangue, fragmentos de ossos e cérebro haviam se misturado no assoalho, formando uma gelatina rosada. O líquido grudara nos rejuntes porosos que uniam os ladrilhos.

Quando ela se debruçou sobre o homem, as moscas levantaram voo simultaneamente e começaram a circundar sua cabeça. Caindo de joelhos, ela estendeu as mãos trêmulas na direção do corpo, mas logo as recolheu. Um maço de papéis enrolado havia sido colocado na boca do cadáver, com tanta força que chegara a rasgar-lhe os cantos dos lábios. O sorriso repugnante estampado no rosto do morto reavivou-lhe o mal-estar. Ela baixou o olhar para o torso do homem. A camisa rasgada formava dobras nas laterais da imensa barriga, que se projetava, quase despudoradamente. Sem saber para onde olhar, ela foi seguindo a linha de pelos castanhos da barriga até chegar ao cós da calça. Ao redor da virilha, o tecido preto tinha um tom ainda mais escuro e, constrangida, ela baixou os olhos.

Quando os ergueu de novo, o sol já o havia encontrado. Os raios penetravam pelas venezianas entreabertas da janela e incidiam sobre a fivela prateada do sapato do homem.

— Ah, meu Deus, Sr. Winckel! — sussurrou ela. — O que fizeram com o senhor?

E, aos tropeços, saiu em disparada do salão.

No silêncio daquela hora matinal, as moscas fizeram um barulho ensurdecedor.

1

Ele levantou-se gemendo. Acendeu a luz da mesinha de cabeceira e olhou para o relógio. Quem seria louco de aparecer ali às 4 horas da manhã? Deixou-se cair de volta na cama e fitou o teto — já havia memorizado cada adorno, rachadura e ondulação. Não pregara o olho nas últimas semanas. E agora, mais essa! No entanto, ficar se remoendo seria inútil, ele sabia disso. Também sabia que a insônia fazia tudo parecer pior e, de certa forma, mais definitivo. Mesmo assim, não conseguia desanuviar os pensamentos. Sua mente girava sem parar; uma betoneira cheia de problemas cuja mistura teimava em não formar um produto final claro. Aquilo o estava enlouquecendo.

O toque ininterrupto da campainha começou a alternar com fortes pancadas na porta.

— Já vou! Já vou!

Jogou as pernas para fora da cama. Com os pés, procurou os chinelos e calçou-os. Apoiando-se no colchão, levantou-se e pegou o roupão. Depois de vesti-lo com certa dificuldade, dirigiu-se à janela e abriu a cortina. Ficou sem ar.

O vidro parecia ter levado um jato de areia. Ele não enxergava um palmo diante do nariz. Tenso, estreitou os olhos atentamente pela janela. Dos Cadogan Gardens, o parque privativo daquele conjunto de casas, só dava para ver os vagos contornos do portão e da cerca viva que o circundava. O hotel Cadogan, do outro lado da rua, geralmente banhado em luz, havia desaparecido. Também a Sloane Street, que ele sempre conseguia ver dali, sumira, tragada pela névoa londrina.

Esticou o pescoço para a frente o máximo que pôde. Quando o rosto tocou o vidro gelado, ele estremeceu. Olhou para baixo. As duas pequenas pilastras que ornamentavam a entrada para sua casa setecentista brilhavam sob a luz fraca dos postes de rua.

Em geral conseguia ver algo dali, ao menos um mero vislumbre de quem aguardava sob o alpendre até que alguém abrisse a porta. Mas não aquela noite. Absolutamente nada. Pela milionésima vez amaldiçoou a prefeitura, que, segundo ele, não trocava as lâmpadas dos postes de rua desde a Revolução Industrial.

— Bebedores de chá idiotas. Devem achar que ainda vivemos na era de Dickens.

Limpou o vidro embaçado pelo próprio hálito ao falar. As pancadas na porta e o toque da campainha continuavam ininterruptos e cada vez mais estridentes. A pesada cortina roçava em suas costas e na nuca. Ele empurrou o grosso tecido para o lado e, irritado, fechou-a novamente com um puxão. Tudo ficou quieto por um tempo, como se a pessoa lá embaixo tivesse ouvido o tilintar das argolas no varão. Após alguns segundos, as batidas recomeçaram.

Ele seguiu para a porta do quarto, suspirando. Na soleira, apertou um pouco o cinto do roupão. Deslizou a mão pela parede até encontrar o interruptor e empurrá-lo para cima. Por alguns instantes foi ofuscado pelo reflexo da luz do candelabro nos ladrilhos brancos do hall, lá embaixo. Seguiu até a escada. O barulho havia cessado. Silêncio sepulcral. Inclinou um pouco a cabeça, como um cão que ouve um barulho e não consegue reconhecê-lo. Nada. Murmurou um palavrão. Quando estava prestes a voltar, escutou outra vez as pancadas na porta.

— Sr. Schoeller, está aí? Sr. Schoeller? — perguntou uma voz abafada.

Hesitante, ele desceu alguns degraus.

— Quem é?

— Polícia. Abra a porta, por favor. É sobre o seu sobrinho.

— Alec?

Apoiou a mão trêmula no corrimão e desceu as escadas o mais rápido que suas pernas debilitadas permitiram. O pé escorregou no último degrau. Ele agitou os braços no ar e praguejou. Assim que recuperou o equilíbrio, correu para a mesa que havia no centro do hall e pegou o chaveiro. As pancadas haviam recomeçado.

— Estou indo, espere um instante — gritou, sem fôlego, enquanto abria o pequeno painel ao lado da porta de entrada.

Digitou o código do alarme, ficou na ponta dos pés e olhou para fora através da janelinha. A luz do hall iluminou o emblema no capacete do policial, tranquilizando-o. Ele colocou a chave na fechadura e abriu a porta.

2

Alec acordou assustado ao ouvir o toque do celular. Tateando o chão, tentou alcançar o aparelho seguindo o brilho azul da tela. No pequeno visor, o rosto de Frank lhe sorria e fitava-o nos olhos, direto da praça San Marco, quase sucumbindo sob o peso dos pombos em seus braços abertos. Eram 5h30.

— Frank? Alô?

Do outro lado da linha, o telefone caiu no chão com um estrondo, seguido pelo som de algo sendo arrastado. Aproximou ainda mais o celular da orelha. Dava para ouvir alguém respirando com dificuldade. Então um grito de dor, tão próximo, tão alto e tão desumano que ele quase deixou o aparelho cair. Levantou-se em um pulo, prendeu o celular entre o ombro e a orelha e foi pegar as roupas.

— Alô, Frank? É você? Está me ouvindo?

— Você tem que vir... para casa.

Ele falava tão baixo que Alec mal reconheceu sua voz. Um gemido cresceu até tornar-se um agonizante grito de dor.

— O que houve? Está se sentindo mal? Quer que eu chame uma ambulância?

— Não! — Foi a resposta, súbita e ríspida, seguida por sussurros inaudíveis.

— O quê? O que foi isso?

— Venha! — Seu tom de voz foi subindo como o de uma criança que sabe apenas algumas palavras.

— Estou indo. Não desligue! Está me ouvindo? Não desligue!

Alec calçou os sapatos e saiu correndo do quarto. Ao passar pelo parapeito, pegou a jaqueta de couro que ali estava. Desceu as escadas às pressas e abriu a porta da frente com violência.

A neblina cobriu-o como um véu e serpenteou pelos pés. Ele mal conseguia avistar o outro lado da rua. Os postes de luz vitorianos à margem do Tâmisa emitiam um brilho fantasmagórico. A névoa sufocava todos os ruídos, mas acentuava os odores da cidade, intensificando a sensação de Alec de que uma desgraça acontecera. Com o coração acelerado, levou o celular ao ouvido.

— Ainda está aí?

Ouviu apenas um ofegar fraco.

— Frank, aguente firme. Estou entrando no carro agora, chego aí em cinco minutos.

As ruas vazias davam passe livre a seus temores. O que teria acontecido? Por que Frank não quisera que ele chamasse uma ambulância? Afundou o pé no acelerador, e o carro disparou.

Em todos aqueles anos sob os cuidados do tio, não vivera nada semelhante. Seu pânico não se limitava ao medo de que algo terrível pudesse ter acontecido a Frank, mas também ao fato de subitamente sentir-se responsável por ele, sensação com a qual era confrontado pela primeira vez na vida. Além do mais, Frank nunca tinha problemas. Era sempre ele, Alec, quem, durante suas bebedeiras homéricas, acordava o tio tarde da noite para conversar, à procura de inspiração para pintar a obra de arte singular que tanto almejava produzir. No momento em que Alec desembarcara no aeroporto, aos 7 anos, e aquele total desconhecido à sua espera o erguera nos braços, a relação dos dois se consumara. Durante anos a fio, Alec havia explorado aquele amor incondicional. O tio aceitava tudo. Na época em que suas inconsequências levaram-no ao fundo do poço, Frank não deixara de ampará-lo. Sem acusações, sempre compreensivo.

O sinal laranja que piscava nos cruzamentos tornou-se sua baliza naquela noite cerrada. Ele disparou pela Kings Road, desviou de um grupo de turistas bêbados, atravessou a praça Sloane e entrou na Sloane Street sem reduzir a desvairada velocidade. Dobrou à esquerda e, cantando pneu, parou na calçada do número 83 da Cadogan Place. Abriu a porta do carro abruptamente e subiu em um pulo os quatro degraus que levavam à entrada. Mal encostara a chave na fechadura quando a porta se destravou.

Ele entrou no hall escuro. Na penumbra, os homens e mulheres retratados nos quadros do século XVIII que enchiam as paredes olhavam-no com arrogância e censura.

— Frank?

Sua voz, mais aguda do que de costume, ecoou pela casa silenciosa. Nenhuma resposta. Das portas que davam para o hall, a única aberta era a do escritório. A luz que vinha do cômodo se projetava num triângulo sobre o piso. A passos largos, ele aproximou-se da porta e escancarou-a. Então ficou imóvel, os pés colados ao chão.

Frank encontrava-se caído em frente à lareira. Seus pequenos olhos azuis fitavam o sobrinho fixamente. Enquanto Alec corria até ele, Frank moveu os lábios. Ele havia conseguido tirar a larga fita adesiva que cobria sua boca, deixando-a pendurada no rosto. Os dedos agarravam o celular. Ele abriu a mão. O aparelho escorregou para o piso de madeira, deixando um rastro de sangue.

Alec caiu de joelhos. Desgrudou a fita com cuidado e observou o estado do tio. A camisa do pijama havia sido rasgada na parte da frente. No torso, cortes profundos. Sangue tingia-lhe a barriga e o peito. Com o braço esquerdo ele segurava com força um livro, apertando-o contra o abdômen, os nós dos dedos já brancos de tanto esforço. Quando Alec pegou a mão de Frank, ele soltou um terrível grito de dor. Alec então viu o sangue jorrar dos dedos sem unha do tio.

— Meu Deus! Quem fez isso com você?

Frank baiançava a cabeça de um lado para o outro lentamente. Um tremor percorreu-lhe o corpo. Seu olhar era de desespero.

— Vão... Vão quebrar tudo. Eles...

— Não diga nada. Espere.

Alec apoiou-se de lado e alcançou uma almofada, que colocou sob a cabeça do tio. Quando retirou a mão, estava coberta de sangue. Com cuidado, virou a cabeça de Frank. Na têmpora havia uma ferida, um círculo perfeito, como se alguém tivesse lhe dado uma pancada tão forte com uma barra de aço que o crânio afundara. Alec procurou se controlar, contendo a emoção.

— Vou chamar uma ambulância.

Frank balançou a cabeça devagar.

— Não... Veja, aqui...

Com enorme esforço, e lentamente, Frank abriu o livro. Alec levantou-o com cuidado. A mão do tio pousava espalmada sobre o papel amarelado. Seus dedos borboleteavam.

— Vai ficar tudo bem. Vamos, pode soltar.

— Não, veja.

A mão de Frank deslizou da página, revelando um desenho: uma flor com pétalas brancas que terminavam em labaredas vermelhas, tão vermelhas quanto as impressões digitais em sangue que Frank deixara no papel. O caule curvava-se sob o peso da tulipa em plena florescência, como se não conseguisse sustentar a própria beleza.

— Já vi, agora pode soltar — disse Alec, baixinho, enquanto retirava cuidadosamente o livro das mãos do tio e colocava-o ao seu lado.

Ele se debruçou sobre Frank, cuja respiração estava fraca. Os olhos estavam fixos no sobrinho, vítreos. Seu corpo estremeceu ao levantar a cabeça e apontar para o livro com o dedo trêmulo.

— Tulipa, tul...

A mão tombou pesada sobre o assoalho. Com um gemido, Frank deixou a cabeça pender. Fitou Alec com olhar penetrante e respirou fundo, pela última vez.

— O livro, leve o livro. Sem polícia.

Devagar, suas pálpebras se fecharam.

— Frank?

Diante de Alec, a vida do tio se esvaía, praticamente descolando-se dos contornos do seu corpo a cada músculo que afrouxava. Ele segurou-lhe o ombro com força e o sacudiu.

— Ainda está me ouvindo? — gritou. — Por favor, não se entregue, Frank, não me abandone!

Xingando baixinho, ele pegou o celular e discou o número da emergência. Mal conseguia falar.

— Socorro, me ajude, por favor, meu tio está gravemente ferido. Cadogan Place, 83. Rápido, venham rápido!

Jogou o telefone longe. Lágrimas escorriam-lhe pelo rosto, que cobriu com as mãos. Então, ao sentir Frank segurar-lhe o antebraço, olhou para ele.

— Desculpe — sussurrou Alec. — Por tudo.

— Cuidado... perigoso. Eu amo você...

A dor nos olhos de Frank foi desaparecendo. O rosto relaxava. Ele continuava a olhar para Alec, mas agora, com olhos opacos e sem vida.

Alec procurava se controlar a todo custo. O que Frank lhe dissera? Algo sobre o livro? O que ele tinha de fazer mesmo? Sumir com o livro dali, e nada de polícia. Era isso.

Ele pegou o exemplar, correu para fora e pulou para dentro do carro. Puxou a alavanca às cegas e o capô frontal do Porsche se abriu. Ao colocar o livro ali embaixo, ouviu as sirenes ao longe. Já soavam mais próximas quando ele deixou cair a tampa. Voltou para dentro apressado e ajoelhou-se ao lado de Frank.

3

O homem estacionou o mais perto possível da ponte sobre a estrada de ferro. Quando desceu, fez uma careta em repugnância. O cheiro do rio, uma combinação de cobre e podridão, penetrou com invasiva intimidade seu nariz hipersensível. Abotoou o casaco e cobriu o rosto na echarpe.

Com um estalido, o porta-malas se abriu. A iluminação interna revelou uma bolsa esportiva, e, ao lado, alguns tijolos. Ele abriu a bolsa, guardou os tijolos, depois a pegou e dirigiu-se com calma às escadas que levavam à Ponte de Grosvenor.

Naquele horário, ainda estava deserta e silenciosa. Dentro de uma hora, a hostilidade da hora do rush se faria ouvir em toda sua fúria. Vagões de trem lotados e fedorentos passariam rasgando pelos transeuntes, todos apressados a caminho do trabalho; indo ao encontro de um chefe a quem tinham de agradar, de colegas que detestavam em sua maioria, de suas vidas monótonas e sem propósito.

Ele fungou. A altivez percorria-lhe as veias. Seu corpo encheu-se de escárnio. O prazer extremo de assistir ao sofrimento dos outros, de ver a vida esvair-se de seus corpos — nada se comparava a isso. Ele se deleitava com o que fazia, e ainda era pago para isso.

No meio da ponte, curvou-se sobre o parapeito. O Tâmisa corria a uma velocidade alucinante sob seus pés. Após alguns segundos, seus olhos libertaram-se da correnteza hipnótica e ergueram-se. Tentou, em meio à névoa espessa, enxergar a London Eye, do outro lado do rio. Conseguiu entrever vagamente os contornos do monumento. À sua frente ele praticamente viu descortinar-se a cena do filme *O terceiro homem* em que Holly Martins, o protagonista, encontra Harry Lime, assassino de aluguel, na cabine da roda-gigante do parque Prater, em Viena. Ao chegar ao topo, Martins pergunta a Lime o que ele sente por suas vítimas. "Vítimas?", repete Lime com desdém. "Olhe lá para baixo. Você se incomodaria se um daqueles pontos pretos parasse de se mexer?"

Sou como Harry Lime, pensou o homem. Eles não significam droga nenhuma para mim. Nem de longe e muito menos de perto. Ficava enjoado com o fedor quando passavam por ele, irritado com o barulho que faziam; até seus movimentos o incomodavam.

Passou os dedos pelo cabelo castanho, curto, e agora úmido por causa da névoa. Ao olhar para baixo, perguntou-se quantos quilos de material humano, quantos litros de muco e bile e sangue aquele rio já havia engolido durante sua existência. Quantos pedaços de corpos — troncos, cabeças, braços, pernas? Pedaços de quebra-cabeças. Quantos cadáveres inchados e violáceos já haviam aparecido boiando ali e acabaram sendo jogados nas margens marrom-escuras e escorregadias daquela sepultura aquosa? Para ele, menos do que deveria. Quanto menos almas no mundo, melhor. Ele concentrou-se; seus pensamentos estavam dispersos demais. Tinha de estar longe dali antes que os pontos pretos voltassem a se mexer, afrontando-o com sua presença nauseante.

Abriu a bolsa. Empurrou um tijolo para um dos cantos. Colocou o outro dentro do capacete da polícia. Depois de fechar o zíper da bolsa, segurou-a pelas alças, olhou em volta e lançou-a no Tâmisa.

Lá embaixo, a água espirrou, uma manchinha branca que desapareceu logo que surgiu. Ele afastou-se do parapeito e aguçou os ouvidos. Os sons da cidade colocando-se em movimento começavam a alcançá-lo. O mau cheiro do escapamento dos carros fedia cada vez mais a cada minuto.

Ele enfiou as mãos no bolso. Desceu calmamente da ponte, perguntando-se como o homem reagiria quando descobrisse que não haviam avançado um passo sequer.

4

Na entrada da Polícia Metropolitana de Londres, o bloco triangular indicando "New Scotland Yard" girava com celeridade sobre o eixo, aparentemente sugerindo que a criminalidade era combatida em proporcional rapidez. As letras prateadas brilhavam contra o fundo cinza de pedra natural. Um grupo de turistas chineses posava para uma foto bem em frente. Enquanto o fotógrafo gritava instruções, eles davam voltas junto com o triângulo de pedra, aos risos.

Quinze andares acima, o inspetor Richard Wainwright girava de um lado a outro em sua cadeira. Com as mãos, segurava uma caneca, na qual via a si mesmo. Abaixo de sua foto impressa, lia-se PROCURADO, VIVO OU MORTO. Ele sabia que, se sua mulher pudesse escolher naquele momento, preferiria vê-lo morto. Wainwright tinha consciência de que se comportava de forma inadmissível em casa, mas o último caso o havia afetado extremamente. Pigarreou. Mudar de ares, sim, isso lhe faria bem. Um fim de semana prolongado na praia, talvez Blackpool, onde a brisa do mar poderia soprar para longe todas as repulsivas imagens que haviam se acumulado na sua cabeça ao longo dos anos. Por outro lado, o litoral sempre o deprimia. Suspirando, ele raspou com a unha a palavra VIVO.

Pousou a caneca na mesa e ligou o computador. Com um clique, abriu seu e-mail.

Viu, taciturno, a caixa de entrada se encher, uma enxurrada de novas mensagens recebidas desde as 23 horas do dia anterior. Desceu a página, passando por relatórios de reuniões que jamais leria; notas de imprensa sinalizadas com pontos de exclamação vermelhos, exigindo sua aprovação com urgência; circulares internas que nunca continham novidade alguma; e uma série de formulários que ele teria de preencher. Abriu o penúltimo e-mail, enviado às 2h03 pela médica-legista que havia feito a necropsia em Frank Schoeller. Abriu o anexo e clicou em "imprimir".

Meia hora depois, ele havia conseguido desbravar seu caminho pelos termos técnicos. Schoeller havia morrido em decorrência de traumatismo cranioencefálico e hemorragia interna. Além disso, tinha cinco costelas quebradas e três dedos com as unhas arrancadas. Os ferimentos no torso eram superficiais demais para terem provocado a morte.

— Então ele sabia demais, ou tinha algo que alguém queria? O que andou aprontando, Sr. Schoeller? — murmurou para si mesmo.

Mais adiante no relatório, a patologista informava ter encontrado nas mãos do homem minúsculas escamas de folha de ouro, que ela gostaria de submeter a um exame mais minucioso. Especulava que o resíduo provinha de um livro, uma vez que o sangue desenhava um ângulo reto na palma das mãos da vítima. No momento, a médica partia da suposição de que ele estava segurando um livro ao morrer. Pelo visto, parte do sangue de alguns dedos desaparecera; a julgar pelas fibras encontradas, fora absorvido por papel. Não foram detectadas impressões digitais sobre o corpo, a não ser as do sobrinho, Alec Schoeller.

Wainwright grampeou as folhas e olhou pela janela. O vento empurrava as gotas de chuva, fazendo-as bater diagonalmente no vidro, e então escorrer para a calha estreita e enferrujada. Metros abaixo, os carros se arrastavam num engarrafamento. Círculos formados por guarda-chuvas de todas as cores do arco-íris pareciam flutuar pelas ruas.

Ele olhou para o relógio e levantou-se. O quadro de cortiça ocupava grande parte da parede esquerda. Com as unhas rentes, começou a soltar as tachinhas. Cinco minutos depois, o chão estava repleto de fotos, mapas, esquemas, *post-its* e várias folhas de papel repletas de anotações. Ele se curvou, recolheu tudo e colocou a pilha de papéis sobre a escrivaninha.

A menina da foto de cima exibia o aparelho ortodôntico num grande sorriso. Com a cabeça ligeiramente inclinada, o cabelo castanho-escuro descia até os ombros, e vestia uniforme escolar. Os olhos ainda um pouco inchados de sono. Isabelle White.

— Izzy — disse ele, baixinho.

Ela havia sido a primeira das seis meninas encontradas nas margens do Tâmisa ao longo dos últimos dois anos, com os corpos cruelmente mutilados. Haviam sido tratadas como lixo, seu prazo de validade reduzido à data em que o assassino decidira estuprá-las. Depois disso, eram jogadas fora como mercadoria estragada.

Acabaram pegando o assassino. O homem trabalhava como autônomo montando horários escolares em diversos colégios. Em cada um escolhia uma vítima. Guardava os uniformes em seu armário, lavados e passados, como se fosse a coisa mais normal do mundo.

As fotos que o criminoso havia tirado das meninas após cada estupro foram o que mais chocara Wainwright. Ele as pintara com marcadores à prova d'água, por cima das fotografias. O vermelho ultrapassava a linha dos lábios; grossas pinceladas de azul cobriam as pálpebras. Os cílios iam além das sobrancelhas e chegavam até os malares.

As meninas olhavam para a lente como bonecas, mas não era um olhar desprovido de vida. Os olhos transbordavam medo e dor. Era horrível. Fora a primeira vez na vida que um caso lhe causara pesadelos. "Pare com isso, então", dissera-lhe a esposa. "Peça aposentadoria antecipada. Você está velho demais para essas coisas."

Com um pesado suspiro, ele abriu o arquivo de Schoeller. Enquanto tirava as fotos que ali estavam, empilhando-as na mesa, decidiu que não mais trataria Alec com a mesma consideração da noite em que o sujeito havia encontrado o tio morrendo. O inspetor estava convencido de que Alec escondia algo, e decidiu que descobriria o que era naquele mesmo dia.

Organizou as fotos e deixou a sala.

Alkmaar

21 de julho de 1636

O fim da Pequena Idade do Gelo havia alcançado os Países Baixos. Durante séculos, os invernos tinham sido longos e frios, e os verões, curtos e úmidos. Aquele ano, as coisas mudaram. O calor estava insuportável fazia semanas. À noite, a temperatura quase não abrandava. O cheiro de suor escapava pelas janelas abertas e tomava as ruas como um cobertor fedorento esticado sobre a cidade.

Cornelius olhou irritado para trás. O garoto andava cada vez mais devagar. Agora arrastava-se alguns metros às suas costas. Eles tinham de se apressar. Além disso, não se sentia muito à vontade nas ruas depois do acontecido. Diminuiu o passo.

— Jacobus, ande, estamos muito atrasados.

Esperou até o garoto alcançá-lo. Juntos, seguiram.

— Será que ele ainda está acordado? — perguntou Jacobus. — Quem sabe já não foi dormir?

— Não se preocupe, ele ainda está acordado.

— O senhor acha?

— Você acredita mesmo que ele se deitaria antes de saber como foi? Ele está esperando, com certeza! Agora vamos, ande mais rápido, temos de nos apressar.

— Sim, é claro que ele quer saber, mas eu...

Cornelius olhou de soslaio para o perfil imberbe do garoto. Até o momento, Jacobus ainda não havia demonstrado sequer uma pontinha de medo. Agora, no entanto, parecia assustado. A reputação do orfanato não era ruim, embora nunca se soubesse o que acontecia atrás das portas trancadas. Mas Cornelius sabia que Adriaen Koorn, o diretor, administrava a instituição com mão de ferro e que ali reinavam ordem e disciplina.

— Vou ter de explicar de novo, Jacobus? Ou você consegue entender que esse era o único meio de impedi-lo?

Cornelius começou a se perguntar se não teriam se enganado. Será que Jacobus era mesmo capaz de guardar segredo sobre aquilo que agora lhe pesava na consciência? As consequências seriam terríveis caso a história viesse a público. Não só para ele, mas também para outras pessoas. Cornelius estava em dúvida se Adriaen fora sensato em sugerir justamente Jacobus para acompanhá-lo — o garoto parecia um tanto ingênuo e de percepção lenta. Mas acabara aceitando-o porque ele era grande e forte. De qualquer forma, não adiantava mais se preocupar. O trato estava feito, e não havia como voltar atrás.

— Não, eu entendi — respondeu Jacobus.

Ele abaixou a cabeça e estendeu as mãos à sua frente. Enquanto virava as palmas para cima, abriu bem os dedos e olhou para o sangue, que se acumulara em meandros sobre as linhas da pele. Resmungando, esfregou as mãos. Pontos vermelhos de poeira caíam, quase invisíveis, no chão.

— Minhas mãos. Quero lavar as mãos.

— Então se apresse. Quanto antes chegarmos, mais cedo você poderá lavá-las.

Cornelius passou a mão no cabelo, levou o braço à nuca e arrancou alguns pedaços de pano úmido da própria gola. O suor escorria pelo rosto. A fala arrastada do garoto começava a irritá-lo. Passou a mão na barriga. Ainda se sentia enjoado.

Como havia sido difícil! Wouter Winckel era seu primo de segundo grau. Apesar de suas diferenças, sempre haviam sido bons amigos. Quatro anos antes, quando Elizabet morrera no parto, fora Cornelius, dentre todas as pessoas que acorreram para amparar Wouter, quem arranjara uma ama de leite para o recém-nascido. Costumavam trocar confidências. Por isso ele se surpreendera tanto quando o diretor do orfanato lhe contara o que Wouter andava fazendo. Primeiro, achou aquilo inacreditável, porque sempre havia considerado o primo uma pessoa sábia. Mais que isso; acreditava que o conhecia como a palma da mão, que não havia segredos entre os dois. Mas Adriaen lhe provara o contrário. No início, Cornelius sentiu-se extremamente decepcionado. Com o tempo, no entanto, a raiva tomou conta dele.

Como pudera Winckel destruir a tal ponto a confiança que ele tinha no primo?! Aquela amizade de longa data agora lhe parecia um erro, uma farsa, baseada em nada mais do que mentiras. Ao pensar em todas as conversas que haviam tido sobre fé, sobre suas crenças, hoje ele tinha impressão que as palavras e os pensamentos de Wouter tinham sido falsos.

Cornelius suspirou. Sabia que a mão de Deus o havia guiado e que ele seria redimido em seguida, mas nunca cogitara que aquilo lhe pesaria tanto. Não era o horror do ato em si o que o chocava. Não, isso não o incomodava. Tinha a ver com o próprio Wouter. Ele ia sentir falta do primo. De sua alegria de viver, das suas brincadeiras malucas, de sua generosidade, de como sabia rir de si mesmo. Fora visitar o amigo com o coração cheio de ódio. Agora, deixava o lugar com a alma despedaçada.

5

O pequeno elevador cheirava a cigarro e bacon frito. O cardápio da semana, repleto de carboidratos e gorduras saturadas, encontrava--se exposto em uma folha coberta por um plástico sujo. Ao lado dos botões havia um comunicado de falecimento. Alec leu que o investigador havia sido sepultado cinco semanas antes. A esposa e os filhos sentiriam sua falta. Não desejavam flores. Ao lado, o time de rúgbi da Scotland Yard fazia um apelo dramático por mais jogadores, acompanhado de um número de telefone para os interessados.

As portas do elevador se abriram. Ele afastou-se para o lado a fim de abrir caminho para uma mulher entrar. Ela lhe desejou bom--dia, estendeu a mão e se apresentou:

— Dawn Williams.

Ele saiu do elevador. A mulher sorriu. Era alta, quase do mesmo tamanho que ele. A pele tinha a cor do mogno.

— O senhor veio falar com o inspetor Wainwright?

— Sim, tenho horário marcado.

Ela assentiu.

— Eu o auxilio na investigação. Por aqui, por favor.

Ela disparou à frente de Alec de tal maneira que ele teve de acelerar o passo para conseguir acompanhá-la. No final do corredor, ela bateu em uma porta entreaberta.

— O Sr. Schoeller deseja vê-lo. — E encostou-se à porta, deixando-o passar.

Wainwright estava de pé à janela. À sua esquerda havia um quadro de cortiça tão cheio de furos que mais parecia infestado de cupins.

A luz do dia incidia em suas orelhas de abano, colorindo-as de um vermelho-vivo e dando a impressão de que flutuavam dos dois lados da cabeça. Ele segurava uma caixa de tachinhas na mão esquerda.

— Sr. Schoeller, que bom que veio. Por favor, sente-se. Café, chá? — perguntou, enquanto lançava um olhar a Dawn.

— Não, no momento não, obrigado.

Alec sentou-se. Voltou o olhar para o quadro de cortiça.

— Como pode ver, eu estava justamente começando.

Wainwright curvou-se sobre a mesa e começou a escrever algo num pedaço de papel. Alec ouviu a porta se fechar com suavidade atrás de si. A pequena sala ficou impregnada do cheiro de tinta e do leve rangido da ponta de feltro da caneta.

— Pronto.

Wainwright levou a anotação para o quadro, onde a pregou.

Quando Alec leu o que estava escrito, sua fisionomia mudou. Levantou-se.

— "O Caso Schoeller" — leu Wainwright, e cruzou os braços.

Ambos ficaram olhando para as palavras. O inspetor olhou de soslaio e viu Alec cerrar os dentes.

— Não entendi por que o senhor quis falar comigo de novo — disse Alec, irritado. — Já lhe contei tudo. Não sei nada além do que já disse.

— Humm... Mesmo assim, gostaria de rever tudo passo a passo com o senhor, para o caso de nós, ou naturalmente o senhor, ter esquecido alguma coisa.

— Está perdendo seu tempo.

— Espero que não se incomode que eu decida como passar meu tempo.

Wainwright virou-se para ele e deu um passo à frente. Ficou tão próximo de Alec que conseguia ver os vasos sanguíneos dilatados em seu nariz.

— Quanto mais detalhes conseguirmos obter das pessoas próximas ao seu tio, mais rapidamente poderemos dar início à investigação e solucionar o caso de forma satisfatória. Parto do princípio de que esta também seja a sua vontade: descobrir logo quem carrega este peso na consciência. O senhor já deve ter visto muitas séries policiais e deve saber que as primeiras horas de uma investigação são cruciais.

A voz de Wainwright ficava cada vez mais alta. Ele deu mais um passo à frente.

Alec recuou.

— Estou invadindo seu espaço pessoal, Sr. Schoeller? Bem, o senhor invadiu o meu quando fez aquele comentário sobre estar perdendo meu tempo. Portanto, se não se incomoda, sugiro começarmos logo. Se puder me passar aquelas fotos, gostaria de pendurá-las.

Wainwright apontou para uma pilha de fotografias sobre a mesa. Alec foi até lá, hesitante. Pegou a que estava em cima: a porta da casa de Cadogan Place. Um investigador estava de cócoras e passava um pincel sobre a maçaneta. Pela porta entreaberta via-se o próprio Alec no hall. Wainwright pegou a foto da mão de Alec, prendeu-a com uma tachinha e bateu na imagem com o dedo indicador.

— Só para repassar os fatos, Sr. Schoeller, quando o senhor chegou, a porta da frente... estava aberta?

— Estava.

— Estamos partindo da premissa de que seu tio deixou alguém entrar. Não há vestígios de arrombamento. Arriscamos supor que se tratava de algum conhecido. Imagino que seu tio não tivesse o hábito de abrir a porta para qualquer um no meio da noite...

— Não, claro que não.

— Alguma ideia de quem possa ter sido?

Alec balançou a cabeça e deu de ombros.

— Sr. Schoeller, por acaso seu tio tinha muitas... como posso dizer... amigas casuais? Seria possível ele ter ligado para alguém, para lhe fazer companhia durante a noite?

— Ele não era disso.

Alec olhou-o zangado.

— Ok, então, não. Certo. A próxima, por favor.

Alec colocou a foto seguinte na palma da mão do inspetor.

— Pois bem, o hall de entrada. Quando o senhor entrou, a luz... estava acesa ou apagada?

— Apagada.

— E então?

Alec suspirou.

— Já lhe contei tudo isso. A luz do escritório estava acesa. Foi lá que o encontrei.

— Morto?

— Sim.

Alec sentiu um nó na garganta.

— Seu tio foi torturado. O senhor mesmo pôde constatar isso. Tem ideia do motivo? Sabe dizer se ele se ocupava de negócios escusos?

— De onde o senhor tirou essa bobagem? Um homem de 75 anos envolvido em negócios ilegais? O que pretende com uma pergunta dessas? Deixe-me adivinhar que negócios seriam esses. Drogas. Posso até ver meu tio carregando uma bolsa cheia de cocaína pelos clubes noturnos de Londres, à procura de compradores. Ou não, espere, tenho uma ideia melhor. Ele estava envolvido com pornografia infantil. Talvez até tráfico de crianças. Contrabandeava garotos tailandeses, tomava-lhes os passaportes e fazia com que trabalhassem em bordéis até caírem mortos.

— Sr. Schoeller, eu...

— Não, não, espere um pouco — interrompeu-o Alec, levantando a mão. — Ainda não terminei. Estou farto das suas insinuações. Esse homem, respeitado nos círculos mais distintos, que tinha amigos nos meios políticos e diplomáticos... Esse homem, que me ensinou o significado de amor e respeito e me mostrou o que é ser humano neste mundo podre... O senhor quer me convencer de que ele se ocupava de práticas ilícitas. Quem o senhor pensa que é?

— Eu sei muito bem quem sou — respondeu Wainwright, num tom tranquilizador. — E quanto a Tibbens?

Alec ficou surpreso por um instante.

— O que tem Tibbens?

— O que pode me dizer sobre ele?

— O senhor não falou com ele?

— Claro que falei, mas eu gostaria que me contasse mais a respeito dele.

— O que posso dizer? Ele trabalha há mais de trinta anos para meu tio. Eu o conheço desde quando fui morar naquela casa. Um dia Tibbens foi admitido como motorista e nunca mais foi embora. A única coisa que sei é que ele o defenderia com unhas e dentes. Sacrificaria tudo pelo meu tio.

— Tudo? Até onde ele iria?

— O que está querendo dizer?

— Isto.

Wainwright foi até a janela e pegou um envelope pardo sobre o parapeito. Abriu-o, tirou de dentro uma foto e a pregou no mural. Tibbens olhava estoicamente à frente, segurando uma placa numerada.

— O que...?

Alec aproximou-se do quadro para observar a foto.

— Wilbur Tibbens é fichado. Foi preso por agressão.

— Agressão? Não pode ser.

Pasmo, Alec deu mais uma olhada na foto.

— Sim. Espancou o homem até quase o matar — explicou Wainwright, com desdém. — Não foi nada bonito. Pensei que talvez seu tio possa ter tido algum desentendimento com ele, e a situação tenha fugido do controle.

— Desentendimento? Aqueles dois? Meu tio teria me contado, sem dúvida.

— Humm. Outra coisa. O senhor notou algo diferente no seu tio nos dias que antecederam a morte dele? Como estava? Como se sentia? Algum comportamento fora do comum?

— Não, não muito.

— Não muito?

— Eu quis dizer que não.

— Será que a morte dele teve algo a ver com chantagem? Como ele vinha agindo ultimamente? Agitado, mais dispersivo, irritava-se com certos assuntos, estava nervoso, talvez?

— O senhor não precisa me explicar o que quer dizer. Estou entendendo muito bem.

— E então?

— Então o quê? — retrucou Alec.

— Ele estava sendo chantageado?

— E por que estaria? Por causa da homossexualidade dele? Impossível. Ele sempre foi muito transparente com relação a isso.

— Certo. Pode me dar as fotos e, agora, se puder ir me passando isso também... — pediu Wainwright rudemente, colocando a caixa de tachinhas na mão de Alec. Pegou uma foto da pilha, posicionou-a no quadro com uma das mãos e estendeu a outra para trás, esperando receber de Alec o pequeno objeto para pregá-la. Sem se virar, perguntou: — O escritório... Assim que o senhor entrou, fez o quê?

Wainwright permaneceu por alguns instantes parado de frente para a foto que havia acabado de pendurar, até dar um passo para o lado. A respiração de Alec estacou. Ele sentiu o peso do olhar do inspetor enquanto fitava o corpo sem vida sobre o parquete. Engoliu em seco e esfregou os olhos com a ponta dos dedos. Depois, voltou-se com má vontade para o sujeito.

— Isso eu também já lhe contei. Ele estava estirado no chão em frente à lareira. Corri em sua direção. Quando vi o estado em que se encontrava, liguei para a emergência.

— O senhor chegou a mexer no corpo, tocou em alguma coisa?

— Claro que mexi nele, o senhor não está vendo? Coloquei uma almofada embaixo de sua cabeça e senti seu pulso. Ainda... Ainda tentei reanimá-lo, mas era tarde demais.

— Tem certeza disso? — Wainwright levantou a voz e apontou para o quadro. — Olhe para esse rosto. É pavor o que se vê nele? Esse homem está olhando nos olhos de seu assassino? Aqui, veja esta daqui, e mais esta.

Ele começou a jogar fotos sobre a escrivaninha. Todas mostravam o corpo de Frank, sob todos os ângulos possíveis. Depois, partiu para cima de Alec:

— Sr. Schoeller, vou ser franco. Recebemos os relatórios do legista e da perícia. Alguns detalhes contradizem sua versão dos acontecimentos. Acho que o senhor não está nos contando tudo que sabe. Está escondendo algo.

Alec engoliu em seco.

— E por que eu faria isso?

— É isso que não compreendo. — Ele esticou o dedo e enterrou-o no peito de Alec. — Mas o senhor sabe muito bem que há informações aqui que não batem.

— Como o quê, por exemplo?

— Como o fato de termos encontrado marcas de sangue com as impressões digitais de seu tio numa das prateleiras da estante. Mas somente num lugar. Isso indica que ele tirou algo de lá, depois de terem-no torturado daquele jeito. Provavelmente, um livro. O curioso é que não encontramos vestígios de sangue em nenhuma obra. Não conseguimos encontrar o que ele pegou da prateleira.

— Quer dizer que o senhor parte do princípio de que fui eu quem encontrou o livro, e não o assassino? Por que não ele? Além disso, o senhor acha mesmo que meu tio, na situação em que se encontrava, ainda conseguiu se levantar para pegar um livro? Acho pouco provável.

— Ele chegou a dizer alguma coisa?

— Se chegou a dizer alguma coisa? São essas as novas técnicas de investigação da Scotland Yard? Perguntar a um corpo como foi que ele morreu? Ele estava morto quando o encontrei. Quantas vezes terei que repetir isso? Coloquei uma almofada embaixo de sua cabeça, fiz respiração boca a boca, tentei algumas compressões torácicas.

— Por que colocou uma almofada embaixo da cabeça dele?

— Como?

— Sr. Schoeller, por que o senhor colocou uma almofada embaixo da cabeça dele? O senhor entra no quarto, vê seu tio estendido no chão e ele está morto. A primeira coisa que faz é pegar uma almofada e colocá-la embaixo da cabeça dele? Isso é absurdo.

Wainwright viu Alec piscar ao dizer:

— Olhe, foi simplesmente a primeira coisa que me ocorreu, deixar Frank o mais confortável possível.

— O senhor queria que um homem morto se sentisse confortável? Interessante. Quer dizer que o senhor colocou a almofada embaixo da cabeça dele antes de tentar reanimá-lo?

— Isso mesmo.

— Por que o senhor achou que ele ainda estivesse vivo?

— Isso mesmo.

— Isso é de praxe, colocar uma almofada embaixo da cabeça de alguém e só depois começar a fazer respiração boca a boca? Foi isso que o senhor aprendeu durante o curso de primeiros socorros? Primeiro uma almofada, depois reanimar a vítima?

— Não sei, nunca fiz um...

— Segundo o pessoal da ambulância, o senhor sabia muito bem o que estava fazendo. É uma pena. Eu esperava que o senhor pudesse nos ajudar mais um pouco, mas, infelizmente...

Alec deu de ombros.

— Eu avisei que o senhor estava perdendo seu tempo comigo.

— Sr. Schoeller, o senhor está escondendo algo. Não sei o quê, nem por quê. Vamos combinar o seguinte: se o senhor conseguir imaginar alguma forma de nos ajudar, entre em contato. Pense no assunto. Quem ganharia com a morte de seu tio? Além do senhor, é claro. Quem ele deixaria entrar em sua casa no meio da noite? Quando achar que sabe de alguma coisa que nos possa ser útil, não demore em me procurar...

Wainwright pegou um cartão de visita amassado do bolso interno do paletó e estendeu-o para Alec.

— O senhor disse, como quem não quer nada, que eu teria algo a ganhar com a morte dele. — Alec enfiou o cartão no bolso da calça. — Vamos esclarecer uma coisa. Se suspeita de mim, diga com todas as letras. Parto do princípio de que o senhor já investigou minha vida. Portanto, deve saber que não preciso do dinheiro dele, que vivo muito bem com o que ganho.

Wainwright encarou-o. De fato, ele havia pedido a Dawn que investigasse tudo a seu respeito, e logo cedo havia lido o relatório preparado por ela.

Alec tinha 7 anos quando seus pais morreram num acidente de avião. A guarda do menino ficou com Frank Schoeller, irmão de seu pai, que mandou trazê-lo para Londres. Alec tinha começado a estudar história, mas interrompeu o curso para devotar-se integralmente à pintura, o que acabou se provando uma escolha certa. Alec Schoeller havia se tornado um dos pintores mais conceituados da Europa Ocidental. Seus quadros vendiam como pão quente e lhe rendiam, em média, 200 mil libras cada um. Dawn também descobrira que, alguns anos antes, Alec passara seis meses internado numa clínica de reabilitação, para se livrar do vício da cocaína.

— O senhor está falando de dinheiro, Sr. Schoeller? Poucas pessoas conseguem ficar satisfeitas no que se refere à vida financeira; dependendo, naturalmente, de suas necessidades — insinuou Wainwright, encarando Alec de forma significativa. — Além disso, dinheiro não é o único motivo para se cometer assassinato, o senhor sabe disso tão bem quanto eu. Aliás, já lhe informaram que o senhor pode voltar a entrar na casa? O corpo de seu tio está prestes a ser liberado. Soube que o enterro será na Holanda, portanto sinta-se livre para tomar as devidas providências.

Ele estendeu a mão.

— Até uma próxima oportunidade, então.

Depois de Alec ter batido a porta, Wainwright aproximou-se do quadro. A última foto que pendurou foi a de Alec.

6

Sob a marquise do prédio da Scotland Yard, Alec abotoou o casaco e acenou para um táxi que estava passando.

Enquanto se acomodava no assento, uma sensação de profunda solidão tomou conta dele a ponto de fazê-lo querer gritar. Fechou as mãos com força, cravando as unhas na própria pele, enquanto empurrava as costas no banco. Fique calmo, fique calmo. Respirou profundamente algumas vezes. Depois, curvando-se para a frente, fechou a janelinha que o isolava do motorista.

A impotência que sentia era quase palpável, pairando sobre ele como uma nuvem densa, tão carregada que o impedia de respirar. A ira que pensava ter deixado para trás, que o perseguia desde a mais tenra idade, por tudo que lhe havia sido tomado, pela solidão implacável à qual havia sido condenado — tudo voltara. As insinuações de Wainwright, de que ele tinha algo a ver com a morte de Frank, só reforçavam seu sentimento de impotência.

Alec apertou o botão. O vidro da janela desceu bem devagar. Rajadas de vento frio varreram seu rosto e ele fechou os olhos.

Imagens de sua vida com Frank passavam-lhe pela cabeça. Sua primeira aula clandestina de direção, no meio da noite, na limusine Mercedes, pelo estacionamento vazio de um estádio de futebol. Ele, bêbado de sono atrás do volante; seu tio, cheio de energia no banco ao seu lado. Frank disparando à frente pelas barraquinhas de antiguidades do Mercado Bermondsey, empunhando uma lanterna, à procura de alguma "raridade". O contorno do rosto de Frank enquanto lia para ele sob a luz fraca da luminária na mesinha de cabeceira. Todas as vezes que o tio o abraçara, o consolara. Aqueles momentos de felicidade estavam gravados em sua memória.

Ele abriu os olhos e sentiu o corpo gritar por algo capaz de anestesiá-lo. Esquecer tudo, por alguns instantes. O desejo aproveitava--se de sua fraqueza, e se viu mergulhando nos vazios insaciáveis de sua agonia com tamanha violência que a dor era quase física.

O celular apitou. Ele pegou o aparelho e abriu a mensagem. Era de Damian.

Ligue se precisar de mim e me avise a hora da sua chegada. Vou buscar você.

Alkmaar

21 de julho de 1636

A Velha Guilda dos Arqueiros era a taberna mais popular de Alkmaar. Suas janelas e portas ficavam geralmente escancaradas. O cheiro de comida fresca atraía os passantes. Mas era tarde da noite agora. O local estava deserto.

Wouter Bartelmiesz. Winckel levou um susto ao ouvir as batidas na porta. Antes de fechar o livro-caixa, fez mais uma anotação. Com um gemido, curvou-se para pegar o saco de dinheiro que se encontrava no chão, ao seu lado. Guardou no saco as pilhas de florins e apressou-se em descer as escadas para o salão, que então atravessou para chegar à entrada da taberna. Puxou o ferrolho para o lado e abriu a janela.

— Quem é? — perguntou, esticando o pescoço para fora.

Viu a silhueta de dois homens. Um era alto e grandalhão; o outro, pequeno e atarracado.

— Boa noite, Wouter! Sou eu, Cornelius — disse o menor, dando um passo à frente e tirando o chapéu.

Ah, Cornelius, não o reconheci. O que está fazendo aqui a essa hora da noite?

— Preciso falar urgentemente com você. Sei que está tarde, mas é muito importante.

— Tudo bem. Só um instante. Tenho que terminar as coisas aqui.

Wouter fechou a janela e foi até o armário ainda aberto na parede dos fundos do salão. As prateleiras haviam sido tiradas e estavam encostadas na parede. As canecas de cerveja, os pratos e as tigelas, que havia pouco estavam ali, agora se encontravam empilhados no chão de ladrilhos.

Ele se enfiou no armário, colocou a chave na fechadura da porta de carvalho que havia na parte de trás e abriu-a.

O espaço tinha 1,5 metro de altura por 1,5m de largura e 2m de profundidade. De joelhos, foi se arrastando para dentro com um castiçal em uma das mãos e o saco de dinheiro na outra. As prateleiras da direita vergavam sob o peso das moedas. Ele pôs o saco na prateleira de baixo e posicionou melhor a vela, iluminando mais à esquerda. A despensa consistia em dezenas de gavetinhas, cada qual identificada na frente por um pedaço de papel com algumas palavras e números rabiscados.

Ele sorriu. Esticou-se o quanto pôde e curvou-se, encostando o nariz em uma das gavetinhas. O cheiro de terra úmida invadiu suas narinas, passando pelas perfurações feitas na madeira. Abriu a gaveta com cuidado. Olhou com ternura para o pequeno bulbo semelhante a uma cebola.

— O odor de liberdade, o futuro do mundo dentro de uma gaveta — sussurrou.

Com o dedo indicador, fechou o compartimento devagar. Saiu do buraco de costas.

Antes de trancar a porta, esticou-se para a frente, permitindo que a luz da vela iluminasse ao máximo o local. Encostada na parede dos fundos havia uma pilha de panfletos. Ele sorriu de novo.

7

— Em, será que você pode se apressar? Temos que ir logo. Vai começar às 15 horas.

A voz de Damian retumbou pelo corredor extenso da casa à beira do canal, ecoando ao alcançar o revestimento de mármore.

— Estou indo, só mais dois minutinhos — falou uma voz de longe.

— Mais dois minutos? Meu Deus, como demora. Por que as mulheres levam tanto tempo para se arrumar?

Suspirando, ele olhou o relógio. Voltou-se para o motorista, que estava ao seu lado com os braços cruzados e um sorrisinho nos lábios.

— Está rindo de quê? Algo engraçado?

— Não, nada.

— Esse sorrisinho logo vai sumir. Você vai ter que fazer de tudo para chegarmos na hora.

Ele estava preocupado. Alec chegara à Holanda na manhã anterior. Damian tinha levado um susto ao vê-lo no salão de desembarque. Seu melhor amigo tinha olheiras profundas, e o rosto estava escurecido pela barba por fazer. Mas o mais preocupante era seu olhar de furiosa determinação.

Ele se lembrou do momento em que conhecera Alec, anos antes, no primeiro dia de aula do colégio interno inglês. Lá, no pátio interno do castelo medieval transformado em escola, instituição preferida dos pais afortunados que ambicionavam uma carreira internacional para seus jovens descendentes, Alec chamara sua atenção de imediato. Os alunos novos estavam reunidos ali, e Alec se mantinha afastado dos grupinhos que rapidamente haviam se formado. Os rostos ávidos e as cores fortes das camisas polo davam a impressão de que haviam soltado uma matilha de cães da mesma raça naquele pátio. Alec, por outro lado, quase desaparecia naquela jaqueta militar azul-acinzentada. A gola de pele estava de tal forma levantada que mal se via seu rosto. Com a mochila aos seus pés, mais parecia um soldado russo a caminho da batalha do que um aluno de 15 anos em um prestigioso colégio interno inglês. Damian foi até ele e estendeu a mão.

— Oi, meu nome é Damian Vanlint — disse ele em inglês.

— Alec Schoeller.

A mão larga que cumprimentou a sua era áspera e cheia de manchas de tinta.

— Prazer em conhecê-lo. De onde você é?

— De Londres, e você?

— Da Holanda.

— Que ótimo! — exclamou ele, retornando a seu idioma original. — Então sempre poderemos falar em holandês quando não quisermos que nos entendam. — Alec deu uma risadinha ao ver a expressão de espanto no rosto de Damian. — Moro com meu tio em Londres desde os 7 anos — esclareceu ele. — Mas sou holandês.

— Estou ouvindo holandês por aqui? — disse uma voz doce com leve sotaque francês.

Surpresos, os dois encararam a jovem.

— Você também é da Holanda? — perguntou Damian.

— Sou. — Ela sorriu. — Uma parte, pelo menos. Prazer em conhecê-los. Meu nome é Emma. Emma Caen.

Damian foi arrancado de suas lembranças ao ouvir passos. A porta no final do corredor abriu-se. Sua mulher veio em sua direção, o barulho dos saltos-agulha no chão de mármore ressoando.

Ele a olhou com ternura. O discurso que Frank havia feito quando se casaram surgiu-lhe na memória.

— Querida Emma, querido Damian, tenho uma confissão a fazer. Estou com ciúmes. Não, esperem aí, não formulei bem. Estou com inveja. A diferença? Desejo a vocês toda a felicidade do mundo. Mas sinto inveja por não ter um amor assim. Fico feliz por vocês, de todo o coração, mas também gostaria de ter um amor assim. É isso que quero dizer. Esse amor que sentem um pelo outro, que vocês emanam, não nos deixa incólumes. Olhem em volta. Vejam!

Frank esticou os braços na direção dos convidados que se encontravam em frente ao tablado. Centenas de rostos otimistas fitavam os noivos.

— No entanto — continuou ele —, isso tem consequências. Juntos, vocês têm que fazer acontecer. E eu quero dizer juntos mesmo. Não deixem um ao outro na mão. Na alegria não há problemas, isso é fato. Mas não esqueçam que, fatalmente, também haverá tristezas. Quando houver, é tempo de olhar para trás... de se lembrarem deste momento. E... de mim.

Com uma gargalhada, Frank levantou o copo.

— Mas, agora, é hora do brinde. Aos noivos!

— Vamos logo, temos que ir andando.

A voz de Damian era apática. Emma olhou nos seus olhos e acariciou-lhe o rosto.

— Está preocupado?

— Estou.

— Com Alec?

Ele aquiesceu com a cabeça. Ela ficou na ponta dos pés e deu-lhe um beijo. Roçou o nariz no queixo dele.

— Vai dar tudo certo — disse ela, baixinho. — Ele vai superar.

O motorista abriu a porta lateral do hall de entrada. Chegaram à garagem privativa por um corredor estreito. Ele pegou as chaves do carro dentro do quadro ao lado da porta e pressionou o botão em uma delas. As portas do Maserati Quattroporte, estacionado ao lado do Aston Martin prateado, se destravaram com um clique.

8

Pronto, agora só falta o Schoeller e por hoje chega, pensou o agente funerário enquanto ia ao banheiro. Enterros em Zorgvlied não eram seus prediletos. Ele sempre ficava um pouco nervoso. Em geral dava tudo certo, mas o lugar andava tão movimentado ultimamente que acontecia de pessoas chorarem por alguém que nem sequer tinham conhecido. Como se tivessem entrado numa sala de cinema e após 15 minutos percebessem que estavam assistindo ao filme errado.

Não havia nada que pudesse ser feito: a popularidade do cemitério só crescia. Não apenas em virtude da crescente expectativa de vida e da beleza do lugar como também pelo fato de não haver restrições, por parte da administração, a funerais mais exuberantes ou lápides pouco convencionais.

A cerimônia do enterro duraria duas horas. Como haveria muitos dignitários e políticos entre os convidados, de manhã ele percorrera o caminho até o túmulo na companhia de seguranças, que, de terno preto e com fones de ouvido, o seguiram em marcha. Alguns deles esperavam junto ao túmulo aberto.

Ele fechou a porta do banheiro ao entrar.

— Ainda está aí?

— Sim, estou no estacionamento — respondeu seu assistente com a voz falhada no rádio.

— E então? Todo mundo achando vaga?

— A maioria veio com motorista. Acho que não vai ter problema.

— Pelo visto estamos com sorte, então. Até daqui a pouco.

O próprio Schoeller teve sorte de encontrar um túmulo vazio, pensou ele, olhando-se no espelho. Acertou a gravata. A procura por um lugar na área projetada pelo paisagista Zocher era ainda maior. Não por coincidência, tratava-se também do local mais acolhedor, com árvores lindas e ruelas cobertas de areia serpenteando por entre as sepulturas.

Ele puxou os punhos da camisa de dentro das mangas do paletó. Atravessou o auditório até a entrada principal. Quase à porta, olhou para trás. Uma luzinha vermelha movimentava-se lentamente de um lado a outro na parede dos fundos. A outra câmera encontrava-se no hall, logo à entrada, posicionada acima da mesa onde os familiares e conhecidos tinham de se apresentar.

Meia hora depois, todas as cadeiras do auditório estavam ocupadas. Convidados espremiam-se pelos corredores. Todos os olhares estavam voltados para o caixão repleto de flores. Ao lado, sobre um cavalete, via-se a foto de Frank. Em preto e branco, ele fitava todos com um sorriso e com certa ironia, como se estivesse se perguntando o que havia feito para merecer tanta atenção. Um tango reverberava pelos alto-falantes.

O murmurinho no auditório cessou assim que o primeiro orador se aproximou do microfone. Meia hora, três discursos de despedida e dezenas de superlativos mais tarde, Alec tomou a palavra. Sem pena, acabou com o homem perfeito que jazia no caixão.

Começou revelando que Frank era teimoso como uma mula, um sabe-tudo de uma fidelidade canina e com energia de sobra, além de dotado de um humor considerado negro por muitos e dono de um cinismo excessivo. Seu amor à vida não tinha restrições; era um materialista de grande coração, um homem de negócios implacável e um tio amoroso. Ao final, Alec lançou um olhar penetrante aos presentes.

— Todos aqui sabem que ele foi morar na Inglaterra porque seus pais não queriam aceitá-lo do jeito que era. Ele jamais se arrependeu, mas isso não quer dizer que foi fácil. Nos primeiros anos, levou uma vida muito solitária. Com perseverança, finalmente conseguiu aquilo que desejava ao partir para a Inglaterra: uma vida de belezas, liberdade e felicidade. Agora é minha vez de retribuir algo ao homem que me acolheu aos 7 anos com todo o seu amor e que foi como um pai para mim. Com a mesma obstinação que Frank tinha em si, hei de descobrir quem cometeu este crime. Não descansarei até que o culpado seja preso e condenado. — Ele calou-se por alguns instantes. Em seguida, apontou para as pessoas no auditório. — Vocês são minhas testemunhas.

Após alguns segundos, o silêncio provocado pelo choque foi interrompido pelo barulho de pés se mexendo nervosamente e algumas tosses débeis. Ao sinal do agente funerário, os convidados se levantaram. As portas do auditório se abriram. Seis homens dirigiram-se ao caixão, que foi colocado sobre o carrinho e empurrado com cuidado para fora. Devagar, os convidados se encaminharam para a saída. Ao passarem, pegavam uma taça de champanhe, sobre a mesa ao lado da porta, e seguiam o caixão até o túmulo.

Alec tinha a impressão de que apertara milhares de mãos. Só conseguia sentir a pele da palma de cada uma: algumas, grudentas e flácidas; outras, firmes e secas. Sentia os calos, a umidade, a pressão exercida. Como se todos os seus sentidos estivessem voltados somente para isso, para aquele contato. De resto, pouco lhe penetrava a consciência.

Não conseguia afastar da mente a imagem de Frank tal como o encontrara, estirado no chão. Sentia-se sufocado e queria ir embora, deixar aquele monte de gente e a mistura nauseante dos mais diversos tipos de perfume e loções pós-barba. Ficar longe daquelas pessoas que o cobriam de beijos, a saliva de todas elas se misturando em suas bochechas. Queriam consolá-lo, ou, pelo contrário, procuravam um consolo que ele era incapaz de dar. Alec só queria voltar ao túmulo para despedir-se mais uma vez de Frank, sem mais ninguém por perto, além de Emma e Damian.

— Sr. Schoeller?

Ele ergueu os olhos.

— Sr. Schoeller, em primeiro lugar, meus pêsames pela sua perda — disse Wainwright, impassível.

— Lamento muitíssimo — ecoou Dawn, atrás do inspetor, e assentiu com a cabeça.

— Obrigado.

Wainwright pigarreou.

— Sobre aquilo que o senhor disse há pouco. Parto do princípio de que o senhor nos deixará fazer o nosso trabalho. Não queremos que comece uma investigação por iniciativa própria, espero que entenda. Somos treinados para isso, é o nosso trabalho. O senhor deve ter se contagiado pelo calor da emoção, mas...

— Claro — interrompeu Alec. — Fui levado pela emoção. Pode deixar que não vou começar a investigar nada. Isso eu deixo totalmente ao cargo de vocês. — E reforçou as palavras com um gesto de quem descarta a ideia.

— Ótimo. É essa a nossa função, só queria deixar isso bem claro. Porque realmente não precisamos de amadores fazendo nosso trabalho. — Wainwright fez de conta que não viu o olhar de Alec. Pegou um lenço e assoou o nariz. — Ah, gostaria de dizer que levaremos o vídeo da cerimônia, para começar.

Dawn cutucou Wainwright.

— A lista — disse ela, baixinho.

— Ah, é. A lista. O senhor teve tempo de fazer a lista?

— Tive. Aqui está.

Alec enfiou a mão no bolso do paletó e pegou quatro folhas de papel dobradas.

Pensativo, observou-os enquanto saíam.

— Quem eram? — perguntou Damian, que se aproximara junto com Emma.

— Meus amigos da Scotland Yard.

— Scotland Yard? — Damian olhou-o surpreso. — O que estão fazendo aqui?

— Eles me perguntaram se podiam vir. Queriam filmar os convidados durante a cerimônia e me pediram para fazer uma lista com os nomes.

— Por quê? — perguntou Emma. — Será que pensam que o assassino de Frank pode estar por aqui? Não foi um ladrão? Foi o que você mesmo nos contou.

Alec não disse nada.

— Alec?

— Eu, hã... Tem uns detalhes que ainda não contei a vocês.

— Que detalhes? — perguntou Damian.

— Quando chegarmos em casa eu conto, está bem? — Alec olhou em volta. Os últimos convidados estavam indo embora naquele instante. — Vamos. Vamos nos despedir de Frank.

Alkmaar

21 de julho de 1636

No momento em que Cornelius começava a perder a paciência, ele ouviu o tilintar de um chaveiro. Em seguida, o ranger de uma chave na fechadura. Por instantes ele pressionou a coxa, tentando fazê-la parar de tremer. O suor escorria pelas costas e ensopava sua camisa. Dava para sentir o cheiro ruim do suor frio de Jacobus, que estava logo atrás dele.

A porta da taberna escancarou-se. O corpanzil de Wouter Winckel preenchia o hall de entrada.

— Cornelius, entre, meu amigo! — bradou o sujeito. — Como é bom vê-lo. E quem é este que o acompanha?

— Olá, Wouter, também fico feliz em vê-lo — respondeu Cornelius, dando um passo para o lado. — Este é Jacobus, Jacobus Riemers.

Wouter olhou para o rapaz com simpatia.

Seja bem-vindo — disse. E, com um gesto acolhedor, convidou-os a entrar, chegando para o lado.

Cornelius espremeu-se para entrar, e ao passar acabou roçando na imensa barriga do amigo. Quando Jacobus passou por ele, Wouter ergueu o nariz instintivamente. O cheiro pungente de suor não acompanhou o garoto, ficando suspenso à porta como se não quisesse soltá-lo e tentasse puxá-lo de volta para fora.

Jacobus foi o primeiro a entrar no salão. O local cheirava a fumo de cachimbo e cerveja velha. O odor penetrava suas narinas. Ele olhou em volta, observando os quadros e gravuras que enchiam as paredes. Navios ao mar, paisagens, retratos e naturezas-mortas se revezavam. As molduras marrom-escuras, pretas e douradas se tocavam de tão próximas umas das outras, e as paredes pareciam sucumbir sob o peso de tanta expressão.

A parede à esquerda era tomada por um retrato de grupo. Guardas de milícia voluntária em suas melhores roupas. Estava claro que cada qual havia pago individualmente para ser reproduzido no quadro. Os membros mais ricos da guilda haviam sido retratados de corpo inteiro. Dos menos abastados, via-se apenas o rosto. À medida que Jacobus adentrava o salão, parecia que os olhos dos homens no quadro o acompanhavam.

— Sentem-se — convidou Wouter. O taberneiro havia se dirigido a uma das mesas no centro do salão, de cima da qual pegou as banquetas com evidente prática. Depois, puxou dois castiçais e acendeu as velas. — Algo para matar a sede? — ofereceu, dirigindo-se ao balcão. Com três canecas em uma das mãos e uma jarra de cerveja na outra, voltou para onde estavam as visitas. Encheu as canecas e sentou-se. — Pronto. Então, em que posso ajudá-los?

Os olhos azul-claros de Wouter os fitavam com amabilidade. Cachos de seu cabelo acobreado caíam sobre os ombros e ondulavam sobre a larga gola branca da camisa. As extremidades de seu bigode castanho estavam vaidosamente levantadas. O cavanhaque terminava em ponta, que ele próprio formava ao enrolá-lo constantemente.

Wouter Winckel era um dos homens mais ricos de Alkmaar. À primeira vista, sua vestimenta não parecia muito diferente da dos demais taberneiros da cidade, mas as calças e a jaqueta eram confeccionadas de tecidos de qualidade bem superior. E, para completar, as fivelas de prata nos seus sapatos atestavam ser ele um homem de muitas posses.

Jacobus ainda não dissera uma palavra. Seu olhar estava fixo em Wouter, como um felino que espreita sua presa, pronto para atacar a qualquer momento. Fios de suor escorriam-lhe pelas têmporas, e gotas brilhavam como pérolas na penugem que cobria o lábio superior, presas nas espinhas que rodeavam a boca.

Cornelius olhou para Jacobus e percebeu seu olhar. Deu-lhe um chute na canela. Se Wouter começasse a desconfiar, tudo iria por água abaixo. Já bastava o perigo da incumbência que haviam recebido. Wouter não podia suspeitar de nada.

Cornelius viu o rosto de Jacobus se anuviar por um instante e, de repente, mudar; o rapaz olhava ao redor com ar de interesse. Seus olhos se demoraram no enorme armário que havia junto à parede dos fundos da taberna. Cornelius chutou-o novamente, mas mantendo o olhar em Wouter.

— Saúde, senhores, e sejam bem-vindos nesta maravilhosa noite de verão — brindou Wouter, tomando um grande gole de cerveja.

— Perdoe-nos por incomodá-lo tão tarde, mas tenho que lhe perguntar algo de extrema importância. Espero receber uma resposta honesta.

As sobrancelhas de Wouter ergueram-se de súbito.

— Eu não minto para você, Cornelius. Portanto, não se preocupe e pergunte logo.

Cornelius encolheu-se imperceptivelmente. Mesmo agora ainda tinha esperanças de que fosse mentira, de que a história fosse uma invenção, fruto da inveja de alguém pela fortuna amealhada por Wouter nos últimos anos. Ou talvez fosse um engano. Sim, era isso que ele esperava de todo coração, que não passasse de um boato infundado. Que não tivesse sido Wouter, mas alguma outra pessoa, de forma que ele não precisasse terminar o serviço.

— Trata-se do panfleto — disse ele baixinho, olhando Wouter nos olhos.

— Panfleto? Que panfleto? Todos os dias aparecem panfletos novos. Eu recebo um monte deles aqui, tudo ao mesmo tempo. Você sabe como é. Às vezes estão cheios de bobagens; outras, são só mentiras atrevidas; mas vez por outra aparecem algumas verdades. De que panfleto você está falando?

— Acho que você sabe exatamente de que panfleto estou falando, portanto não precisa se fazer de ingênuo — retrucou Cornelius, agora zangado, os olhos apertados. — Estou falando do panfleto que está na boca do povo, que está mexendo com todo mundo. O panfleto que você supostamente escreveu e distribuiu. É desse que estou falando.

— Continuo sem saber do que se trata. Você não está sendo claro o suficiente — respondeu Wouter, calmamente.

— O panfleto no qual você renega a Deus, afirmando que a ciência deve estar acima de tudo; no qual você não só coloca a natureza no mesmo

patamar que Deus, como também a enaltece como se fosse o próprio Deus; e, pior que tudo, no qual afirma que Deus pode ser substituído pelo homem! — Cornelius fez o sinal da cruz. — É disso que estou falando. Esse panfleto blasfemo foi escrito por você, como afirmam?

A revolta havia contorcido seu rosto, e os olhos lançavam fogo. Enquanto Cornelius falava, Wouter se debruçava cada vez mais sobre a mesa. O rosto estava afogueado.

— Ah, agora eu entendi. Agora eu sei de que panfleto você está falando — disse ele. —É claro que sei, e até o li com muito interesse. Isso não é proibido, ou é? Mas de onde você tirou a ideia de que o texto renega Deus? Ou você não leu direito ou entendeu mal. E que ideia é essa de que eu tenho algo a ver com o tal panfleto, ou até mesmo que o redigi? — De súbito ele voltou a se acalmar. Colocou a mão sobre a de Cornelius. — Meu amigo, você sempre soube de minha opinião sobre a Igreja, e isso nunca atrapalhou nossa amizade. Você pode pensar o que quiser, porque a liberdade de espírito é o maior bem do ser humano. Sempre pensei que, nesse ponto, estivéssemos completamente de acordo.

Com um puxão, Cornelius tirou a mão do toque da do amigo.

— Estamos falando do mesmo país? — Ele cuspia as palavras. — Da mesma república? Você é realmente tão cego? Não vê aonde isso vai levar? Não podemos fazer mais nada, espero que você esteja consciente disso. Nada mesmo! Não podemos nos movimentar ou falar livremente, estamos sendo encurralados de todos os lados. Não podemos pensar, nem escrever, nem ser quem queremos ser. Quando rezamos ao nosso Senhor, devemos fazê-lo clandestinamente, para não ofender ninguém. Somos obrigados e nos reunir no subterrâneo, em locais tão pequenos quanto um armário, em sótãos cheirando a mofo, vivendo a portas trancadas. Somos tratados como animais.

— E eu não sei de tudo isso? — retorquiu Wouter, em tom conciliatório. — É impossível não saber. E entendo os obstáculos que vocês têm que enfrentar. São preocupantes, mas, por outro lado...

— Não existe outro lado. O que você não entende, o que ninguém parece perceber, é que as coisas estão piorando a cada dia. Daqui a pouco não

teremos mais aonde ir. Lugar algum! E esse seu panfleto piora ainda mais a situação. É uma arma nas mãos de nossos inimigos. E você sabe disso muito bem, melhor do que ninguém.

— Mas então, o que quer ouvir de mim? — perguntou Wouter, colérico. — Que fui eu quem o escreveu? Nesse caso, vocês me têm em alta estima. Imaginando que eu, um taberneiro de origem humilde, tenha redigido um panfleto que está mexendo com todo mundo, quer concordem ou não com o conteúdo. Vocês realmente me consideram dotado de grande talento. Por um lado, sinto-me muito lisonjeado, uma vez que não vejo grandes defeitos no conteúdo do manifesto. E mais, chego a concordar com a maior parte. Por outro lado, surpreende-me que logo você se deixe influenciar para vir ter comigo. Eles realmente não encontraram mais ninguém? Quem o forçou a isso? O que pretende com esta conversa? Ou será que você mesmo se ofereceu? Você deveria se envergonhar.

Ditas essas palavras, Wouter levantou-se e chutou o banquinho para trás. Com o punho cerrado, deu um murro na mesa. O pesado chaveiro retiniu ao bater no canto do móvel.

— Somos parentes, Cornelius, mas também pensei que fôssemos amigos. Pelo visto, me enganei quanto a isso. E agora, peço que saiam da minha taberna.

Cornelius e Jacobus já haviam se levantado nesse meio-tempo. À luz fraca das velas, os três homens se entreolhavam de forma hostil.

9

Eles caminhavam pelo cemitério deserto em direção ao túmulo. Num único dia, o vento parecia ter soprado para longe definitivamente o prolongado fim de verão. As árvores careciam de folhas, que haviam formado no chão um tapete alagado e de cores vivas. Nos locais mais improváveis, cogumelos exibiam seus chapéus. Eram 18 horas e começava a escurecer. Apesar do labirinto de ruelas, foi fácil encontrar o local. As damas de salto alto haviam afundado o pé a cada passo dado, deixando marcas no caminho arenoso. O rastro de furinhos formava uma rota pontilhada até o túmulo.

— Como está suportando tudo isso?

Damian olhou de relance para o lado e, ao ver o perfil pálido do melhor amigo, perguntou-se se Alec conseguiria suportar bem aquilo tudo.

Alec virou-se para ele.

— Não se preocupe. Vou ficar bem.

— O que você quis dizer quando prometeu ir atrás do assassino? Estava falando sério? — perguntou Emma, enganchando o braço no dele.

— Estava. Há muita coisa que a polícia não sabe, mas não posso contar tudo a eles. Ainda não.

— O que está dizendo? — Damian parou no meio do caminho. — Espere um momento. Como assim não pode contar tudo a eles? Imagino que você também queira que o assassino seja preso o mais rápido possível. — Ele pegou Alec com firmeza pelos ombros. — Se você ocultar informações, informações cruciais para a investigação policial, para a solução da morte de Frank... eles nunca o encontrarão. Não vê isso?

Alec se sacudiu com raiva, libertando-se do amigo.

— Ele tem razão — disse Emma. — Conte tudo o que sabe, por favor. Não faz sentido sonegar informações. Por que você faria isso?

Alec passou a mão pela testa.

— Eu apreciaria um voto de confiança por parte de vocês. Podem parar com isso agora, por favor? — Suas palavras soaram ríspidas. — Vocês ainda não sabem o bastante para poderem julgar. E eu não estou com vontade de falar disso agora. Depois, quando voltarmos para casa, combinado? Lá, contarei tudo que sei. Aí vocês vão entender. E poderão decidir comigo o que devo ou não contar à polícia. Não é o que vocês querem? Decidir comigo cada um dos meus passos? Pois então; aproveitem.

— Mas faça o favor de ouvir o que tivermos a dizer. Tudo que Emma e eu sugerimos é para seu próprio bem. Você sabe, como eu também sei, aonde tudo isso pode levar. Não venha nos dizer que está em condições de pensar direito.

— Nesse caso, estou curioso para saber por quanto tempo mais ainda vou ter que ouvir essas coisas. Até quando você continuará me vendo como um fracote? Vamos, me diga.

— Por favor — intercedeu Emma, zangada. — Não aqui. Se vocês têm que discutir isso, que seja mais tarde. Estão parecendo dois moleques. E Damian, nada de me envolver nas suas brigas, entendeu? Agora vamos, por aqui.

Eles ficaram lado a lado, em silêncio. Em torno do túmulo, havia dezenas de coroas de flores. Sobre a lápide, vários copos de champanhe vazios se equilibravam em cima da base irregular, como uma macabra cristaleira de bar.

Depois de Damian ajeitar algumas das faixas, Alec abaixou a cabeça.

— Querido Frank, lamento tudo que fiz você passar. Todas as preocupações que lhe causei. Lamento tanto... — E levantou a cabeça, cerrando os punhos. — Hei de pegá-lo, seu filho da puta. Não perde por esperar.

— Alec, por favor. Pare com isso! O que Frank pensaria se o ouvisse agora? Ele jamais gostaria de vê-lo correr perigo. Deixe o assassino por conta da polícia. Conte a eles tudo o que sabe e deixe que façam seu trabalho.

Alec virou a cabeça furiosamente para o amigo.

— Porra, Damian, será que dá para parar com esse papo paternalista? Frank foi assassinado. Fui eu quem o encontrou. Ele ligou para mim e me pediu para ajudá-lo. Mas cheguei tarde demais; simplesmente tarde demais. Se tivesse chegado na hora, talvez ele ainda estivesse vivo, talvez tivessem conseguido ajudá-lo, mas eu demorei demais. Se ainda morasse com ele, isso nunca teria acontecido. Nunca.

— Eu só quero...

Emma levantou as mãos.

— Agora parem, vocês dois, por favor! Alec, não faz sentido pensar assim. Além disso, não é verdade. Agora está feito, e você não pôde fazer nada, absolutamente nada. Frank detestaria vê-lo desse jeito e ouvi-lo dizer isso. Você fez o que pôde.

— Não, é justamente isso. Eu não fiz o que pude. Poderia ter feito muito mais. — A tristeza reverberava em sua voz, e seus olhos começaram a marear. — Vocês deveriam ter visto, foi horrível. Vê-lo ali, estirado no chão. Não posso esquecer essa história assim, porque ainda não acabou. Além disso... Foi ele mesmo que me pediu; para ajudá-lo, quero dizer.

O queixo de Damian caiu.

— Pediu? Ele ainda falou com você?

Devagar, Alec balançou a cabeça.

— Alec?

— Depois, em casa. Aí eu conto tudo.

***

Ele os vira ir em direção ao túmulo e os seguira. O espesso tapete de folhas abafou o som de seus passos. Quando pararam em frente à sepultura, escondeu-se por entre as lápides. Palavra por palavra, ele escutou toda a conversa.

Agora, retornava sem fazer barulho. Voltou ao auditório o mais rápido que pôde. Ouvira o suficiente e tinha que agir logo. Alec Schoeller sabia de alguma coisa, mas o quê? Esperava que não fosse tarde demais, que ainda estivesse lá.

10

Apoiando-se no encosto da frente, Dawn colocou o corpo mais adiante no assento.

— Aquele Alec Schoeller não tem nada a ver com o assassinato. Não mesmo. Está na cara. O homem está arrasado, dá para ver. Minha intuição diz que...

— Epa! Que falta de profissionalismo é essa? E vindo logo de você? — Wainwright virou-se para ela. — E não me olhe desse jeito, com esse olhar de desdém. Vocês são transparentes para mim. Isso mesmo, acredite ou não, até eu tenho uma intuição que não falha. Não é tão difícil assim. Vocês não me enganam

— Vocês? Como assim vocês?

— A receita é a seguinte: você pega um homem, com uma boa estatura e ombros largos. Acrescenta músculos na medida, bem proporcionais. Nem demais, nem de menos, na quantidade certa. Depois, lhe aplica dois grandes olhos castanhos e implanta uma espessa cabeleira castanho-escura. Nada de carecas ou cabelo rareando aqui e ali — disse ele, passando a mão de leve no próprio cabelo. — Espalhe bem por toda a cabeça. Fios grossos e bonitos. Algumas lágrimas nos olhos, como bônus e... Pronto! Vocês se jogam aos seus pés. Principalmente se ele for podre de rico, como Schoeller.

— Claro, porque, apesar de ter sido comprovado cientificamente que nós, mulheres, temos uma capacidade maior que a dos homens de nos colocarmos no lugar dos outros, não somos capazes de julgá-los, a não ser pela aparência — ironizou Dawn. — Humm... Não esperava um raciocínio tão simplista da sua parte.

— Simplista? Vou lhe dizer o que é simplista. Você não conseguiu nem perceber que se deixou levar pela aparência de alguém, isso é que é simplista. Você ficaria boba se soubesse quantos atores natos que jamais puseram os pés num palco existem nesse mundo. Simplista... Ora essa! Eu esperava mais de você. Quantos anos de experiência você tem?

Ela deu de ombros, cética, e ficou olhando pela janela. Os pôlderes holandeses passavam em alta velocidade. Lá longe, um trem amarelo com listras azuis atravessava a paisagem plana. Ela foi apertando os olhos até quase se fecharem. O amarelo mesclou-se ao azul e o trem desapareceu, misturando-se ao verde do pasto.

Wainwright esfregou o nariz. O pinheirinho que o motorista do táxi havia pendurado no espelho retrovisor fedia, e estava irritando sua mucosa já hipersensível. Se havia alguém que tinha algo a ganhar com a morte de Frank Schoeller, esse alguém era Alec. O homem deixara uma fortuna para o sobrinho.

Voltou-se para Dawn.

— Trouxe as fitas?

— Sim, senhor — respondeu ela, sem deixar de olhar pela janela, e levantou a sacolinha de plástico.

— Vai se fazer de ofendida agora, é? Você entendeu o que eu quis dizer, não entendeu?

— Claro.

— Ótimo, então. Quero essas fitas examinadas assim que chegarmos. Quero um nome para cada rosto que aparecer nas imagens, e quero que cada nome seja verificado no sistema.

— Você acha mesmo que o assassino estava rondando por ali? Tudo leva a crer que estamos lidando com um profissional. Conseguimos rastrear todas as impressões digitais que achamos. E se olharmos para a forma como Schoeller foi torturado, é óbvio que...

— Faça o que eu lhe pedi. Quero que você analise bem os convidados. Repare nas reações, observe como agiram. Os mínimos detalhes podem ser de suma importância.

Ela voltou a olhar para fora. Wainwright tinha uma excelente carreira profissional. Durante aqueles quatro meses em que vinham trabalhando juntos, ela aprendera mais do que em todos os anos anteriores. Como uma esponja, assimilava tudo. Mas nas últimas semanas — a bem da verdade, desde que haviam prendido o assassino em série —, Dawn tinha a impressão de que ele parecia distante. Estava nervoso e se aborrecia muito rápido, ou pelo menos mais rápido do que de costume.

Na semana anterior, quando ela entrara sem bater na sala dele para buscar um arquivo, encontrara-o de pé diante do quadro de cortiça. Ele não a ouviu entrar. Estava passando o dedo sobre a foto da primeira vítima.

— Talvez seja hora de tirá-las daí, não? — dissera ela, com cuidado.

Ele não se movera.

— Não precisa — respondera, abatido e desconsolado. — Elas já se foram.

Dawn fechara devagarinho a porta atrás de si.

11

Dentro do carro blindado estava quente e quieto. Do banco traseiro, Emma observava o perfil de Damian. Ele se virou.

— Tudo bem?

— Tudo.

Ele estendeu o braço para trás e ela pegou-lhe a mão.

— Vocês não fazem ideia de como Frank ficou feliz por vocês se casarem — disse Alec, baixinho, olhando para fora. Depois, sorriu para Emma. — Depois de tanto tempo.

Emma sentiu suas bochechas corarem. Ela baixou os olhos e puxou a mão. Sentiu uma fisgada no estômago. Jamais pensara que seria capaz de amar dois homens ao mesmo tempo. Tão profundamente e de forma tão diferente. No momento em que vira Damian no pátio do colégio, quinze anos antes, soubera que era ele. Sua postura solene, quase aristocrática, dava-lhe ares de personagem de um romance inglês do século XIX. Ela se apresentara. Damian jogara os longos cabelos louros para trás e estendera-lhe a mão. Seus olhos cinza-claros a observaram, curiosos e afáveis. Era um rosto calmo e contemplativo, que emanava uma autoridade natural. Quando olhou naqueles olhos, todo o nervosismo do primeiro dia de aula derreteu-se como neve sob o sol. Sentira-se capaz de enfrentar o mundo. Após dar-lhe a mão, voltara-se para Alec. Sua respiração falhara. Os olhos dele eram tão escuros que pareciam negros. O olhar dele tinha mergulhado na sua alma, escaneando todas as suas fraquezas e frustrações. Num piscar de olhos, ele soubera quem tinha diante de si, conhecera-a por inteiro. Emma havia sentido a mão tremer ao colocá-la na dele, e seu sangue subiu para o rosto.

Mas, na época, tinha 15 anos. Uma adolescente romântica, com a cabeça cheia de heróis dos romances ingleses que devorava, e pelos quais se apaixonava de imediato. Heathcliff, Mr. Darcy, Mr. Rochester. Então por que, mesmo após tantos anos, ela ainda não havia conseguido tirá-lo da cabeça? Sempre que sabia que se encontrariam, ficava nervosa e sentia um aperto no peito, que só passava depois que Alec ia embora. Era de enlouquecer. Aquilo estava plantado entre ela e Damian. Não queria nem pensar que essa sensação a acompanharia por toda a vida. Quanto menos ela o visse, melhor. Sempre que se reencontravam, ela esperava, do fundo do coração, que aqueles sentimentos cessassem logo.

O carro passava tirando um fino dos *amsterdammertjes*, que delimitavam o espaço entre a rua e a calçada, com seus típicos XXX, como no brasão de Amsterdã. De vez em quando o motorista reduzia a velocidade para permitir a passagem de ciclistas e pedestres. Ela olhou para o outro lado da Herengracht e viu passarem os trezentos anos de arquitetura daquelas fachadas. O carro reduziu ainda mais a velocidade, até parar diante do prédio caiado. O motorista acionou o controle remoto. Devagar, a porta da garagem se abriu

Mais tarde, quando entraram na ampla cozinha integrada à sala de estar, Alec sentou-se em uma das duas poltronas ao lado da lareira. Emma se jogou numa almofada enorme diante do fogo e tirou os sapatos. Sobre a mesa de jantar havia tigelas com petiscos e um balde de gelo prateado, no qual o gargalo da garrafa de vinho despontava.

— Agora faça o favor de nos contar direitinho o que aconteceu aquela noite — disse Damian, indo até a mesa para encher três taças de vinho.

Alec não tirava os olhos do chão. Emma levantou-se e foi se sentar no braço da poltrona em que ele estava.

— Se pudermos, vamos ajudá-lo, você sabe disso. — Ela afagou-lhe as costas e sentiu os músculos dele se contraírem ao seu toque. Tirou a mão. — Mas para isso você tem que nos contar o que está acontecendo.

— É, vocês têm razão. Mas, antes, eu gostaria de pensar bem a respeito. — Ele pigarreou. — Tenho medo de colocá-los em perigo se contar a vocês o que sei. Ou talvez eu esteja imaginando coisas. Sei que tem alguma coisa errada, que algo estranho está acontecendo. Só que... não sei o que é. Não faço a mínima ideia do que seja. — Alec apoiou os cotovelos nos joelhos. — O que vou contar, só vocês podem saber. Podem me prometer isso, que vão ficar de boca fechada, não vão dizer uma palavra a ninguém? Estou pedindo isso não só pelo que Frank disse, mas porque acho que havia alguém que o perseguia, alguém que queria algo que ele tinha. É bem provável que essa mesma pessoa agora esteja atrás de mim.

— E por que você acha isso? — perguntou Damian.

— Porque Frank me deu uma coisa.

12

Depois de Alec contar como encontrara Frank e como o haviam torturado, eles permaneceram calados, os olhos fixos à frente.

— Quanta dor ele deve ter sentido... — disse Emma, cortando o silêncio. — Como ele aguentou tudo isso?

Alec levantou a cabeça.

— Não sabemos se ele realmente aguentou. Talvez tenha cedido no final e acabou contando alguma coisa. Mas o quê?

Ele se levantou e jogou um pedaço de lenha no fogo. Com o atiçador, começou a revolver as brasas.

— Algumas semanas atrás fomos jantar fora. Notei que ele parecia preocupado e perguntei se estava acontecendo alguma coisa, mas Frank disse que não era nada. — Olhou para Damian. — Por acaso ele comentou algo com você?

Damian fez que não.

— Que tipo de ser covarde seria capaz de fazer uma coisa dessas com um velho? — comentou Damian. — Por que você não ligou logo para nós? Poderíamos ter...

— Não. Eu queria primeiro refletir sobre o que tinha acontecido, para tentar colocar ordem nos fatos. — Alec se sentou. — A polícia e a ambulância chegaram em poucos minutos. Ainda tentaram reanimá-lo, mas era tarde. — Ele suspirou. — O circo estava armado. Poucas horas depois, levaram-no. Wainwright, aquele sujeito da Scotland Yard, chegou logo após e começou a me fazer um monte de perguntas. Se eu tinha visto ou ouvido algo, se eu tinha alguma ideia de quem poderia ter feito aquilo e por quê. Eu estava enlouquecendo, porque ele não parava. Por volta das 8 horas, Tibbens chegou, e então passou a ser o alvo do interrogatório.

— E o que foi que você contou à polícia? — indagou Damian.

— Tudo o que eu sabia, ou seja, muito pouco.

— No cemitério, você comentou que ele lhe deu alguma coisa.

Alec se levantou. Pegou a bolsa de viagem, que se encontrava ao lado da poltrona, e colocou-a sobre a mesa da cozinha.

— Ele estava segurando isso. Você poderia dar uma olhada? — Ele abriu o zíper da bolsa. — Frank mandou que eu tirasse isso da casa e não deixasse a polícia ver. Coloquei no meu carro. Não sei por que ele me pediu isso. Não faço a menor ideia do que se trata.

Damian desfez o embrulho em papel de jornal.

O encadernador tinha dado asas a sua criatividade. Em cada canto do livro, impressas no couro marroquino vermelho, havia duas folhas de árvore preenchidas em ouro. Os talos se tocavam ao centro. Talhada no comprimento e na largura, uma linha se curvava ligeiramente para dentro, interrompida por um detalhe de pequenos cachos. No meio, uma grinalda em ouro prensado. As linhas, curvas, flores e guirlandas formavam uma belíssima moldura dourada sobre o delicado suporte de couro de cabra.

— Ah, meu Deus! — exclamou Emma ao ver sangue no livro, e cobriu a boca com a mão.

— Ele estava segurando este livro com tanta força que tive que de arrancá-lo de suas mãos — relembrou Alec, com tristeza.

Damian mordeu o lábio. Não tirava os olhos da capa. Quando Emma estendeu a mão, ele segurou seu pulso.

— Não, espere um momento. Não toque. Já volto.

A caminho do escritório, Damian sentia o coração acelerado. Ele sabia muito bem que não era só pelo choque de ver o sangue de Frank sobre a encadernação, mas também pela emoção que o livro lhe causara. Tinha consciência de que aquela obra devia ser muito especial. Frank tinha um gosto impecável. Fora ele quem lhe transmitira a paixão por antiguidades, durante as inúmeras vezes em que, hospedando-se em sua casa, Damian era impelido, com Alec, a desbravar as feiras de antiguidades londrinas na calada da noite. Cada um dos dois meninos recebia de Frank uma lanterna e, a partir daquele instante, a caçada podia começar. Frank percebera de imediato que Damian tinha faro para o negócio, sendo capaz de pescar objetos de beleza ímpar no meio da tralha. Além de saber pechinchar. Alec, no entanto, apenas os seguia de mau humor, fingindo interesse, com um *walkman* a tiracolo.

Se ele não tivesse conhecido Frank, jamais teria entrado para o ramo de antiguidades e, hoje, não teria duas lojas muito bem-sucedidas. Livros não eram sua especialidade, mas sabia um pouco a respeito. O bastante para perceber que aquele não tinha menos que algumas centenas de anos.

Damian dirigiu-se à escrivaninha e abriu a gaveta. Com um par de luvas brancas de algodão e um apoio de livro em forma de prensa, voltou para a cozinha. Encontrou Alec e Emma curvados sobre o exemplar.

— A acidez dos dedos pode danificar as páginas — explicou enquanto colocava as luvas. Levantou o livro com cuidado.

— Eu diria que já está danificado — opinou Alec, apontando para o sangue na capa.

Damian não esboçou reação, apenas manteve o livro delicadamente entre as mãos, determinando a amplitude de abertura do caderno. O livro se abriu. Quando viu a figura, soube de imediato do que se tratava. Com cuidado, deitou o volume sobre o apoio, que havia ajustado na medida certa, e fechou-o outra vez. Com o canto superior direito entre os dedos, levantou-o. Ouviu-se um ligeiro estalido. A primeira página estava grudada. Pegou, cuidadosamente, um canto da folha e começou a soltá-la aos poucos. Com um palavrão, Alec curvou-se à frente, pegou o livro do apoio e, com um puxão, soltou a página, que quase se rasgou ao meio.

— Meu Deus! O que você está fazendo? — perguntou Damian. — Controle-se, pelo menos uma vez na vida.

— Como assim me controlar? Não dou a mínima para este livro. Ou você acha que estou interessado em saber quanto vale? É isto... — disse, batendo de leve com o dedo na página. — É isto aqui. Era para isto que Frank estava apontando e, pelo que me consta, é a chave de tudo.

Eles observaram a página coberta de sangue.

Alkmaar

21 de julho de 1636

Ao sinal de Cornelius, Jacobus avançou, pegou Wouter pelo cavanhaque e puxou-o de tal forma por sobre a mesa que seus narizes quase se tocaram.

— Você ouviu, Winckel. Sabemos o que você carrega na consciência. Você terá o tratamento que os hereges merecem.

Wouter agarrou os cantos da mesa e tentou se libertar. Seu queixo estava em brasa. Gemeu. Seus olhos se dirigiram para Cornelius, que, embora parecesse em estado de choque de pé ao lado da mesa, não fez menção de ajudá-lo.

— Cornelius... — Wouter ouviu a própria voz sair fraca, praticamente inaudível, uma vez que sua boca estava sendo escancarada. — Aaaaargh... Me ajude...

Cornelius abriu um sorriso de escárnio.

Lamento, Wouter, mas não estou entendendo nada do que você está falando.

Wouter olhou para Jacobus, cujo rosto estava contorcido de tanta força que fazia para segurá-lo pelo cavanhaque. De repente o rapaz soltou uma das mãos, pegou o braço do taberneiro e puxou-o com firmeza na própria direção, jogando-o sobre a mesa. No momento em que Wouter tentou pegar Jacobus com a mão livre, o rapaz largou seu cavanhaque e segurou-lhe o outro braço. Em seguida, juntou os pulsos do taberneiro e amarrou-os com uma corda que Cornelius lhe entregara.

Wouter tentava firmar os pés, ainda apoiados no chão, mas o piso era muito escorregadio. Jacobus o puxou ainda mais para si sobre o tampo de madeira, erguendo-lhe os pés no ar. Enrolou a corda em um dos pés da mesa, foi até a outra extremidade do móvel e afastou as pernas de Wouter. Em seguida, amarrou cada tornozelo a um dos pés da mesa.

Enquanto tentava resistir, Wouter sentia as cordas cortando seus pulsos e tornozelos. Subitamente, duas mãos seguraram-lhe a cabeça e empurraram-na para o lado com tanta força que ele chegou a pensar que seria seu fim, que sua hora tinha chegado e que lhe quebrariam o pescoço. A mão de Jacobus empurrava com força uma de suas faces. Pelo canto dos olhos, Wouter viu algo se mexer. Antes de perceber do que se tratava, gotas de cera fervente invadiam seu ouvido. Ele fechou os olhos com força e abriu a boca para extravasar a dor que sentia, mas não conseguiu produzir som algum, pois enfiaram um pano tão fundo na sua boca que ele podia sentir o tecido raspando sua garganta. Ele emitiu apenas um piar patético. Tentou relaxar para conseguir respirar pelo nariz, mas foi tomado pelo pânico. Seus pulmões pareciam querer explodir dentro do peito.

Uma risada insana vinha de perto, mas soava muito longe. Sentiu os lábios de Jacobus em sua orelha.

— Aquele que não quer ouvir deve sentir.

Novamente, pegaram-lhe a cabeça e viraram-na com força. A cera no seu ouvido sufocou por completo qualquer ruído. O ciciar do sangue e o pulsar do coração enchiam-lhe a cabeça. Ele viu o olhar com que Cornelius o fitava: quase admiração de tanto horror. Ouvindo o som inutilmente surdo que ele mesmo produzia, Wouter tentou expressar suas palavras com os olhos. Devagar, Cornelius balançou a cabeça e olhou para Jacobus. Wouter viu seus lábios se moverem. Então mexeu os braços e as pernas, puxando as cordas, mas conseguiu apenas apertá-las ainda mais nos próprios membros.

Jacobus pegou-o pelos cabelos, enrolou-os na mão e apertou a cabeça do taberneiro contra o tampo da mesa. Então, erguendo o castiçal bem acima da sua cabeça, deixou-o cair com força.

13

Lentamente, Damian leu o texto impresso em letras graciosas na primeira página do livro.

Conjunto de uma variedade de tulipas,
desenhadas como estão em vida,
com os respectivos nomes e peso dos bulbos,
conforme venda pública em Alkmaar
no ano de 1637

Levantou os olhos, que brilhavam fascinados.

— Como Frank conseguiu isto?

— Não faço ideia. Eu nunca tinha visto este livro antes.

— Inacreditável, que exemplar maravilhoso! Realmente é um volume singular, peça raríssima. Os únicos exemplares que conheço encontram-se em museus ou protegidos em arquivos. Este livro vale uma fortuna. — Damian passou a mão pela página. — Este tipo de volume era feito no século XVII, no período em que surgiu o comércio de tulipas. O objetivo era estimular a venda dos bulbos.

— Uma espécie de catálogo — completou Emma.

— Isso mesmo. Houve uma época em que a tulipa era leiloada como bulbo e não como flor. — Ele virou a página com cuidado. — Aqui, vejam o capricho com que isto foi feito.

As cores irradiavam da página. As pétalas flamejantes, com seu recorte em branco e vermelho, apoiavam-se num talo levemente curvado. Das três folhas enroladas, uma delas apresentava uma pequena falha na extremidade, como se tivesse sido mordiscada por um inseto. As outras duas terminavam em ponta: a primeira, orgulhosamente aprumada; a outra, elegantemente curvada para fora. Quase dava para contar as nervuras, tamanhas eram a minúcia e a precisão do ilustrador.

— Estas ilustrações eram feitas por artistas — continuou Damian. — Alguns são muito conhecidos hoje em dia. Para estimular a venda dos bulbos, os comerciantes de tulipas contratavam desenhistas para reproduzirem o que tinham a oferecer. Custava muito tempo e dinheiro, mas valia a pena, pois com isso conseguiam valorizar seus produtos. Durante o leilão, os comerciantes podiam mostrar aos compradores em potencial as tulipas que se escondiam nos bulbos. Essas imagens valem ouro.

— Será que estão atrás deste livro? — perguntou Alec.

— Pode ser.

A tulipa na página aberta encontrava-se sobre um montinho de terra, da qual despontava uma plaqueta.

— Olhe. — Damian apontou para a pequena placa. — Aqui tem o nome da tulipa. Uma "Admiraal van der Eijck". O valor ao lado é o preço de venda. Está vendo? A letra é diferente. Quando um bulbo era vendido, o comerciante escrevia o último valor de venda ao lado. Assim ele sabia exatamente quanto havia sido pago por aquele bulbo antes e quanto ele podia pedir no futuro.

— Mas esse preço não pode estar certo. — Alec olhava atônito para a quantia.

— É possível, sim — confirmou Damian. — Mil e quarenta e cinco florins. E isso não é nada. Veja esta aqui...

A corola da tulipa para a qual ele apontou era mais arredondada e mais densa do que a da anterior. Também apresentava pétalas semelhantes a labaredas. A cor começava na parte inferior, sobre uma superfície violeta escura, regular e lisa, tornando-se esvoaçante à medida que subia, como se uma pena tivesse sido mergulhada na tinta e levemente pressionada sobre o branco da pétala. Na parte superior da corola ainda se vislumbravam alguns filetes de violeta.

— Veja. Aqui está. Esta é a " Viceroy", com dois valores assinalados embaixo. Da primeira vez, ela foi vendida por 3 mil florins; da segunda, por 4.200.

— Quatro mil e duzentos florins! — exclamou Emma. — Santo Deus! Quanto dinheiro! Quanto deve valer nos dias de hoje?

— Não podemos calcular o valor exato, mas dá para se ter uma ideia. A receita anual de um artesão habilidoso era, na época, uns 300 florins. Hoje em dia, partindo-se de mão de obra especializada, ele ganharia uns 21 mil euros. Portanto, você teria que multiplicar por setenta para chegar ao mesmo salário. Se utilizar a mesma fórmula, esse bulbo de 4.200 florins valeria hoje... Vejamos... 294 mil euros.

— Quase 295 mil euros por um bulbo de tulipa? Isso é loucura. — Alec cruzou os braços e olhou para o livro, franzindo a testa. — É bem verdade que tudo isso é muito interessante, mas o que Frank queria me dizer? Por que eu tinha que esconder o livro? E por que a polícia não podia saber de nada? Continuo sem entender.

Damian olhou para ele.

— O que você contou mesmo sobre Frank? Ele estava apontando para alguma coisa?

— A mão dele estava por baixo da capa, na folha de rosto.

Damian fechou o livro e abriu-o novamente na folha de rosto, com todo cuidado. A página estava cheia de veias e manchas ferruginosas. Bem embaixo dos números do ano, o sangue formara uma impressão digital, tão nítida que se viam os finíssimos sulcos.

— É 1637 — leu Damian em voz alta.

— A única coisa que consigo imaginar é que Frank quis indicar que sua morte tinha algo a ver com o comércio de tulipas — concluiu Emma —, ou com o século XVII. Alec, Frank nunca mencionou mesmo algo nesse sentido a você?

— Nunca. Assim que eu vir Tibbens, vou perguntar-lhe se ele sabe de alguma coisa. Talvez Frank tenha comentado com ele.

— Vamos torcer. Ele não deve ter dado isso a você a troco de nada. — Damian folheava o livro com cuidado. — Algum motivo teve.

— Frank e o século XVII: qual será a relação entre ambos? — Alec foi até a lareira e enfiou as mãos nos bolsos. Então voltou-se para Damian, um pouco envergonhado. — Peço desculpas por ter sido tão rude agora há pouco. Sei que você está querendo me ajudar, que sua intenção é a melhor possível. Sou muito grato por isso. Mas não precisa se preocupar. Embora eu nunca tenha me sentido tão impotente na vida, desta vez vou enfrentar a situação limpo, sóbrio. Quero que você acredite em mim, que confie em mim.

Damian aproximou-se dele e o abraçou. Em seguida, um tanto desajeitados, deram tapinhas um no ombro do outro.

Quando Emma os viu assim, sorrindo como adolescentes, sentiu-se culpada e pensou, não pela primeira vez, que talvez fosse melhor que ela desaparecesse da vida de ambos. Emma sabia que muito da tensão entre Alec e Damian era por causa dela. Durante todos os anos de amizade eles haviam tido várias desavenças, mas a relação entre os dois nunca fora tão frágil quanto agora.

Ela pigarreou alto.

— Eu sei qual é a relação entre Frank e o século XVII.

Os dois a olharam surpresos.

— Mas não sei se adianta de alguma coisa.

— E qual seria essa relação? — perguntou Damian.

— Dick Beerens.

— Seu idiota! — Alec bateu com a palma da mão na testa. — Dick, mas é claro, que burrice eu não ter pensado nele antes. Ele estava no enterro. É claro que ele sabe tudo sobre aquele período...

— ... E sobre o comércio de tulipas — complementou Damian.

Emma assentiu.

— Foi o que pensei.

14

Tara acendeu a pequena lâmpada e fechou a porta do banheiro com um pontapé. Com um movimento brusco, puxou o cabelo louro para trás e prendeu-o com um elástico. Ficou olhando para o próprio reflexo no espelho. O rabo de cavalo estava tão apertado que seus olhos inchados pareciam enviesados no rosto. Ela o afrouxou um pouco. Com a ponta dos dedos, esfregou as têmporas e limpou o rímel que escorrera sob os olhos injetados.

Abriu a torneira e jogou um punhado de água fria no rosto. Gotas escorreram. Com as mãos, apoiou-se no lavabo, que rangeu sob seu peso. Praguejando, pegou as duas extremidades e começou a puxar com força, até aparecer uma fenda entre a parede azulejada e a cuba. Só então soltou a pia, ofegante.

— Não estava contando com isso, não é mesmo, Frank? — disse, passando a mão no nariz. — Você não tinha tudo sob controle? E agora? E eu? Nunca pensou nisso? Em como eu ficaria se acontecesse alguma coisa com você?

Arrancou a toalha do aquecedor e esfregou o rosto com força. Em seguida, pegou o *nécessaire*, segurou-o aberto sob a pequena prateleira e empurrou todos os artigos de toalete para dentro. Antes de deixar o banheiro, ainda deu uma última conferida no espelho. Olhos azuis e frios sob sobrancelhas louro-escuras, nariz reto, malares proeminentes e uma boca que formava uma linha reta naquele momento, lábios desbotados, completamente sem cor. Apontou para o próprio reflexo:

— Você vai sair dessa.

Saiu do banheiro e foi em direção à cama, onde deixou o *nécessaire* cair dentro da bolsa de viagem. O jornal ao lado encontrava-se aberto na página 3. Pela enésima vez, leu o título em negrito da matéria ilustrada por uma foto em que Frank aparecia de smoking: **HOLANDÊS ASSASSINADO EM LONDRES**. A imprensa não havia deixado nada por conta da imaginação do leitor. Até a tortura fora descrita nos mínimos detalhes. A julgar pelo que dizia o texto, a polícia parecia não ter a menor ideia de quem era o assassino. Até mesmo o motivo do crime permanecia um mistério, tendo em vista que nada fora levado da casa. Naturalmente, Alec Schoeller havia sido mencionado, e sua foto também aparecia. Falavam de uma suposta herança e de seu trabalho como artista plástico.

Tara caiu de joelhos ao pé da cama. Apoiou-se no jornal e murmurou, olhando para a foto de Frank:

— O que você contou a eles, hein? O que você contou? Falou alguma coisa de mim?

Quando o vira pela última vez, duas semanas antes, eles haviam analisado os progressos feitos. Chegaram à conclusão de que o orçamento seria suficiente para cobrir pelo menos dois anos de pesquisa. Tudo estava planejado. Ela podia começar. Finalmente, o dinheiro havia sido liberado. E agora isso? Xingando, ela deu um soco na foto. Será que não poderia mais fazer a pesquisa? Ela só conseguia pensar nisso desde que lhe havia sido oferecida essa oportunidade.

Levantou-se, foi até o armário e jogou algumas roupas na bolsa. Antes de fechá-la, ainda colocou o laptop dentro. Lembrou, por sorte, que havia nele uma cópia de todas as informações. Depois do que acontecera a Frank, não tinha mais coragem de voltar ao laboratório. Tinha a impressão de que todo mundo olhava para ela na rua, que estava sendo constantemente observada, como se soubessem do seu envolvimento

Não, Tara daria continuidade a seu trabalho, independentemente do que acontecesse. Aquela era sua oportunidade de mostrar a todos, ao mundo, do que era capaz; provar sua excelência no seu ramo de atividade. Ela não deixaria aquela oportunidade passar. Não, toda a energia que já havia dedicado àquilo até agora não seria em vão. Ela iria em frente, custasse o que custasse.

Aprumou as costas, pegou a bolsa da cama e saiu do quarto. Depois de ter fechado a porta, olhou em volta, nervosa. Atravessou a rua bem rápido e entrou no carro.

15

Alec e Damian entraram no prédio da faculdade. Uma construção da década de 1980, feita de vidro, aço e concreto. Após se identificarem na recepção, receberam autorização para entrar. O escritório de Dick Beerens ficava no segundo andar. Chegando lá, Alec bateu na porta e a abriu.

Ficaram surpresos ao encontrar Dick de pé em sua cadeira. Com um pedaço de pau, ele tentava abrir o estreito basculante. Um cigarro pendia de sua boca.

— Dick?

O professor de história da Holanda virou-se. A cadeira começou a balançar de forma perigosa. Suas pernas curtas tremeram. Ele começou a pender de forma assustadora para trás, e a mão livre fazia círculos no ar.

Quando Alec fez menção de ajudá-lo, Dick conseguiu, com alguns movimentos inesperadamente elegantes de seu corpo atarracado, equilibrar-se.

— Ah, vocês já chegaram. Alec, Damian, sejam bem-vindos. Só um instante.

O cigarro movia-se conforme pronunciava as palavras, e o canudo de cinza caiu ao chão. Apoiando o pedaço de pau na parede, ele girou com cuidado sobre a cadeira até ficar de costas para eles. Conseguiu, então, segurar o braço da cadeira e desceu dela. Com a ponta do sapato, esfregou a cinza caída no tapete para em seguida dirigir-se até eles. Em seu rosto, vermelho devido ao esforço, a expressão era de tristeza.

— Que coisa horrível, não? Que situação, rapazes, que situação. — Ele parou diante de Alec, pegou-o pelos ombros e abraçou-o rapidamente, mas com firmeza. — Deve estar sendo terrível para você, meu rapaz. Vamos sentir muitas saudades dele.

Alec viu os olhos de Dick ficarem marejados e mordeu o lábio.

O professor afastou-se um pouco e olhou para ele.

— Fico feliz em poder fazer alguma coisa, em ajudar de alguma forma. Ou pelo menos espero. — Estendeu a mão para Damian. — E você, tudo bem?

— Tudo certo.

— Como vai Emma?

— Também vai bem.

— Muito bem, muito bem.

— Que bom que você pôde nos receber tão rápido, Dick.

— Mas é claro, Alec, nenhum problema. Hã... Se me permite perguntar... hã... a investigação, ele já tiveram algum progresso?

Alec balançou a cabeça em negativa.

— Pelo que sei, não. Ninguém foi preso ainda. Acho que não têm a mínima ideia de quem possa estar por trás disso tudo.

— Não consegui acreditar quando me contaram — disse o professor, claramente emocionado. — Até agora tenho dificuldade para aceitar. Ainda o vejo todos os dias. Aqui, deem uma olhada. — Foi até a escrivaninha e pegou uma moldura, que entregou a Alec. — Vejam só Frank sentado aqui!

Alec assentiu com a cabeça. Por cima de seu ombro, Damian também olhava. Um grupo de jovens sentados a uma mesa posta para um jantar formal. A luz dos grandes candelabros brilhava nos talheres de prata e nos pratos brancos. O fotógrafo havia se posicionado na cabeceira para tirar a foto. Os estudantes se curvavam um pouco para a frente, os copos erguidos. Frank era o mais magro. Estava bem na frente e sorria diretamente para a câmera. Uma versão mais jovem de Dick Beerens estava sentada diante dele.

— Nossa turma — murmurou Dick, olhando para a foto. Então a colocou de volta e pigarreou. — Alec, quando você me ligou ontem à noite, disse que tinha encontrado algo na casa de Frank e que eu poderia ajudá-lo. Quer me dizer o que era?

— É que... bem... estamos achando que a morte dele tem algo a ver com tulipas. Sei que pode parecer estranho, mas...

— Frank? Espere aí, Alec. Frank e tulipas? — As sobrancelhas do professor ergueram-se rapidamente. — Por que você acha isso?

— Preferimos não dizer no momento, se não se importa. Mas pode haver indícios de uma relação entre a morte dele e o comércio de tulipas do século XVII.

— Isso depende do que você encontrou — sugeriu Dick. Como Alec não fez menção de responder, ele balançou a cabeça. — Rapazes, ouçam bem. É praticamente impossível que haja uma relação entre a morte de Frank e aquele comércio de tulipas. Se estivéssemos vivendo no século XVII, aí sim, seria possível, mas não é o caso. Além disso, se ele tivesse interesse nisso quando vivo, teríamos conversado a respeito, e há muito tempo. Porque, se o assunto é esse período de nossa história, todo mundo acaba vindo falar comigo, mais cedo ou mais tarde, se é que me entendem.

— É por isso que também nós pensamos em você. Achamos que ele poderia ter lhe perguntado algo a respeito ou falado sobre o assunto. — A voz de Alec soava cheia de esperança.

— É, de vez em quando até falávamos, mas sempre com relação ao meu trabalho. Ele nunca chegou a me pedir nenhuma informação específica. Sobre o que ele teria me perguntado?

— Não podemos contar todos os detalhes agora, mas temos a impressão de que há uma relação. Ainda não sabemos como nem qual. Tínhamos esperança de que você pudesse nos ajudar.

— O que, mais precisamente, vocês querem saber sobre aquela época? Há tanto a dizer. Se vocês me explicassem por que estão fazendo esse paralelo, eu poderia dar uma resposta mais precisa, não acham? — insistiu Dick.

— É, você tem razão, mas preferimos não revelar muito por enquanto.

— Tudo bem. — Ele suspirou. — Vou respeitar a decisão de vocês e não farei mais perguntas. Mas tem uma coisa que não posso deixar de dizer, tanto em nome de Frank, quanto como amigo: deixem que a polícia cuide disso. Eu conheci Frank muito bem e tenho certeza de que ele não iria querer que vocês se envolvessem nesse incidente. — Ele enfatizava as palavras com um movimento de cabeça. — Têm certeza de que não podem me dizer mais nada? Isso me facilitaria muito. — Alec balançou a cabeça, e Dick deu um tapinha no seu ombro. — Sabem de uma coisa? Vou contar a vocês o que sei sobre o comércio de tulipas. Quem sabe vocês não descobrem mesmo uma relação? Está bem assim? Então sentem-se, sentem-se.

Eles abriram caminho por entre as pilhas cambaleantes de livros, que pareciam emergir do chão como estalagmites. As estantes estavam cheias até o alto, e sobre os livros ainda havia folhas de papel soltas, pastas de arquivo, jornais e revistas. Sentaram-se nas cadeiras dobráveis em frente à mesa, cuja bagunça se igualava ao resto da sala. Ao lado havia um frigobar, atrás do qual Dick se postou, como um verdadeiro administrador de cantina.

— Mandei prepararem um lanchinho para nós. — Dick olhou para eles cheio de orgulho.

Sobre o frigobar havia uma bandeja com pãezinhos enrolados em filme plástico. Aqui e ali, uma folhinha de alface tentava escapar das fatias de queijo suado e dos presuntos e carnes com suas pontas curvadas.

Que delícia, um almoço de escritório tipicamente holandês!, pensou Damian, olhando a bandeja e se perguntando onde estariam os croquetes.

— Os croquetes já estão vindo — disse Dick, espremendo-se atrás da mesa enquanto seus olhinhos castanhos percorriam rapidamente o tampo. Pegou um maço de cigarros dali de cima.

Damian achou que ele parecia um porquinho-da-índia. O pescoço era tão curto que a cabeça parecia ter sido colocada direto entre os ombros. O cabelo cheio e ruivo dobrava o tamanho de sua cabeça.

— Frank e o comércio de tulipas — murmurou o professor para si mesmo.

Com uma profunda ruga entre suas sobrancelhas cabeludas, ele acendeu um cigarro. Pensativo, soltou a fumaça na direção do alarme de incêndio.

A porta se abriu, deixando entrar uma moça de avental de cafeteria.

— Ah, os croquetes! — Dick equilibrou o cigarro na beirada da mesa e esfregou as mãos. — Obrigado, obrigado. Pode colocar aqui. Comam, senhores, comam — convidou, enquanto ele próprio pegava um e dava uma mordida. — Muito bem — disse, mantendo a boca entreaberta para deixar o recheio esfriar um pouco —, comecemos...

Alkmaar

21 de julho de 1636

Os dedos se enterravam em suas axilas. Ele sentia os tacões dos próprios sapatos deslizando pelos ladrilhos, com uma ligeira resistência ao passar pelos rejuntes. Olhou para baixo, os olhos semicerrados. As mãos estavam amarradas na altura da barriga e balançavam à medida que ele era arrastado pelo piso. Podia ver as pontas dos dedos de quem o puxava, as unhas grossas e irregulares, cobertas de sangue. Seu sangue. Mexeu a cabeça e gemeu.

De repente, a dor torturante sob as axilas sumiu. Ele caiu para trás e bateu com a cabeça no assoalho. De sua garganta subiu um lamento. Devagar, a cabeça pendeu para o lado, o rosto tocando a pedra fria. Com um puxão, arrancaram o pano de dentro de sua boca. Ele respirou profundamente e passou a língua pelos lábios rachados.

— Cornelius? Ainda está aí?

— Claro que estou, Wouter — respondeu Cornelius.

A voz dele soava abafada devido à cera nos ouvidos de Wouter, mas Wouter sentiu seu bafo quente na orelha. As palavras eram frias e distantes. Havia, entretanto, outro som permeando sua voz, algo que lhe deu esperança. Era quase imperceptível, mas havia um leve tremor. Seria medo? Ou piedade?

— Cornelius — disse ele, ofegante —, me solte. Eu... eu posso explicar tudo. — Batendo com as pernas, ele tentava se sentar, mas logo deixou-se cair novamente no chão, com um gemido. — Era preciso — continuou ele, baixinho. — Não havia outro jeito. Todos nós queremos progredir, não é verdade? E a Igreja tenta nos impedir.

Você está me ouvindo? Está ouvindo o que eu digo, Cornelius? A Igreja, é disso que estou falando, da instituição.

Devagar, ele virou-se de bruços e encolheu as pernas sob o corpo. Com os punhos cerrados, ergueu o corpo do piso e arqueou as costas.

— Tínhamos que resistir. Não podemos aceitar isso. Senão, retrocederíamos anos no tempo. E com isso, toda e qualquer descoberta científica seria reprimida. E você sabe por quê. Se conseguirmos explicar demais, Deus se tornará inacreditável. Mas eles querem que continuemos acreditando, senão perderão seu poder. Está me entendendo, Cornelius? Vamos, me solte que eu lhe explico tudo. Vamos... — Ele estendeu os braços e manteve suspensas as mãos amarradas. — Por favor, Cornelius, me ajude. Não faça isso. Eu imploro.

Wouter ouviu um movimento atrás de si. O pontapé na nuca foi tão forte que ele ainda ouviu o próprio crânio rachar. Tudo ficou escuro.

16

— Tulipas, queijos, tamancos, moinhos. — A cada palavra, Dick batia com a mão na mesa. Tudo tipicamente holandês, correto? Errado. Pois a tulipa, com toda a certeza, não é nada holandesa. De onde a maior parte das pessoas acha que vem esse tipo de flor?

— Da Turquia — respondeu Alec, inseguro.

— É exatamente isso o que elas acham. Errado, errado, errado. São Nicolau, esse sim, vem da Turquia. A tulipa, o símbolo por excelência do nosso país, vem, originalmente, de muito mais longe no Oriente: da China. É essa sua verdadeira origem. — Dick olhou para eles com ar triunfante. — É, estou vendo a surpresa estampada no rosto de vocês. É assim mesmo que meus alunos me olham quando lhes conto isso. Não é engraçado? Os chineses vêm até aqui para ver flores do próprio país. Lotam aviões! Interessante, não é?

Migalhas de pão voavam de sua boca e iam parar no monitor de seu computador. Com a manga, ele os varreu dali.

— Pois é, senhores, da China. Para ser mais preciso, do oeste da China, ao norte do Himalaia. Esperem um minuto. — Ele se espremeu para sair de trás da mesa e foi até uma das pilhas de livros. Com cuidado, retirou um deles e folheou-o rapidamente. — Ah, aqui está. — Segurando o atlas aberto sobre a barriga, apontou para a região montanhosa da China que fica perto da fronteira com a Rússia. — Olhem aqui. Esta é uma das regiões mais inóspitas do mundo. — Devagar, circulou o lugar com o dedo. — Nada vive nem cresce na área, ninguém quer morar lá. Só sendo louco. Os verões são secos e escaldantes, enquanto os invernos duram meses, com tanta neve que não tem como sair do lugar. É de lá, senhores, que vem o orgulho de nossa nação, da cordilheira Tian Shan.

Ele retirou o dedo, deixando uma manchinha de gordura no local.

O berço de nossa adorada tulipa, para sempre imortalizado pela gordura de um croquete. Que irônico, pensou Damian.

— No entanto — continuou Dick —, mesmo nas regiões mais áridas sempre há um lugar onde o ecossistema tem uma pequena variação, com uma fração a mais de sol ou de água. E isso também vale para esta área. Mesmo neste território amaldiçoado existem locais de terras férteis, nos vales que permeiam a cadeia montanhosa. Onde há fertilidade, há vida. E onde há vida, há gente.

Dick fechou o atlas e colocou-o exatamente no mesmo lugar de onde o tirara, enfiando-o no meio da pilha.

— Tudo começou com os nômades das estepes. Enquanto o gado pastava nos vales, eles viram uma tulipa pela primeira vez. Não! Mas o que estou dizendo? Eles não só a viram; a flor conquistou seus corações. Imaginem só: lá está você, pastoreando seu gado. O inverno está chegando ao fim, mas o frio ainda é de rachar. Você está congelando até os ossos. Pela enésima vez, você escala alguns rochedos à procura de um pedacinho de pastagem para os animais. Sua esperança é encontrar algo antes do escurecer. O sol ainda está muito fraco, não consegue aquecer seu corpo. E eis que... Você não acredita nos próprios olhos. Esfrega-os e olha de novo. Mas é verdade, aquilo é real: aquelas encostas lá longe, elas não são cinza, não são marrons. Não... Elas são vermelhas, e de um vermelho muito vivo.

Dick deixou-se cair na cadeira. Deixou o corpo tombar para trás e abriu os braços num gesto teatral, com o olhar cheio de alegria e fascinação.

— Podem imaginar? Aquelas flores formando um mar de cores no meio de uma paisagem totalmente estéril. Deve ter sido maravilhoso. Absolutamente maravilhoso! — Tinha o olhar perdido. — Aquela flor sinalizava o fim dos rigores do inverno. Assim que os nômades a viram, sabiam que o verão estava próximo e que o pior já havia passado. E aquela flor... era a tulipa.

Ele olhou para os dois com ar triunfante.

— Nunca soube que a tulipa vinha de lá — admitiu Alec.

Dick assentiu com a cabeça.

— E você não é o único. Passo a passo, num período de centenas de anos, a tulipa chegou a solo turco porque algumas tribos nômades decidiram se fixar por lá. Vindas do leste, começaram a conquistar cidades a oeste e a fundar principados. — Dick apoiou os cotovelos sobre a mesa e levantou o dedo indicador. — Mas não se enganem, não eram bárbaros. Essas tribos eram herdeiras de uma cultura que somava séculos e tinham grande conhecimento em botânica. Espalharam-se então pelos Bálcãs, levando a tulipa consigo. Para eles, a flor não era apenas bonita e decorativa, era sagrada. Não era à toa que a chamavam de *lâle*. As letras são as mesmas com que se escreve Alá em árabe. A forte porém elegante *lâle* simbolizava a eternidade, a força e a perfeição. Era um sinal da vida após a morte, a comprovação de que existia um paraíso na Terra. Eles a viam também como símbolo da submissão da beleza ao divino, já que a flor curva humildemente a cabeça para Alá.

— Bela imagem — murmurou Damian.

— Sem dúvida. Toda a história da tulipa é maravilhosa. Ela levou alegria a muita gente, mas também causou muitos males. Males terríveis. Homens lutaram por ela... e mataram por ela.

Alkmaar

23 de julho de 1636

Prezado senhor,

Na madrugada do dia 21 de julho, demos início ao nosso plano. Por meio desta, gostaria de informá-lo de que o primeiro passo já foi dado. No que diz respeito ao Sr. Cornelius, o senhor tinha razão. Ele foi facilmente manipulado e prestou ótimos serviços. Para me assegurar de que o resultado seria satisfatório, mandei um de meus rapazes acompanhá-lo. Tudo foi realizado de acordo com o planejado.

Até agora Cornelius não se conscientizou de qualquer má ação. Ele está convicto de que, com o assassinato de Winckel, contribuiu para a manutenção da fé, e acredita que Deus o perdoará. Quem sabe ele não tem razão? Cornelius não faz ideia dos nossos planos de colocar os bulbos de tulipas no mercado em breve, muito em breve, espero.

O senhor deve estar ciente de que este é apenas o primeiro passo. Ainda há muito o que fazer. Tudo nos parece favorável, embora um fato me preocupe. Que Deus nos ajude a evitar que os tutores indicados recebam os filhos de Winckel em seu círculo familiar. Caso contrário, não será mais possível executar o plano da forma que havíamos tencionado. Tendo em vista a importância da empreitada e meu contato com esses tutores, tratarei de tê-los, os sete, sob minha guarda.

Sugiro que o senhor comece os preparativos. E me comunique assim que estiver pronto, de modo que eu também possa acionar algumas engrenagens por aqui.

Enviarei a descrição das tulipas o mais breve possível, assim que a tiver comigo. Dessa forma o senhor poderá contratar os ilustradores e instruir-lhes.

O mensageiro que lhe entregará esta carta selada é digno de confiança. Entretanto, caso o selo chegue rompido, teremos de encontrar outro meio de nos comunicarmos. Até lá, sugiro que continuemos mantendo contato desta maneira.

17

Com as mãos, Dick segurou a beirada da mesa, levantou-se e curvou-se para a frente.

— Depois que os otomanos conquistaram Constantinopla, por volta de 1400, eles renomearam a cidade para Istambul. O novo sultão considerava Istambul o centro de seu império, e mandou edificar mesquitas, palácios e jardins particulares. Os habitantes começaram a imitá-lo, construindo jardins também. Jardins suspensos, jardins decorativos, hortas, entre outros. — Dick olhava para a frente com ar sonhador. — Um colírio para os olhos. Uma visão paradisíaca.

— Jardins ornamentais? — perguntou Damian. — Naquela época, aqui na Europa Ocidental, só plantávamos hortaliça. Pelo que sei, nesse período as flores ou eram comidas ou utilizadas para produzir medicamentos.

— Exatamente. Nossos amigos otomanos, no entanto, tinham outra concepção de jardim. Tratava-se de apreciar a natureza, a sombra de uma árvore, o silêncio, a tranquilidade, as fragrâncias — continuou Dick. — No decorrer dos anos, a tulipa tornou-se uma espécie de marca registrada deles, uma logomarca do Império Otomano. E foi assim que os ocidentais tiveram o primeiro contato com essa flor tão especial.

Dick deixou-se cair na cadeira e pousou as mãos na barriga.

— Fomos até lá para criar laços com a maior potência do Mediterrâneo. E o que vimos nos jardins de Istambul... Aquelas flores... Jamais havíamos visto coisa assim antes. — Ele tirou um cigarro do maço amassado e acendeu-o. — Embevecidos pela forma e pelas cores belíssimas, acabamos por trazer as tulipas para cá. Havia uma infinidade de tipos, muitas variedades. O que era raro para flores naquela época. Isso acabou contribuindo para que a tulipa passasse a ser vista como uma flor superior às demais. Além disso, era facilmente transportável, extremamente resistente e capaz de florescer bem num ambiente frio e úmido como o nosso.

Dick curvou-se para a frente, deixando cair metade do cigarro já fumado dentro do copo de plástico, onde, sibilante, apagou-se nos restos de café.

— A popularidade da tulipa também se devia ao seu status. Durante o Renascimento, período do surgimento da ciência moderna, cresceu o interesse pela botânica. Ter um jardim tornou-se símbolo de status. Porque assim você demonstrava que tinha dinheiro suficiente para gastar com coisas inúteis, da mesma forma como, hoje em dia, se compra um utilitário esporte para rodar pela cidade. Por acaso moramos numa região pantanosa? Ou será que todos esses motoristas estão participando do Paris-Dacar? Onde estão as montanhas da Holanda? O que eles querem é nos mostrar que podem se dar ao luxo de ter um carro desses. E o mesmo acontecia no Renascimento. Mas aqui na Holanda, o surgimento das ciências, a busca pelo conhecimento, o desejo de transmitir esse conhecimento às gerações futuras, tudo isso também desempenhou um papel importante. Com o constante aperfeiçoamento do cultivo, surgiam cada vez mais tipos dessa flor. Tulipas grandes, médias e pequenas, com pétalas arredondadas ou pontiagudas, talo grosso ou muito fino, flores com três, quatro ou cinco pétalas. E se a forma de cultivo não fosse registrada, essa informação estaria perdida para sempre. Só havia uma pessoa que podia desempenhar tal função: Carolus Clusius, um grande botânico. Ele era conselheiro de monarcas e aristocratas europeus, e tornou-se a figura central numa enorme rede de amantes da botânica, que partilhavam conhecimento e trocavam plantas, bulbos e sementes entre si.

— Já li sobre esse homem — falou Damian. — Ele não foi diretor do jardim botânico da Universidade de Leiden?

— Isso mesmo. Lá ele cultivava tulipas a partir de bulbos que recebia do mundo inteiro, enviados por amantes de flores. Estudava as espécies e escrevia sobre elas. Naquela época, a flor já havia se tornado tão popular que os canteiros de tulipas de Clusius eram invadidos por ladrões. Por mais estranho que possa parecer, havia uma vantagem nesses roubos, uma vez que bulbos de grande qualidade acabaram sendo espalhados por todo o país, mesmo que de forma ilegal. É provável que esses tenham sido os precursores das tulipas que, décadas depois, alcançariam valores estratosféricos. E, naturalmente, os refugiados também traziam tulipas para a Holanda.

— Você se refere àqueles que fugiam da dominação católica espanhola? — perguntou Alec.

Dick olhou para ele com ar de zombaria.

— Esses mesmo. Pelo visto, até que você conseguiu aprender alguma coisa na escola. Muitos dos que fugiram naquela época por causa da religião que professavam acabavam vindo para o norte e chegando à nossa república livre, onde eram acolhidos de braços abertos. Às vezes, as cidades chegavam a, digamos assim, disputar os refugiados.

— Brigar para receber refugiados é novidade — murmurou Alec.

— Mas era o que acontecia. No meio deles encontravam-se pessoas de posses. Muitas delas, em gratidão pela hospitalidade, contribuíam com a construção de uma igreja ou uma prefeitura, por exemplo.

— Ou seja, não era só uma questão de tolerância.

— Se quer saber, acho que a tolerância em si tinha pouca influência nisso tudo. Certamente que não éramos tão nobres assim; aliás, nunca fomos. Mas, enfim! Foi assim que chegaram ainda mais tipos de tulipas aqui. Ao mesmo tempo, algo de uma natureza bem diferente começava a surgir.

Holanda

4 de fevereiro de 1637

Uma tempestade vinda do nordeste se abateu sobre a paisagem da Província da Holanda do Norte, enchendo as canaletas que se veem entre as pastagens e os campos cultivados. Chegando ao solo, a chuva enrijeceu, formando gelo.

O vento gélido e forte espancava os portões da cidade de Alkmaar e empurrava os viajantes para dentro. E eles vinham de todas as direções, até mesmo de regiões que estão além das fronteiras da república.

A jornada não era livre de perigos, pois as estradas para Alkmaar estavam lisas como um espelho, de tanto gelo. Mas isso pouco os preocupava, pois o frio, deixando-os entorpecidos, tornava-os imprudentes.

Tinham um olhar duro, fixo naquele único propósito. O que quer que acontecesse, ainda assim chegariam à cidade em tempo hábil, pois o que lhes aguardava no dia seguinte era prosperidade e riqueza. O dia de decidir o destino das tulipas mais preciosas do mundo. E eles estariam presentes, custasse o que custasse.

18

Dick se levantou, foi até o frigobar e mexeu em seu interior. Depois, empurrando a porta com o pé, fechou-o.

— Aceitam um refrigerante? — perguntou, jogando uma latinha para cada um.

Com um abridor de cartas, ele abriu a sua e tomou um grande gole.

— Bom, então assim a tulipa tornou-se um símbolo de status. Mas aqui no país, não era a aristocracia que se ocupava das tulipas, como na França, e sim a nova elite, os comerciantes. Eles mandavam construir enormes casas de veraneio no campo. Quanto maiores, melhor. Mas ainda estavam à procura de algo mais, algo que os fizesse se destacarem dos demais. Portanto, não eram apenas os jardins que lhes proporcionavam status; mais especificamente, era o tamanho dos seus canteiros de tulipas e a espécie ali plantada. Obviamente, eles mesmos não sabiam como cultivá-las, então contratavam jardineiros para fazer o trabalho. Assim, a demanda por esse ofício tão recente começou a crescer, e não demorou muito os próprios jardineiros começaram a cultivar bulbos. Por valores baixos, compravam terrenos inférteis, principalmente na província da Holanda do Norte. Aquela terra podia não ser boa o suficiente para outro tipo de vegetação, mas era perfeita para a versátil tulipa, que ali florescia em toda a sua exuberância.

— Então foi assim que surgiu a nossa renomada "região dos bulbos" — concluiu Alec.

— Exatamente, a "região dos bulbos".

— Isso quer dizer que a oferta por tulipas naquela época só crescia — completou Damian.

— Pois é, mas o mercado sofreu uma alteração. Não se tratava mais de escassez de oferta, mas de escassez de tipo. O preço da tulipa padrão começou a cair, causando interesse, assim, também aos menos abastados. A oferta crescia, mas o mercado consumidor acompanhava esse crescimento, pois a tulipa tão cara de outrora tornara-se acessível ao homem comum. Ao mesmo tempo, aumentava a demanda por exemplares singulares e exponenciais, as chamadas "edições limitadas". — Dick deu uma risadinha, jogou a cabeça para trás, terminou de beber o refrigerante e deu um discreto arroto. — Perdão, senhores. — Limpou a boca com a manga da camisa. — Continuando... Com a profissionalização dos jardineiros, surgiram novas e excepcionais variedades de tulipas, das quais só havia poucos bulbos. As mais caras eram as chamadas tulipas "quebradas", com aquele belíssimo formato de labaredas nas pétalas. Por algumas delas, chegava-se a pagar milhares de florins. Só um instante... vou mostrar a vocês.

Permanecendo sentado, Dick arrastou a cadeira até a estante.

— Aqui. Deem uma olhada.

Voltou com sua cadeira para perto de Alec e Damian e colocou o livro no colo. Era o catálogo de uma exposição que algum dia tivera lugar no Museu Rijks, dedicada aos artistas que faziam as gravuras dos livros sobre tulipas.

— Estes são alguns exemplos de tipos diferentes de tulipas. Vejam que cores e matizes maravilhosos! Inacreditável, não é mesmo? — Dick folheava o catálogo e mostrava algumas das imagens.

O olhar cheio de significado que os dois amigos trocaram enquanto isso passou-lhe despercebido.

— Há variedades únicas aqui, como esta, por exemplo — disse Dick, apontando para uma tulipa com magníficos traços arroxeados nas frágeis pétalas brancas. — Estes eram exemplares raríssimos.

— Que valiam ouro — completou Damian.

— Literalmente, valiam seu peso em ouro.

Dick foi deslocando-se com a cadeira até a estante e colocou o livro de volta no lugar.

— Cada vez mais pessoas iam percebendo que havia muito dinheiro a ganhar no comércio de tulipas. Com um investimento inicial de apenas alguns bulbos, já era possível começar a ter lucro. Até que, em dado momento, a situação fugiu ao controle. Todos queriam mais e mais. Mais espécies, mais dinheiro, mais negócios.

— E, claro, sempre há um limite — constatou Alec.

Dick assentiu.

— E esse limite estava próximo.

19

Era 12h30 e o restaurante estava lotado. Homens de terno ocupavam todas as mesas. Seus trajes escuros pareciam sugar a escassa luz. As conversas abafadas eram interrompidas, de vez em quando, por gargalhadas. Era hora do almoço na City, o distrito financeiro de Londres.

Coetzer estava sentado num canto do restaurante. Seu paletó encontrava-se pendurado no encosto da cadeira. O jornal, aberto no caderno de economia, estava ao lado do prato já vazio. Ele não se destacava naquele meio. Por experiência própria, sabia que era de vital importância, onde quer que estivesse e com quem quer que lidasse, sempre se misturar ao ambiente, até nos mínimos detalhes. Isso o tornava invisível.

Ele empurrou o prato para a frente e fechou o jornal. No momento em que o garçom colocou o espresso na sua frente, o celular tocou. O rapaz que o servia balançou a cabeça, levou o indicador aos lábios e apontou para uma plaqueta pendurada na parede, sobre sua cabeça: um celular cortado por uma grossa listra vermelha. Coetzer assentiu com a cabeça e saiu para atender.

— Alô?

— Sou eu. Para dizer a verdade, eu esperava que você me ligasse — respondeu uma voz nasalada. — Como isso não aconteceu, e ainda tive que ler no jornal o que houve com Schoeller e como você resolveu o caso, achei que tivesse sumido.

— Eu estava justamente pensando em entrar em contato, para discutirmos o que...

— Presumo que você não tenha nenhuma informação para mim, caso contrário já teria ligado. Estranho... Pensei que tivesse contratado um profissional. Se a intenção fosse simplesmente matá-lo, poderia ter contratado qualquer um. Você foi pago para fazer valer sua experiência em técnicas de interrogatório, não para estourar os miolos de alguém sem nem ter conseguido a informação que lhe pedi. Já lhe dei um adiantamento do valor que combinamos, mas não pense que...

— Espere aí — interrompeu Coetzer. Ele se afastou alguns metros da entrada do restaurante para não ser entreouvido pelos clientes que ficavam por ali fumando. — Eu também tinha imaginado um cenário completamente diferente — afirmou, em voz baixa. — Ele jamais teria me contado nada, não importava o que eu fizesse. Era durão. Não preciso ficar horas com alguém para perceber isso.

— E então você resolveu eliminá-lo.

— O que você queria?

— Que o fizesse contar onde está, seu idiota, que revelasse onde escondeu.

Somente agora que o homem estava zangado é que Coetzer percebeu um ligeiro sotaque. Assim como ele, seu interlocutor usava um nome falso, mas, por algum motivo, Coetzer sempre tivera a impressão de que se tratava de um inglês. Ficaram os dois em silêncio por alguns instantes.

— Você falhou — acusou o homem.

Coetzer engoliu a raiva. Sempre lhe era de alguma valia ter um pouco de fúria reprimida, pois dava-lhe aquela pitada de energia extra de que ele às vezes precisava, como uma injeção de adrenalina.

— Tem gente que não abre a boca nunca — explicou ele.

— Ele era o elo central. Tudo girava em torno de Schoeller. Agora estamos de mãos vazias. Como você pretende resolver isso?

— Ainda temos o sobrinho.

— O quê? Está falando do sujeito que o encontrou? Então você não tem lido os jornais. Ele só encontrou o tio depois de morto. Graças à sua brilhante atuação, Schoeller não conseguiu dizer nem uma palavra ao sobrinho.

— Não é isso que estou querendo dizer. É possível que o velho tenha deixado algo para o sobrinho. Não era o único parente vivo dele? Seu único herdeiro?

Silêncio.

— É uma possibilidade.

— Vou investigar, de qualquer forma.

— Então daqui a pouco teremos mais um corpo, é isso?

— Isso depende do que você vai querer.

— Vamos ser claros. Pode ir esquecendo a quantia que havíamos combinado. Você agora tem que ir atrás do sobrinho, mas eu vejo isso como parte da primeira tarefa, então não pense que vai lucrar mais com essa história. Ninguém mandou agir por conta própria. Siga o cara e me mantenha informado. Estou contando com uma abordagem mais inteligente desta vez, e acho bom que você descubra onde o filho da puta do Schoeller deixou essa merda. Não me apareça de mãos abanando, senão pode esquecer o restante.

Coetzer fechou o celular. Mais um pouco e teria dinheiro suficiente para se aposentar e partir para sua fazenda na Cidade do Cabo, e então não teria mais de aturar desaforos daqueles filhos da puta. Com um sorriso, ele voltou para dentro do restaurante.

Dawn entrou na salinha multimídia.

— Deus do céu, Tim, o que você comeu?

Tampando o nariz para não sentir o cheiro de alho que impregnava o ambiente, ela pegou a cadeira que estava ao lado dele e levou-a para o mais longe possível.

Bem-humorado, ele a fitou e disse:

— Não exagere. Você já deve ter cheirado coisa muito pior durante sua carreira. Ou vai me dizer que um leve aroma de alho é pior que o cheiro de um cadáver?

— Depende de qual foi a última refeição do cadáver.

Ele a olhou com a cabeça inclinada, os óculos cobertos de manchas de gordura. Enquanto Dawn se perguntava o que ele conseguia ver através daquelas lentes, Tim se curvara para a frente, aproximando-se dela.

— Você deve estar brincando — disse em seu rosto.

Ela fez uma careta.

— Conseguiu examiná-las?

Acima deles dois monitores inclinados exibiam imagens congeladas do enterro de Schoeller.

— Ainda não. Só dei uma olhada rápida para ver se as gravações estão completas. Do começo ao fim, não falta nada.

— Ótimo! Pode começar, então.

Tim apertou alguns botões. Um dos monitores exibia imagens do saguão do cemitério. O outro, gravações feitas no auditório.

— Você pode voltar ao início? E ligar o áudio?

— Nossa, mas como você é impaciente. Já vou, já vou.

Ele pressionou mais algumas teclas e empurrou um botão para a frente. O burburinho de vozes encheu a sala. Tim esfregou as mãos.

— Agora sim, estou pronto. O que estamos procurando?

— Ainda não sei.

— Ainda não sabe?

— Não. Ainda não sei. Deixe rodar.

As câmeras haviam registrado a cerimônia toda, desde a chegada dos convidados até sua saída, após terem prestado suas condolências. Duas horas depois, viram os últimos amigos e conhecidos saindo pela porta, seguidos, mais tarde, por Alec, Damian e Emma.

Tim parou a fita.

— E aí? — Ele colocou as mãos na nuca e inclinou-se para trás. — Algo chamou sua atenção?

Dawn balançou a cabeça.

— Não, nada. Todos parecem se comportar normalmente.

— Não é possível que Wainwright acredite que o assassino estivesse rondando por ali. Essa história de que os assassinos sempre voltam à cena do crime ou comparecem ao enterro de suas vítimas é bobagem. Pura balela. Ele anda vendo muitos seriados policiais, já não consegue mais discernir ficção de realidade.

Dawn levantou os olhos.

— Não esqueça que ele inspirou muitas dessas séries. Algumas dessas histórias de TV são baseadas em casos que ele próprio solucionou. Wainwright virou fonte para os roteiristas. Você nem imagina quantos já vieram aqui atrás dele.

Tim deu de ombros.

— Quer levar as fitas ou posso arquivá-las?

— Você pode gravar tudo num DVD para mim? Quero examiná-las mais uma vez, com calma.

Alkmaar

4 de fevereiro de 1637

Um sopro de vento gelado bateu a pesada porta. A moça que a abrira caminhava diante dos dois a passos rápidos. No meio do hall, ela parou e se virou.

— Por favor, aguardem um instante. Vou avisar ao diretor que estão aqui.

Lauris Bartelmieszoon e Philip de Klerck ficaram ali tiritando de frio no glacial corredor do orfanato. Em silêncio, tiraram e sacudiram cada um seu chapéu encharcado. De suas abas, e também dos sobretudos dos dois homens, caía neve derretida, pingando no chão.

Lauris olhou para baixo e mergulhou de leve a ponta do sapato na pequena poça de gelo.

— Como será que eles estão? — perguntou, baixinho.

Philip olhou para ele e deu de ombros.

Lauris assentiu e apertou a aba do chapéu com força. Ele achava lamentável que os filhos de Wouter Winckel tivessem acabado ali. Quando Wouter pedira a ele e a Philip que fossem os guardiães das crianças, não era isso que ele tinha em mente, nem de longe. Infelizmente, porém, não lhes havia restado outra saída.

Enquanto tentava afastar o sentimento de culpa que o assolava, ele ouviu passos apressados vindo de longe. A porta por onde a moça havia desaparecido alguns instantes antes foi escancarada e Adriaen Koorn, diretor do orfanato de Alkmaar, entrou no hall.

— Senhores, já chegaram! — exclamou ele, aproximando-se.

Era um homem baixo, cujas pernas finas pareciam palitos espetados em seu corpo rechonchudo. O queixo saliente projetava os dentes pequenos e amarelados da arcada inferior à frente dos da arcada superior. O rosto tinha uma cor pouco saudável, e os olhos protuberantes disparavam de um lado para o outro.

— Sejam bem-vindos.

A mão que os cumprimentou era mole e úmida de suor. Lauris depois limpou a sua no casaco e, instintivamente, deu um passo para trás.

— Venham comigo.

E, girando sobre os pequenos calcanhares, o diretor dirigiu-se a uma sala nos fundos e abriu a porta.

O cheiro de musgo enchia pesadamente o local. À mesa, no centro da sala com pouca mobília, estava Willem Winckel, filho mais velho de Wouter. Assim que os viu, um sorriso iluminou seu rosto sombrio. Ele se levantou.

— Tio Lauris, tio Philip, que bom ver vocês! — exclamou, aproximando-se deles e os abraçando.

— E então, garoto, como vão as coisas? E os outros? Estão bem? — perguntou Lauris, olhando-o nos olhos. O tempo andara muito frio, e os órfãos frequentemente apresentavam problemas de saúde.

— Todos passam bem — respondeu Willem.

— Naturalmente que todos estão bem. — Adriaen postou-se ao lado de Willem e bateu em seu ombro. — Cuidamos de nossas crianças, como os senhores bem sabem. E depois de amanhã poderemos cuidar melhor ainda.

O diretor esfregou as mãos. A expressão no seu rosto era de tamanha satisfação que Lauris e Philip trocaram um olhar significativo. Eles sabiam muito bem que aquele leilão era uma oportunidade para o diretor conseguir uma grande soma de dinheiro. O orfanato tinha de se manter, e todos estavam cientes de que doações de particulares constituíam a fonte de sustento da instituição.

No entanto, a reação do administrador denotava pouquíssima sensibilidade. Principalmente por Willem estar ali entre eles. Afinal, tratava-se da herança de seu pai, Wouter Winckel. Lauris sentiu-se constrangido.

— Vamos, sentem-se — convidou Adriaen. — Vamos começar.

Sentaram-se em volta da mesa.

— Willem pediu-me para explicar como o leilão funciona. Pelo que entendi, vocês não têm nenhuma experiência no assunto, e ele quer que estejam a par do processo para, em suas palavras, poderem fiscalizar e garantir que as regras sejam seguidas. É claro que vocês podem ter certeza de que eu mesmo agirei com bastante rigor e atenção, mas os senhores são os tutores e, como tal, responsáveis pelo bem-estar das crianças.

Enervado com o tom arrogante daquele homem e ainda atormentado pelo sentimento de culpa, Lauris tomou a palavra:

— Tem razão, somos responsáveis, e, mais que isso, cumpriremos a promessa feita ao Sr. Winckel.

Após a morte de Wouter, Philip e ele haviam se deixado convencer pelo diretor a não ficar com as crianças. Eram sete. A bem da verdade, um número excessivo para que pudessem dar conta da tarefa. Philip bem que gostaria de ter ficado com as meninas, e ele, com os meninos, mas o diretor havia enfatizado que seria melhor os irmãos permanecerem juntos, no orfanato. "Eles só têm uns aos outros", dissera Adriaen. Depois de alguns meses, porém, Philip e Lauris decidiram tirá-los de lá. Mas desistiram quando o diretor comentou que o leilão aconteceria em fevereiro, pois assim as crianças teriam meios financeiros para se manterem. Desde então, sete meses haviam se passado.

— Promessa? — perguntou Adriaen.

Lauris percebeu que a pálpebra esquerda do diretor estava tremendo. Seu proeminente pomo de adão subia e descia nervosamente.

— Isso mesmo — respondeu Lauris. — A promessa de que nada faltaria às crianças se o Sr. Winckel viesse a falecer, e de que sua herança seria dividida de forma justa e honesta.

— Ah, isso. — Lauris viu um lampejo de ódio naqueles olhos esbugalhados. — Bem, então os senhores podem ficar tranquilos. Pois honestidade e justiça são meu lema. Todos que me conhecem são testemunhas disso. Agora permitam-me explicar tudo, de forma que possam voltar para casa despreocupados.

Lauris não deixou de perceber o cinismo daquelas palavras. Abriu a boca para dizer algo, mas sentiu que alguém cutucava de leve seu braço. Olhou para Philip, que balançou a cabeça quase imperceptivelmente e disse:

— Por favor, faça-nos essa gentileza.

Uma hora depois, Philip e Lauris saíam pelo portão do orfanato. Ao abrigo da fachada ocidental da Grote Kerk, fecharam os sobretudos ainda úmidos e colocaram os chapéus.

— E então? No que está pensando? — perguntou Philip.

— Não confio nele. Temos que ir ao leilão e prestar bastante atenção aos lances que serão dados para cada lote. Como disse o diretor, a herança de Wouter pertence ao orfanato agora. Somente depois que o dinheiro chegar a mim é que as crianças receberão sua parte.

— E, segundo ele, quanto caberá ao orfanato?

— A décima parte.

— Portanto, quanto mais for arrecadado, mais ele terá — concluiu Philip.

— Por isso eles farão de tudo para o leilão ser um sucesso. E isso também é bom para as crianças. Está claro que o diretor já vê os florins jorrarem para o próprio bolso, portanto certamente informará todos os interessados sobre o leilão.

— Ou seja, todo mundo sai ganhando?

Lauris assentiu com a cabeça, mas seu rosto demonstrava preocupação.

— Ainda assim, Philip, precisamos ficar atentos. Não foi à toa que Willem nos pediu para vir falarmos com o diretor. Se o garoto não confia nele, eu também não confio.

Eles dobraram a esquina. Antes protegidos pela igreja, agora o vento soprava com força em seus rostos. A neve beliscava-lhes a carne como vespas.

Enquanto Lauris e Philip seguiam seu caminho desafiando o vento pelas ruas de Alkmaar, Adriaen Koorn se apressava pelos longos e desertos corredores até a parte norte do orfanato. Parou em frente à porta de sua própria sala e ergueu o punho. Então, pensando melhor, abriu a porta sem bater.

O visitante estava exatamente no mesmo lugar onde ele o havia deixado uma hora antes: ao lado da lareira, de costas para a porta. Ainda de sobretudo. O capuz também continuava sobre a cabeça. Devagar, o homem se virou.

Instintivamente, Adriaen esfregou os braços. Quando saíra dali para ir conversar com os tutores, sua sala estava quente, o fogo ardendo na lareira. Agora, apesar das labaredas, o ambiente tinha ficado frio. Era como se aquele homem houvesse sugado todo o calor à sua volta.

— Minhas desculpas. Não pensei que fosse demorar tanto. Se eu soubesse com antecedência que o senhor viria, teria...

— Está tudo preparado? — A voz sob o capuz era baixa e rouca.

— Sim. De minha parte, está tudo pronto.

O homem enfiou a mão entre as dobras do casaco. Quando a retirou, segurava um livro. Adriaen foi até ele e pegou o volume, perguntando:

— É este?

— É.

— As descrições estavam de acordo? — perguntou Adriaen, fitando o livro.

De repente, ele levantou a cabeça, sentindo-se atormentado. Os olhos frios daquele homem não o deixavam um momento sequer, como garras perfurando seu cérebro; o olhar era tão intenso que quase doía. Adriaen baixou os olhos.

— Tem alguma dúvida? — perguntou o homem.

— Não, não. Claro que não — respondeu Adriaen, a voz fraquejando.

— Tem sim.

O homem arrancou o livro de suas mãos e folheou-o com dedos compridos e ossudos. A cada tantas páginas, levava o indicador à boca, lambia-lhe a ponta e prosseguia. Olhava com desdém para as aquarelas de cores vivas. De repente, fechou o livro e devolveu-o.

— Quer dizer que estas imagens servirão para empolgar os compradores?

Adriaen assentiu.

— Ganância e burrice formam um par perfeito. — O homem levantou um pouco a cabeça e olhou para Adriaen. — Eu cumpri minha parte no combinado. Há muita gente na cidade. As hospedarias estão lotadas, sinal de que as cartas e panfletos funcionaram.

Nos últimos dias, Adriaen vira, perplexo, os comerciantes afluírem à cidade. Já imaginava que haveria grande interesse, mas não esperava que acorressem às centenas para aquele leilão em Alkmaar, ainda mais com um tempo horrível. Não havia uma única cama de hospedagem vazia em toda a cidade. Alguns moradores chegaram a ceder as suas, recebendo muito dinheiro em troca.

— Eu o vejo amanhã, na Nova Guilda dos Arqueiros — disse o homem. Então puxou o capuz ainda mais sobre a cabeça e deixou a sala a passos largos.

O recinto encheu-se imediatamente de luz e calor. Com um suspiro, Adriaen foi até a cadeira ao lado do fogo e se sentou. Fitou o livro no colo. As chamas bruxuleavam sobre o ouro do título. O brilho espelhava-se em seus olhos. Ele estendeu a mão e, sorrindo, acariciou o delicado couro vermelho.

20

Dick mordeu o polegar.

— O problema começou quando prorrogaram o período de venda de bulbos. Originalmente, só acontecia durante o verão, época em que eram retirados do solo para serem vendidos. Mas os comerciantes não estavam satisfeitos. Eles queriam ganhar dinheiro durante o ano todo. Então, o que fizeram? Começaram a colocar à venda os bulbilhos, que são como filhotes que ficam pendurados em volta do bulbo-mãe. Uma vez fanada a tulipa, retira-se o bulbo-mãe do solo e destacam-se esses búlbulos, que podem crescer até se tornarem bulbos-mãe, dos quais se retiram novamente os búlbulos e assim por diante. Mas esses bulbilhos levam alguns anos até se tornarem um bulbo completo. Acabavam chegando ao mercado antes do tempo. — Dick balançou a cabeça. — Jamais deveriam ter feito isso. A partir do momento em que a confiança mútua começa a desempenhar um papel importante demais no comércio, pode ter certeza de que algo vai dar muito errado.

— Quer dizer que as pessoas não sabiam mais o que estavam comprando? — perguntou Alec.

— Isso mesmo. O vendedor emitia um contrato de venda futura para o comprador, uma promessa anotada num pedaço de papel. Ali era escrito o tipo de tulipa que estava sendo vendida e a data em que o novo proprietário poderia pegá-la.

— Ou seja, surgiu um mercado especulativo — concluiu Damian.

— Exato. O comércio não dependia mais das estações do ano. Podia-se negociar durante os doze meses. Imaginem quanta riqueza isso não traria. Pelo menos era assim que os comerciantes pensavam. Em alguns casos, também era o que acontecia, claro! Mas havia um grande problema, que acabou desencadeando uma desgraça.

Dick se levantou. Com ar preocupado, começou a andar de um lado para o outro da saleta abafada.

— Não havia nenhuma garantia de que os bulbilhos seriam tão fortes quanto o bulbo-mãe, ou de que deles floresceria exatamente a mesma tulipa exuberante. No entanto, apesar dos enormes riscos, eram cada vez mais negociados. Pior, acontecia de sua venda ocorrer antes mesmo de terem sido retirados do bulbo-mãe. E não podemos esquecer... — Dick ergueu o indicador no ar — de um elemento crucial: o peso. Um bulbo bonito, pesado e maduro produz muito mais búlbulos do que um leve. Por isso o bulbo era vendido por peso, expresso em *azen*, sendo cada "*aas*" correspondente a, aproximadamente, 0,048g. Como vocês podem imaginar, o comércio baseado na promessa da venda começou a fugir ao controle. O comprador já não podia ter certeza de mais nada. Não havia como saber que tipo de flor nasceria daquele bulbo e se seria de boa qualidade. Não se sabia sequer se o bulbo realmente existia e se o vendedor estava de posse dele.

— Ou seja, pagava-se uma enorme soma de dinheiro por um pedacinho de papel que podia não valer absolutamente nada — disse Alec.

— Uma bolha foi se formando — sugeriu Damian.

— Exatamente, uma bolha especulativa. Os compradores especulavam a partir de dois elementos. Primeiro, o preço futuro do bulbo. Contavam que, desde o momento da compra, quando se firmava o contrato de venda futura, até o recebimento do bulbo, o preço subiria enormemente, gerando um significativo lucro. Depois, apostavam no aumento do peso do bulbo enquanto ainda estivesse no solo. Assim, era possível que um bulbo que tivesse sido vendido com o peso de 48 *azen* acabasse pesando 200 *azen* no período de um ano. Façam as contas. Quatrocentos por cento em um ano. O vendedor, por sua vez, também corria riscos. Era bem verdade que o comprador pagava uma entrada ao adquirir a promessa de venda e que nela constava o preço combinado para a aquisição do bulbo, mas não existia nenhuma garantia de que a compra fosse concretizada de fato.

Alec assentiu. Ele armazenava em sua memória cada detalhe do que Dick falava, ao mesmo tempo que tentava encontrar uma relação entre aquilo tudo e Frank. A ligação podia estar em qualquer detalhe. Mas o que seria? Até o momento ele não conseguira identificar nada que se conectasse visivelmente com Frank, e estava começando a ficar tonto de tantas informações. Será que Frank havia confiado uma grande soma de sua fortuna à pessoa errada? Será que, depois, ele pedira o dinheiro de volta e acabara pagando com a própria vida? O que Alec sabia, afinal, sobre a situação financeira do tio? Ele não fazia ideia de como Frank enriquecera. A história que Dick estava contando ainda não lançara nenhuma luz sobre os fatos. Eles estavam perdendo tempo ali. Alec suspirou. Dick olhou para ele.

— E então? Alguma coisa lhe parece relevante?

— Ainda não, mas continue. Vou precisar de tempo para absorver tudo isso.

Dick compreendia.

— Tudo bem. Continuando: então, com o comércio de notas promissórias, os preços dos bulbos subiram de forma espetacular entre 1635 e 1636. Isso também alterou o perfil do mercado consumidor. De uma hora para outra, os compradores eram comerciantes interessados mais em lucro do que em jardinagem. Mas não se iludam, eles vinham de todas as camadas da sociedade, inclusive artesãos. Para investir, vendiam teares, gado, fornos para assar pão ou bigornas.

— Já ouvi dizer que há muitos exageros nessas histórias sobre artesãos humildes que se aventuraram no comércio — insinuou Damian.

— É possível que fosse restrito a certas regiões. Mesmo assim, pode ter certeza de que, nas cidades onde o comércio da tulipa florescia, como em Alkmaar, Haarlem e aqui, em Amsterdã, o homem simples também tentava sua sorte.

— Mas se eles vendiam suas ferramentas de trabalho, depois não tinham mais nada para se reerguer se não desse certo com as tulipas.

— Esse foi um dos problemas que surgiram, Damian. Durante os últimos meses de 1636, o comércio alcançou seu auge. As quantias pagas eram absurdas. Os compradores eram atraídos, fazendo a demanda por tulipas crescer também. Com isso, o preço não parava de subir. A situação se tornou insustentável.

Dick voltou para sua cadeira e se sentou. Tinha um olhar sombrio.

— O ano de 1637 foi uma catástrofe financeira para o comércio de tulipas. Nesse ano, houve um grande leilão em Alkmaar. Foi o começo do fim, pois tudo mudou a partir de então. A bolha estourou de uma só vez, deixando muita gente na miséria.

Alkmaar

5 de fevereiro de 1637

O vento tempestuoso do dia anterior havia limpado o céu. As ruas úmidas de Alkmaar brilhavam no sol da manhã. A maior parte do gelo havia derretido, exceto pelas pequenas áreas da Doelenstraat que o sol não alcançava.

A cumeeira em degraus da Nova Guilda dos Arqueiros, o prédio da Guilda de Arqueiros de Alkmaar, apontava contra o azul limpo do céu. A figura dourada no topo — um arqueiro em posição, com seu arco e flecha — girava devagar sobre seu eixo, sem saber exatamente de onde vinha o vento.

Muito abaixo do arqueiro, junto à entrada, aguardava um grupo de homens. Quando a porta se abriu, eles foram entrando tumultuadamente e correram para a pequena sala ao fim do corredor. Chegando lá, eram admitidos apenas dois de cada vez.

Adriaen Koorn estava satisfeito. Ainda havia uma fila, apesar de a sala onde aconteceria o leilão já estar lotada. Os primeiros haviam chegado às 7 horas. Era num recinto decorado especialmente para a ocasião que eles tinham a oportunidade de dar uma olhada no catálogo, encomendado meses antes junto a um artista local.

Isso mesmo, pensava Adriaen, fizemos bom uso do tempo que tivemos desde julho. O artista produzira 168 aquarelas da coleção de flores de Winckel, e, seguindo as instruções recebidas, dera especial atenção às 124 tulipas. Afinal, seriam elas que arrecadariam as maiores quantias. Para divulgar o leilão, uma carta havia sido redigida e enviada aos mais conceituados comerciantes de flores da Holanda, além de panfletos, que foram distribuídos a todos os contatos que eles tinham na república.

Tantos preparativos haviam exigido muito tempo, mas o tempo acabara trabalhando em seu favor. Winckel morrera em julho do ano anterior. Agora, estavam em fevereiro. Nos meses seguintes, os preços da maioria das tulipas havia dobrado. A parte que caberia ao orfanato havia se multiplicado várias vezes desde então. Adriaen esfregava as mãos. Não havia dúvida: tinha motivos para estar satisfeito.

Willem Winckel não se sentia bem. O sol brilhava forte através das janelas. A multidão produzia um bafo que enchia o ambiente fechado, tornando-o quente e sufocante. O fedor de cebola e álcool pesava no ar.

Ele passou a mão no rosto. Não era só o ar imundo penetrando em suas narinas e invadindo sua garganta que o enojava. A náusea também era causada por aquele outro cheiro doentio que ocupava o recinto. Cada canto, todos os furos e brechas na madeira, cada centímetro de tecido, tudo estava tomado de ganância, como uma névoa que só ele conseguia ver e que se tornava mais densa a cada novo comprador que adentrava o local.

E havia mais, pensou ele. Na noite anterior, enquanto estava na cama sem conseguir dormir, Willem se conscientizara de que sua família estava completamente dependente da cobiça alheia. Isso significava que essa mesma cobiça deveria ser atiçada, para crescer ainda mais durante as horas seguintes. Somente após o leilão ele poderia garantir aos seus irmãos e irmãs um futuro tranquilo. O futuro pelo qual seu pai trabalhara a vida toda.

Ele sabia que não era apenas com a liberdade financeira dos filhos que seu pai tinha sonhado. Havia outra liberdade que ele contemplara, sobre a qual eles haviam conversado com regularidade durante seus últimos meses de vida: a liberdade do ser humano, a liberdade de falar e agir. Willem ainda podia ouvir a voz do pai: "Por mais bens que se tenha, a liberdade é impagável. É melhor viver na pobreza e ter liberdade do que dispor de riquezas e viver na penúria das restrições impostas por terceiros."

Willem observou o salão. Lá estavam eles. Pareciam-lhe profanadores de túmulo, tamanho o afã com que haviam acorrido, atraídos pelas tulipas de seu pai. Sentavam-se lado a lado em seus casacões pretos, espremidos uns contra os outros. De cabeça baixa, eles tinham os olhos fixos na lista de preços em suas mãos. Aquela lista era mais do que uma relação dos diversos tipos de tulipas que faziam parte do legado de Wouter Bartelmieszoon Winckel, falecido taberneiro de Alkmaar. Era um rol de esperança, prosperidade, riqueza desmesurada, tendo em vista que a coleção era composta das mais preciosas variedades de tulipas encontradas em toda a república: a singular Admirael van Enckhuysen; não só uma, mas duas Viceroy; uma Admirael van der Eijck; uma Admirael Liefkens; uma Bruyn Purper; e uma Paragon Schilder. Além dessas, dezenas de outros tipos cobiçados.

O rapaz olhou para os irmãos mais novos, sentados ao seu lado na primeira fileira. Ele tinha certeza de que o leilão traria, no mínimo, florins em quantidade suficiente para comprarem uma casa e contratarem criados. Porque de uma coisa ele estava certo: tinham de deixar o orfanato o mais breve possível. Willem precisava de liberdade de movimento. Seu pai não morrera em vão. Ele havia jurado isso diante de seu túmulo, com a mão no peito. Ele, Willem Winckel, daria continuidade à missão do pai.

Levou um susto com o barulho das portas se fechando e olhou novamente para trás. Todos os homens continuavam debruçados sobre a lista. Menos um. Sentado na cadeira, ereto como um poste, ele tinha o olhar fixo à frente. O pescoço era tão comprido e fino que parecia incapaz de suportar o peso da cabeça. O homem segurava uma Bíblia firmemente contra o peito. Os lábios se mexiam. De repente, sem piscar um instante sequer, seus olhos fitaram os de Willem.

À primeira batida do martelo, todos os rostos se voltaram simultaneamente para cima, na direção do leiloeiro. Os homens olhavam além de Willem, exceto o homem com a Bíblia, que continuava a encará-lo sem vacilar. Willem sentiu o sangue congelar nas veias. Libertou-se daqueles olhos e virou-se para a frente no banco.

21

Alec levantou os olhos.

— Você disse 1637?

— Sim, 1637. Por quê?

— Nada... — respondeu Alec, olhando para Damian. — Só não sabia se tinha ouvido bem.

Sua mente disparava, imaginando uma série de possibilidades. Será que, ao apontar para o ano, Frank quisera indicar que havia caído no mesmo tipo de armadilha daquele século distante? Ou seria outra coisa? Algo em que ele preferia nem pensar, talvez? Será que Frank era o gênio do mal por trás de algum plano que custara a muitos seu suado dinheiro, e acabara pagando com a própria vida? Não podia ser.

Alec levantou-se e caminhou até a janela. Pensativo, ficou olhando para fora. Não suportava mais tudo aquilo. Estava exausto, embora tivesse a impressão de não haver avançado nada. Quanto tempo ainda passariam especulando? Virou-se.

— Lamento, Dick, mas, infelizmente, não estamos chegando a lugar nenhum. China, Turquia, sultões, flores, bulbos, *azen*, leilões... Estou totalmente perdido. De toda a informação que você nos passou, não vejo nada que seja útil. — Alec sentia a raiva tomar conta de si, e não conseguia controlá-la. — E o que tudo isso tem a ver com Frank? Vamos, me digam! Droga nenhuma. O que esse comércio ridículo de tulipas ou todo o maldito século XVII têm a ver com um cara que tinha os dois pés bem fincados neste mundo, no presente, no agora? Porcaria nenhuma! Sabem de uma coisa? É melhor esquecer. Nunca vamos descobrir nada mesmo. Melhor deixar tudo a cargo da polícia.

— Vai dar tudo certo, Alec. Tenho certeza de que vamos descobrir o que Frank quis dizer com aquilo — disse Damian, tentando acalmá-lo.

— Vai dar certo nada. Eu perdi Frank, minha única família. Olhe para mim agora: um fracassado. Depois de tudo que ele fez por mim, não consigo nem retribuir.

Dick aproximou-se e deu tapinhas nas costas de Alec.

— O que faz você pensar que Frank tinha alguma coisa a ver com tudo isso? E que ele quis lhe dizer alguma coisa? Se vocês me contarem poderei ajudá-los melhor.

Dick acompanhou o olhar inquiridor que Alec lançou a Damian. Vendo o amigo balançar a cabeça em negativa, o professor voltou suspirando para sua cadeira.

— Devo dizer que acho lamentável vocês não confiarem em mim.

— Não é isso, Dick. Bem... acho melhor lhe contar... Antes de ele morrer, eu ainda consegui falar com Frank.

Dick ficou boquiaberto.

— Você falou com ele?

— Sim, mas foi muito rápido. Ele estava agonizando... Bem, fiz uma promessa a ele, e quero manter minha palavra.

Dick assentiu.

— Tudo bem, Alec. Vou fazer o seguinte, vou terminar minha história, e talvez vocês descubram alguma pista. Nunca se sabe.

Alec concordou e foi se sentar no peitoril da janela.

— Os bulbos do leilão de Alkmaar foram colocados à venda pelo orfanato. Faziam parte da herança de sete crianças que haviam sido deixadas aos cuidados daquela instituição. Tendo em vista que os bulbos estavam sendo leiloados em nome do orfanato, parte do lucro iria para a casa. Esse era o costume na época. Passadas duas horas de pura tensão, o leilão chegou ao fim. O leiloeiro suou muito com o trabalho intenso. A coleção inteira foi vendida. O lucro foi gigantesco. Vocês têm ideia da soma de dinheiro que foi arrecadada? Não, claro que não, como poderiam? Esperem... Onde foi que eu deixei aquilo?

Ele curvou-se para a direita, remexeu na gaveta da mesa e pegou um material encadernado. Começou a folhear o volume vigorosamente. Parou em uma das páginas.

— Aqui. Ouçam só quanto dinheiro foi levantado.

O leiloeiro anunciava formalmente o que estava sendo oferecido. Quando Willem ouviu o nome de seu pai, uma sensação de orgulho tomou conta dele. Wouter Winckel havia construído tudo aquilo. Sem entender nada sobre o assunto, ele dera início àquele comércio de tulipas. Aprofundara-se no assunto, mantivera-se atento às oscilações do mercado. Soubera determinar exatamente em que momento uma tulipa tinha seu valor extrapolado ou subestimado, e quando era a hora de entrar em ação.

Willem havia tomado conhecimento dos boatos. Em Alkmaar, acreditavam que Wouter Winckel havia sido morto por causa das tulipas, e que os assassinos não tinham conseguido achar a coleção. Mas Willem sabia que não era nada disso. Ele sabia exatamente em que circunstâncias se dera o assassinato. Com o que ganharia naquele leilão, poderia se vingar dos criminosos. O valor que seria arrecadado era de suma importância, não só para seu futuro e de seus irmãos, mas também para todo o mundo. Ele precisava se concentrar nisso. Sim, isso mesmo. Não podia se deixar distrair pela ganância que reinava naquele salão. Afinal de contas, tudo se reverteria em seu favor.

Os lances começaram. O primeiro lote era um bulbo de uma Boterman vermelha e branca. Pesando 564 azen, *foi arrematado por 263 florins. O segundo era um Scipio. Pesava apenas 82* azen, *mas acabou trocando de dono por invejáveis 400 florins. Quatrocentos florins, espantou-se Willem. Não pode ser verdade. Ele não acreditava nos próprios ouvidos. O seguinte, de uma Paragon van Delft, um dos favoritos do pai, foi vendido por 605 florins.*

Quando o leiloeiro anunciou o lote seguinte, uma Bruyn Purper, o silêncio tomou conta do lugar. Muitos estavam esperando por esse bulbo, devido aos seus excepcionais matizes de violáceo e marrom. Os lances foram tantos que Willem pensou que não haveria fim. O leiloeiro acabou batendo o martelo no lance de 2.025 florins. Willem olhou para o sorriso de deleite do diretor do orfanato, que se encontrava sentado ao lado do púlpito do leiloeiro.

Após uma hora, anunciou-se um breve recesso. A tensão que preenchia o vazio, o silêncio cortante durante os lances, tudo pareceu se libertar: todos começaram a falar ao mesmo tempo. Alguns estavam de bom humor e se congratulavam por suas aquisições. Outros estavam visivelmente abatidos. Willem levantou-se ao ver o diretor se aproximando.

— Tudo está indo muito bem, como esperado. Não é fantástico? Este será um dia inesquecível para todos nós.

Pode apostar, pensou Willem, assentindo com polidez.

Após o intervalo, foi a vez de dois bulbos de Viceroy, um pesando 658 azen, *e o outro, 410. Willem os vira no catálogo, as pétalas como línguas de fogo em tom azul-oceano. Para sua surpresa, o primeiro foi arrematado por 4.200 florins, e o outro, por 3 mil. Mais surpreendente ainda foi o valor auferido com a Admirael Liefkens, conhecida por suas cores tão volúveis. O bulbo pesava pouquíssimo, mas a raridade da espécie fez um comerciante se dispor a pagar 1.015 florins.*

Duas horas depois de terem entrado naquela sala, o leilão chegou ao fim. O impossível acontecera. Nunca antes na história do comércio de tulipas a arrecadação havia atingido valores tão altos.

***

Dick empurrou os óculos de leitura para a testa.

— Vocês conseguem imaginar a tensão naquela sala? Um bulbo após o outro sendo arrematado por valores recordes. — Ele ergueu as sobrancelhas e os óculos caíram de volta no nariz. Curvou-se novamente sobre os papéis. — Está tudo descrito aqui, tudo ficou registrado, vejam com os próprios olhos.

Ele passou o volume a Damian. A página mostrava uma cópia da lista, dividida em duas colunas, dos itens e os valores arrecadados. Numa letrinha miúda, os bulbos estavam relacionados em perfeita ordem, um embaixo do outro, assim como seu peso e o preço que havia atingido.

— Inacreditável — disse Alec.

— Realmente, não dá para acreditar. Foi então que deu tudo errado — continuou Dick. — Por causa dos altos lances, o preço de cada bulbo começou a disparar. O nervosismo dos licitadores começou a aumentar. Quanto mais alto o preço, mais desejados os bulbos se tornavam.

— Qual foi a arrecadação total do leilão? — quis saber Damian.

— Noventa mil florins. Olhem ali. — Dick apontou para a página. — Lá embaixo, à direita.

— Meu Deus! Isso equivale a mais de 6 milhões de euros — calculou Damian.

— No mínimo. Inacreditável mesmo, pagar tudo isso por alguns bulbos de flores. Cada um dos órfãos foi para casa com 12 mil florins no bolso. E o orfanato também recebeu muito dinheiro, capitalizando 9 mil florins. Para as crianças, aquilo, naturalmente, era uma excelente notícia. Em questão de horas, tinham ficado milionárias.

Dick levantou-se e postou-se diante dos dois com as mãos nas costas.

— Mas, alguns dias depois do leilão, as coisas desandaram. Os especialistas ainda não chegaram a um consenso sobre o que fez tudo dar errado tão depressa, de um momento para o outro. Mas aquela lista ali deve ter desempenhado um papel muito importante, disso não tenho dúvida. Foi um dos pivôs para o estouro da bolha.

— Esta lista? — Damian olhou surpreso para o professor. — Por quê?

— Era hábito, logo após o leilão, fazer um inventário de tudo que havia sido vendido, e a que preço. Assim os comerciantes ficavam a par do valor dos bulbos. Alguns dias após o leilão de Alkmaar, essa lista começou a circular. A história da arrecadação gigantesca foi se espalhando por toda a república como fogo rasteiro. Floristas e cultivadores se julgavam ricos, pois a arrecadação do leilão de Alkmaar comprovava que o valor dos bulbos que eles tinham estava muito além do que pensavam.

Dick balançou a cabeça lentamente e começou a formar uma expressão de desgosto no rosto.

— O resultado disso, no entanto, foi bem diferente. Os valores na lista começaram a ser vistos como os novos preços de venda. Assim, o preço médio do bulbo subiu. A loucura das tulipas atacou com toda a sua virulência. Alguns bulbos eram vendidos e revendidos até dez vezes num mesmo dia, cada vez por valores mais altos. Alguns proprietários de bulbos perceberam que aquele era o limite máximo e começaram a se desfazer dos seus tão logo podiam, pelo maior valor possível. Alguns dias depois, durante um leilão em Haarlem, o desastroso efeito do evento de Alkmaar ficou patente. Em Haarlem, os preços pedidos eram tão altos que sequer se vendeu um único bulbo. E essa notícia também se espalhou rapidamente. Em questão de dias, todos sabiam.

— Quer dizer que todo mundo queria se desfazer de seus bulbos, na esperança de ainda conseguir um bom preço por eles.

— Isso mesmo, Alec. Mas não conseguiram. Ninguém mais comprava nada. Passados alguns dias, o comércio de tulipas havia desaparecido. Por completo. Sumiu como fumaça. — Pensativo, Dick olhava adiante. — O ano de 1637 foi marcado pela tragédia para quem especulava no negócio de tulipas. Houve quem perdesse fortunas. Fortunas mesmo. A situação ficou insustentável. E os efeitos foram catastróficos.

Depois de a porta se fechar, Dick continuou sentado, o olhar perdido no horizonte. Mordeu o lábio inferior. Apoiou os cotovelos sobre a mesa e enterrou o rosto nas mãos.

— Foi tudo culpa minha, Frank — disse, baixinho, e ergueu os olhos para o teto. — Ah, Frank, me perdoe. Se eu soubesse que esse seria o desfecho, jamais teria envolvido você nisso. — Com dedos trêmulos, ele acendeu um cigarro. — Vou fazer o possível para consertar as coisas. É isso mesmo, vou tratar pessoalmente disso.

22

Tara estava à porta do escritório mal-iluminado, olhando para o padrasto. Sentado à mesa, ele não levantou os olhos. Provavelmente nem a ouvira entrar em casa, pensou ela.

A figura imponente com a qual sua mãe havia se casado tanto tempo antes tornara-se uma mera sombra de si mesma nos últimos anos. Ele sempre fora barulhento e impetuoso, o tipo de pessoa que não passa despercebida. E agora lá estava ele, todo curvado na cadeira, debruçado sobre a mesa.

Ela desabotoou o casaco e olhou em volta, para as manchas desbotadas no papel de parede — pontos em que outrora havia valiosos quadros pendurados. Metade da estante de livros estava vazia. Pelo visto, ele também vendera parte de sua biblioteca.

Ela já havia percebido que muitos outros pertences haviam desaparecido desde sua última visita ali, alguns meses antes. Ao entrar, notara que o relógio de pêndulo não estava mais no hall. Agora, ao observar o ambiente, via que o grande globo do século XIX, sempre colocado em um dos cantos do escritório, também havia sumido. Ela largou a bolsa de viagem e aproximou-se dele.

— Simon?

O corpo dele estremeceu de leve. Ele levantou a cabeça e olhou para Tara. O sorriso que esboçou era fraco e incerto. Olhos opacos a fitavam. A barba grisalha, que sempre usara bem rente, não era aparada havia muito tempo.

— Ah, Tara. Oi, filha. Tudo bem com você?

— Para dizer a verdade, não. Você estava dormindo?

— Acho que cochilei...

Ela o beijou na testa. O cheiro dos cabelos sujos invadiu suas narinas. Provavelmente ele saíra da cama daquele jeito, tendo vestido as mesmas roupas do dia anterior. Talvez não tivesse nem dormido. Ela se sentou na mesa e cruzou os braços.

— O que eu vou fazer agora?

— Não sei, querida. Não sei.

— Simon, você sabe onde está?

Ele a olhou desconsolado.

— Se Frank tivesse me contado, você já saberia. Querida, não se preocupe com sua pesquisa, não tem perigo nenhum. Vai dar tudo certo. Eu vou cuidar disso.

Ela se curvou e segurou-o pelos ombros. Os ossos estavam proeminentes sob o suéter.

— Como assim, vai dar tudo certo? Não me trate como se eu fosse criança. Não vai dar certo coisa nenhuma! — Ela o soltou. — E agora? Pode me dizer? Não faço ideia de por onde começar. Você sabe o que isso significa para mim, não sabe? Não é possível que não exista um plano B. Vocês nunca pensaram que algo assim poderia acontecer?

Ele olhou para a enteada e se perguntou o que havia acontecido para fazê-la mudar tanto, tornar-se tão egocêntrica. Será que realmente não conseguia enxergar a situação financeira em que ele se encontrava? Só pensava em si mesma. Por anos a fio ele a protegera. Dera-lhe educação. Será que a culpa era sua por ela ter se transformado dessa forma? Por ter ficado tão fria e desumana?

Ele suspirou.

— Vejo que você trouxe suas coisas. Vai ficar aqui?

Ela assentiu.

— Não me sinto segura depois do que aconteceu com Frank. Estou... estou com medo de que ele tenha deixado escapar algo sobre mim. Não sabia o que fazer, então pensei que estaria mais segura aqui com você.

— Frank não disse nada.

— Como você pode ter certeza?

Ele estendeu o braço e apertou o botão da luminária de mesa, acendendo a luz.

— Porque eu o conhecia muito bem. Além disso, o que ele tinha para dizer? Por que mencionaria seu nome? Você não sabe de nada mesmo.

Ela balançou a cabeça.

— Quem dera eu soubesse. Assim pelo menos poderia fazer alguma coisa. Mas agora...

Ela caminhou até a janela e olhou para fora. Uma espessa camada de folhas cobria o cascalho da entrada dos carros. Ela estremeceu. Quando se virou, encontrou Simon de pé na sua frente. Ele estendeu a mão e afagou-lhe a face. Ela desviou o rosto bruscamente, como se tivesse sido picada por um inseto. Ele a olhou com tristeza e recolheu a mão. O olhar de Tara gelou subitamente. Ele deu um passo para trás.

— Você tem alguma ideia?

— Do quê?

— De onde Frank pode tê-lo guardado.

— Se tivesse, não estaria perguntando a você. Por que acha que eu saberia? E o que você tem a ver com tudo isso, a essa altura? Nada.

Ele pigarreou.

— Não, esqueça. Além disso, o acordo não foi esse. Você tem razão. Logo no início deveríamos ter acertado tudo de forma diferente. Deveríamos ter imaginado que algo assim poderia acontecer, e tomado precauções. Frank já estava velho. Ele também poderia ter morrido de causas naturais, ou sofrido um acidente, por exemplo.

— Tem certeza de que ele próprio não chegou a tomar medidas para o caso de isso acontecer? — perguntou ela, cheia de esperança. — Quem sabe não deixou algo anotado em algum lugar? Talvez no testamento dele? Afinal... Não é possível que tudo termine assim, Simon! Não é possível...

— Se ele deixou alguma anotação, então Alec provavelmente virá a saber.

— É uma ideia, posso falar com Alec. — Ela olhou em volta. — O que você fez com as suas coisas?

— Vendi.

— A situação está tão ruim assim?

Envergonhado, ele baixou os olhos.

— Prefiro não falar sobre isso. Vou dar um jeito.

Tara assentiu. Tinha questões mais importantes a pensar. Pelo menos, mais importantes do que a situação financeira precária em que seu padrasto se encontrava.

23

Alec e Damian caminhavam em silêncio pela Singel. A tarde estava apenas começando, mas já parecia a hora do crepúsculo. A maioria das janelas das casas ao longo do canal estava iluminada. Dois turistas passaram de bicicleta. Desajeitados nos selins baixos demais, pedalavam nas suas bicicletas de aluguel em tom amarelo-canário na direção da ponte sobre o Singel. No meio do caminho, desceram e começaram a empurrá-las. Chegando ao topo, montaram novamente para descerem em velocidade. Um motorista que passava conseguiu se esquivar por um triz e pisou no freio, buzinando furiosamente.

— Ainda tenho que passar pela loja para ver o que vamos levar para a feira de antiguidades. Depois disso, vou levá-lo ao aeroporto. Você vem comigo ou prefere ficar lá em casa? — perguntou Damian.

— Não, vou com você. — Alec enfiou as mãos nos bolsos. — Aquela história do Dick, o que achou? Será que nos ajuda em alguma coisa?

— Pelo menos ficamos sabendo o que aconteceu em 1637.

Alec olhou para ele.

— Você realmente acha que a morte de Frank tem algo a ver com o comércio de tulipas daquela época?

— Não consigo imaginar por que outro motivo ele teria lhe apontado o ano. É a única pista consistente que temos.

— Tudo bem, mas o que ele quis dizer com aquilo? Trata-se de um leilão? Do mercado de ações? Também pode não ter nada a ver com o comércio de bulbos de tulipas... Isso seria impossível.

Damian concordou.

— Também fiquei pensando em outras possibilidades, como obras de arte do século XVII, por exemplo. Quem sabe não existe uma relação com isso?

— Você quer dizer que poderia ter algo a ver com uma das peças antigas dele? Um dos quadros? Ele tem uma paisagem de Jan van Goyen mais ou menos daquela época. Não sei exatamente qual ano. Eu teria que procurar saber se é de 1637.

— Meu Deus, é mesmo! Eu tinha me esquecido completamente daquele quadro. — Damian parou de andar. Seus olhos brilhavam. — Jan van Goyen. Você se lembra de como ele terminou? Era um homem podre de rico. Vivia de arte, mas dilapidou sua fortuna investindo em imóveis e em...

— Tulipas — completou Alec. — Merda! Não é que é mesmo? Foi assim que esse Van Goyen foi à falência. Quando morreu, só deixou dívidas. Pelo que sei, o quadro continua pendurado na parede de Frank, senão Tibbens teria notado a ausência. Vou dar uma olhada assim que chegar a Londres.

Seguiram pela Singel em silêncio. De repente, Alec pegou o braço de Damian e apertou-o com força. Como que hipnotizado, olhou para diante de si e apontou para o outro lado da rua, onde a Singel continuava por um curto trecho. Damian olhou na direção para onde Alec apontava: umas barraquinhas do mercado das flores, e fitou o amigo sem entender.

— Venha comigo.

Alec atravessou a rua correndo. Na primeira barraca, desapareceu sob a lona e seguiu direto para um dos painéis de exposição. Sacos plásticos cheios de bulbos de tulipas encontravam-se pendurados em ganchos de metal. Por sobre a cabeça de dois turistas japoneses, ele arrancou um e começou a balançá-lo no ar, bem na frente do rosto de Damian.

Sobre o pedaço de cartolina grampeado no saco havia uma tulipa vermelha, de tom vibrante. Atrás, duas fileiras de canteiros de flores se estendiam até se unir num ponto do horizonte. Ao lado da flor, uma etiqueta fluorescente mostrava o preço: € 4,50.

Animado, ele olhava para o surpreso Damian, que pegou o saco plástico.

— Bulbos — explicou Alec.

— Isso eu estou vendo.

— Não entendeu ainda? Ficamos fixados naquele ano idiota.

Damian olhava para a embalagem. Continha cinco bulbos marrom-escuros, semelhantes a cebolas. Um pouco de terra caiu através do plástico perfurado na palma de sua mão.

— Alô, Damian, acorde! Não se lembra? A fraude dos bulbos de tulipas, alguns anos atrás.

Ele levantou os olhos.

— Minha nossa, você tem razão! Faz pouco tempo escreveram de novo sobre isso no jornal. Tinha a ver com um fundo que investia em tulipas.

Alec assentiu, pegou os bulbos e pendurou-os de volta.

— Saiu até nos jornais ingleses. Não me lembro dos detalhes, mas muita gente foi passada para trás, gente que tinha investido muito em tulipas e que nunca mais viu a cor do dinheiro.

Damian pegou o celular e começou a discar um número.

— Emma, pode me fazer um favor? Procurar na internet alguma informação sobre uma fraude recente no comércio de tulipas. Acho que foi em... — Ele olhou para Alec.

— Em 2003 ou 2004.

— Em 2003, mas também pode ter sido em 2004. Isso, na Holanda. Como é? Não, vou chegar um pouco mais tarde. Estamos indo à loja. Depois vou apanhar o carro e levar Alec ao aeroporto. Faço, sim, pode deixar. Até já. — Ele guardou o celular. — Estou curioso para saber o que ela vai encontrar.

— O próximo passo é descobrir se Frank teve alguma coisa a ver com essa fraude. E, se teve, qual foi o papel dele nessa história. Espero que ele não...

— Você não está mesmo achando que Frank teve alguma coisa a ver com isso, está? Pelo menos não dessa forma. Acha que ele pode ter fraudado o fundo?

— Não quero nem pensar. Ainda assim, por pior que seja essa possibilidade, não podemos descartá-la. Nisso você tem que concordar comigo.

— Ele nunca faria algo assim.

— O Frank que conhecemos, não. Mas será que o conhecíamos tão bem assim? Ele jamais mencionou aquele catálogo de tulipas. Nem mesmo comentou sobre o assunto com Dick, ou ele logo teria mencionado isso. Afinal, aquilo é um bem inestimável. Um item raro. — Alec balançou a cabeça devagar, com olhar sombrio. — Também pensei que o conhecesse, Damian, mas estou duvidando disso cada vez mais. E me recrimino agora. Nunca deixarei de me sentir culpado. Passei a vida olhando apenas para meu próprio umbigo. Nada do que se passava com Frank me interessava. Pior, nem me ocorria querer saber da vida dele. Eu nunca pensei em perguntar como ele estava se sentindo, perguntar de verdade, com sinceridade. Está entendendo?

24

As portas de vidro do aeroporto London City deslizaram até se fecharem completamente. Alec dirigiu-se ao ponto de táxi e entrou no primeiro carro da fila.

Quarenta e cinco minutos depois, encontrava-se na entrada da residência em Cadogan Place pensando que aquela casa, onde ele morara a maior parte de sua infância, jamais voltaria a ser a mesma para ele. Queria livrar-se dela o mais breve possível, o que não seria problema. Era uma construção maravilhosa, num bairro agradável, com a Harrods a apenas dez minutos a pé dali.

Havia um pedaço de plástico amarelo grudado no batente da porta. Soltou-o e olhou para o resto da fita que interditava o acesso. Arrancou-a e amassou-a, então colocou a chave na fechadura e abriu a porta.

— Tibbens — chamou —, está em casa?

— Aqui, no escritório.

Alec atravessou o corredor e entrou no recinto. A parede da direita tinha sido esvaziada. O grande espelho que sempre estivera acima da lareira encontrava-se agora apoiado na parede esquerda. Ao seu lado estavam os quadros retirados por Tibbens. No chão, beirando o rodapé, havia um lençol estendido. O motorista estava em cima de uma escada, com um rolo de pintura na mão, do qual pingava tinta branca.

— Não saia de jeito nenhum... Eu queria ter terminado antes de você voltar, para não precisar ver aquilo de novo. — Ele levantou o nariz e fungou.

— Entendo — respondeu Alec.

Tibbens pousou o rolo e desceu da escada com cuidado. Alec viu que seu rosto estava salpicado de gotículas de tinta. Tinha o olhar mais triste do que de costume. As pálpebras, os cantos da boca e as linhas ao longo do nariz e do pescoço, tudo caía em dobras. Era como se ele tivesse envelhecido anos em questão de dias. O cabelo de comprimento milimétrico parecia ainda mais branco, e o rosto, acinzentado de cansaço.

— Como vai?

— Vou indo, vou indo. Ainda não consigo me acostumar à ideia de que ele não está mais aqui. Tenho a impressão de que vai entrar a qualquer instante e me pedir ou me mostrar alguma coisa. E quando meu celular toca, sempre penso que é ele. Você entende?

Alec entendia muito bem. Tibbens havia sido mais do que apenas o braço direito de Frank por mais vinte anos. Ele podia não morar lá, mas estava naquela casa sete dias na semana, chegava de manhã cedinho e só ia embora tarde da noite. Cozinheiro, mordomo, motorista, assistente: ele administrava tudo para Frank, fazia de tudo para que não lhe faltasse nada. Eles tinham grande afeição um pelo outro.

— Venha.

Pegou Tibbens pelo cotovelo e conduziu-o pelo corredor até a sala. Lá, parecia que nada havia acontecido. As paredes pintadas de amarelo davam a impressão de que o sol invadia o recinto. Três sofás cheios de almofadas estavam agrupados em volta da lareira. Sobre o espesso tapete, uma mesa de centro sustentava pilhas de livros e revistas.

Quando Tibbens se sentou, Alec foi até a parede onde alguns dos quadros de Frank estavam pendurados. A única obra moderna dentre todos era o retrato de uma família. O homem e a mulher irradiavam felicidade. O garotinho entre eles não sorria. Tinha os braços em volta das pernas da mulher e apoiava a cabeça nela.

Sempre que olhava para o quadro, Alec tinha a sensação de que, talvez, mesmo criança, ele já sentisse que algo terrível iria acontecer e que aquela seria a última foto deles juntos. Anos antes, Frank mandara fazer uma pintura daquela foto.

Alec já não conseguia mais se lembrar de quase nada daquela época. E, das poucas lembranças que lhe restavam, não sabia se eram reais ou se as havia montado a partir de fotos antigas e relatos de Frank.

Seus olhos percorreram a parede até encontrar o que procurava. Com as mãos, pegou a pequena tela e liberou-a cuidadosamente do gancho.

As nuvens sobre as dunas holandesas pairavam pesadas no ar. No horizonte, havia três barcos com velas enfunadas ao vento. Próximo à costa navegava um barquinho. Os dois remadores, curvados dentro dele, não pareciam estar à altura da forte brisa. Em primeiro plano viam-se três silhuetas. Dois dos três homens estavam sentados, um diante do outro. O terceiro estava deitado de bruços na areia, olhando para os outros dois, com as solas dos pés voltadas para quem observava a cena. Podia-se avistar uma fazenda do lado esquerdo da tela, detrás de árvores com espessa folhagem. Diante da fazenda, uma vaca era ordenhada por uma mulher de saia azul-clara.

— O que está fazendo?

— Quero ver uma coisa.

Alec virou o quadro e leu as informações que constavam no pedaço de papel amarelado colado na madeira:

> *Jan van Goyen,*
> *Holandês, 1596-1656*
> Paisagem com dunas, *1634*
> *Óleo sobre tela*

Isso não nos serve de nada, pensou Alec. Ele havia tido a vã esperança de encontrar algo atrás do quadro. Uma carta de Frank, que explicasse tudo ou, pelo menos, desse mais alguma indicação.

Alguma coisa. Recolocou o pequeno quadro na parede e se sentou diante de Tibbens.

— Isso eu poderia ter lhe dito, o que estava escrito atrás — afirmou o motorista. — Quer dizer, se a questão é o valor desse quadro, se é o que você quer saber, então...

Alec levantou a mão.

— Não, não. Lamento se dei essa impressão. Só quis saber quando foi pintado, só isso, pura curiosidade. — Alec curvou-se para a frente e continuou: — Tenho que lhe fazer algumas perguntas e quero que me responda com toda a sinceridade.

— Mas é claro. Por que eu não haveria de ser sincero com você?

— Bem... Talvez para me proteger.

— Como assim?

— Quando estive na Scotland Yard, me perguntaram se Frank tinha relacionamentos casuais. O que eles queriam saber é se ele costumava trazer para casa homens que encontrava na rua ou sei lá onde.

— Quanto a isso, posso ser bastante direto. Esse tipo de coisa ele não fazia — respondeu Tibbens, sem rodeios.

Ele olhou para baixo, para o espesso tapete. Nervoso, começou a arrastar os pés. Com a ponta do sapato, empurrava os pelos altos, afastando-os.

— Você me prometeu responder com sinceridade.

— Não estou tentando proteger você, só não quero que o nome dele fique sujo.

— Você não precisa mais proteger Frank. Além disso, quem viria a saber? Não vou contar a ninguém.

Tibbens olhou para Alec, cobrindo a boca com o punho da mão direita. Suas sobrancelhas aproximaram-se na fronte.

— Tibbens, você não confia em mim?

Ele retirou a mão da frente da boca.

— Está bem. Antigamente, quando ainda era jovem, ele chegou a fazer isso de vez em quando. Mas e daí? Não era ilegal.

Aquilo não surpreendeu Alec. Muitos anos antes, ele voltara para casa no meio da noite e se deparara com um jovem saindo sorrateiramente do quarto do tio. Eles se cumprimentaram com um simples aceno de cabeça. Alec nunca comentara o fato com Frank. Não era da sua conta.

— A última vez que ele trouxe alguém para casa — continuou Tibbens — deve ter sido dez anos atrás, se não mais. Depois disso ele perdeu o interesse. Aquela fase ficou no passado. Não, não pode ter sido isso que levou a essa tragédia. Inclusive, a polícia também me fez essa pergunta. Eles queriam saber o nome de todos os conhecidos de Frank, com quem ele falava ao telefone e com quem se correspondia.

— E o que você respondeu?

— Contei o que eu sabia. Ou melhor, o que achei válido contar, porque eles também não precisam ficar sabendo de tudo. Sobre os rapazes, não disse nada. Você sabe como é. Num piscar de olhos os jornais já estariam cheios de fofocas e boatos sobre a vida dele. Como você acha que os jornalistas conseguem as informações? Eles também têm seus contatos na polícia. Frank tinha vida própria. Era sua vida particular, e vai ficar só aqui — disse ele, apontando para a própria testa. — E em um outro lugar.

Tibbens levantou-se e saiu do cômodo. Quando Alec se levantou para ir atrás dele, Tibbens já estava voltando, com uma caixa nas mãos.

— Isto é para você. A correspondência particular dele, ou pelo menos uma parte. O resto está nas outras caixas. — Ele largou a que segurava e, com o polegar, apontou para o hall. — Já preparei aquelas para você levar.

— E o que vou fazer com isso?

— Não tenho ideia. "Se algo me acontecer, dê minhas cartas ao Alec." Foi só o que ele me disse. Há algum tempo, Frank me pediu para guardá-las na minha casa. Todos os meses ele fazia uma nova pilha, que eu juntava ao restante. Agora é tudo seu.

— E a polícia?

— Eles não me perguntaram, então não mencionei isso.

— Parece que fizemos a mesma coisa — comentou Alec, baixinho, levantando a tampa. A caixa estava abarrotada de papéis. — Também não contei tudo que sabia à polícia. Prometi a ele não contar.

— Prometeu? Como assim? Você chegou a falar com ele? Quando?

— Quando o encontrei aqui.

Tibbens olhou para ele, incrédulo.

— Não vai me dizer que ele ainda chegou a falar com você?

— Sim, falou. Ou melhor, ele me pediu uma coisa.

— O quê? O que ele pediu a você? — Tibbens estava agora de pé, esfregando as mãos.

— Mais tarde eu lhe conto, quando a investigação tiver terminado e o assassino for preso. Agora não.

— Mas talvez eu possa ajudar. — Sua voz começou a falhar. — Eu o conhecia melhor do que ele a si próprio. Eu o conhecia como a palma da minha mão.

— Eu sei disso, e sei como você pode me ajudar. Você se lembra de ter acontecido algo estranho nesta casa? Em algum momento achou que Frank estava tentando esconder alguma coisa de você?

— Algo estranho? Como o quê?

— Lamento, ainda não sei bem o que estou procurando. Como estava a situação financeira dele, por exemplo? Você sabia da existência de alguma dívida?

— Isso eu não sei, mas nunca percebi nada do tipo. Quando estivermos com o tabelião, vamos descobrir. Humm... Algo estranho, você disse? — Tibbens olhou para a frente, ponderando. — Não, acho que não... Sim, tem uma coisa, sim, mas não sei se é importante. Duas vezes por ano ele viajava, ficava fora por um fim de semana prolongado.

— Mas isso não tem nada de estranho, tem?

— Não, claro que não, mas ele ia sozinho. Você sabe que eu sempre o acompanhava. Cheguei a perguntar a Frank o que ele fazia lá, mas ele nunca me disse nada. "Nada de mais, é só para espairecer", dizia ele, o que era uma bobagem. Afinal, ele não era assim. Ele nunca "ia espairecer". Seu tio sempre tinha um objetivo. — Tibbens assentiu. — Pois então, ele sempre fazia bastante mistério a respeito daquelas viagens. Durante algum tempo até pensei que ele tivesse um amante em algum lugar, mas se fosse isso, teria me contado.

— Ele sempre ia para o mesmo lugar?

— Sim, sempre o Lago de Como.

— Mas por que tanto mistério? Quantas vezes não fomos nós três juntos ao Lago de Como? Por que você não podia acompanhá-lo? Quantas vezes isso aconteceu?

— Umas seis vezes, eu acho.

— Ou seja, a partir de 2002?

— Isso mesmo. Claro que pode não ser nada importante, talvez fossem viagens totalmente inocentes. Talvez ele realmente quisesse só espairecer...

— Estranho — murmurou Alec.

— É — concordou Tibbens. — Vamos lá? — Ele olhou para o relógio e se levantou. — Temos que estar no cartório em meia hora.

— Mais uma coisa. Você sabe se Frank investia em tulipas, ou se tinha algo a ver com esse ramo?

— Comércio de tulipas? De onde você tirou essa ideia?

Alkmaar

5 de fevereiro de 1637

Willem abriu caminho por entre a multidão. Com os cotovelos, empurrava quem encontrasse pela frente. Ar fresco, precisava de ar fresco; não conseguia mais respirar. Finalmente, depois do que pareceu uma eternidade, chegou à entrada da Nova Guilda dos Arqueiros. Inspirou com vontade e sentiu o ar frio invadir os pulmões, tão frio que chegava a doer. Tossiu algumas vezes. Deu uma olhadela em volta e dirigiu-se rapidamente para a Doelenstraat. Dobrou a esquina da primeira viela e encostou-se no muro. Sua respiração estava estranha, chiada, como um pintinho que chama pela mãe. Virou-se contra a parede e encostou a testa nas pedras. O frio atravessou a pele e trouxe o frescor de que ele precisava. Aos poucos, o enjoo foi passando. Colocou as mãos espalmadas no muro, levantou a cabeça e disse baixinho a si mesmo: "Está tudo em ordem, vamos ficar bem. Não precisa se preocupar."

Ele sabia que o pai não acreditava no céu nem em vida após a morte. Tampouco ele acreditava, mas ainda assim... Willem precisava desabafar, e foi esta a única forma que encontrou: de repente, soltou um grito.

— Calma, rapaz, calma! O que está acontecendo? — Cornelius olhou-o com ar preocupado enquanto retirava a mão do ombro do jovem.

— Ah, é o senhor. Perdoe minha reação. Não tinha a intenção de me deixar levar dessa forma.

— Não, não. A culpa é minha. Eu deveria tê-lo deixado em paz em vez de assustá-lo desse jeito. Quer me acompanhar?

Obediente, Willem voltou com Cornelius ao local do leilão.

— Eu disse a ele que não precisava se preocupar conosco.

— Eu ouvi você falando com Deus — comentou Cornelius enquanto estendia o braço e passava a mão nas costas do jovem. — Muito bem, rapaz, muito bem. Ele o ajudará e lhe dará apoio nos tempos difíceis que estão por vir. Se tiver fé em Deus, tudo dará certo.

Willem tinha tanto para dizer. Que não era com Deus que estava falando, e sim com seu pai. Que não precisava de nenhum Deus, pois acreditava em si mesmo, e no amor, na força da natureza e na humanidade. Queria dizer que Deus não existia — pelo menos não como a maioria das pessoas O viam — e que seu pai teria provado isso. E que ele, Willem Winckel, daria continuidade ao trabalho de seu pai. Mas não disse nada.

25

Damian foi até ela e deu-lhe um beijo na cabeça. Colocou as mãos em seus ombros e olhou para a tela do computador. Deslizando a barra de rolagem, Emma conferia o site de um jornal. Virou o rosto na direção do marido e pousou brevemente a mão sobre a dele.

— Chegaram a alguma conclusão? — quis saber Emma.

— Sobre o quê? Sobre Frank?

— Não, sobre o que vai para a feira de antiguidades, para o estande.

— Ah, isso. Vamos montar uma biblioteca inglesa.

— Ótimo. E quanto a Dick, ele tinha algo a contar?

— Tinha muita informação, mas não nos ajudou em nada. Contou toda a história do comércio de tulipas, desde seu surgimento até a decadência. Só não consigo ver o que tudo isso tem a ver com Frank.

Ela apontou para uma pequena pilha de papéis impressos, ao lado do monitor.

— Vocês tinham razão. Em 2003 houve uma fraude milionária relacionada à venda de tulipas. Os jornais chamaram de "O caso da fraude dos bulbos".

Ele puxou uma cadeira e sentou-se ao lado de Emma.

— Acham que Frank teve algo a ver com isso?

— Talvez. Em 1637, o ano para o qual Frank apontou, o comércio de tulipas implodiu. Pessoas que investiram em bulbos perderam tudo o que tinham.

— E você acha que Frank quis dizer com isso que ele estava envolvido nessa fraude de bulbos?

— É uma possibilidade.

— A questão é: como vamos descobrir? Não tem mais quase nenhuma informação sobre as vítimas dessa fraude. Pelo menos não consegui encontrar nada. Só sei que foram muitas pessoas.

— Quantas?

— Segundo esse site, cerca de duzentos investidores particulares estavam envolvidos no negócio. Aliás, dá para entender por que eles querem permanecer no anonimato. Eu faria o mesmo. É tudo bastante constrangedor.

— Foi feio assim?

— Ah, se foi — respondeu ela, mexendo nos papéis. Puxou uma folha do meio da pilha. — Aqui. Juntos, eles perderam 32 milhões de euros.

Damian assobiou baixinho.

— Trinta e dois milhões? E onde foi parar esse dinheiro?

— Essa é a questão, ninguém sabe. Simplesmente sumiu. Eles tinham aplicado num chamado fundo de investimento em tulipas. Não está claro o que deu errado e quem passou quem para trás. Pelo que entendi, o dinheiro seria usado no desenvolvimento de novas variedades da flor. O que exige muito dinheiro, custa uma fortuna. Ao que parece, os cultivadores estão sempre à procura de parceiros dispostos a financiar pesquisas para a criação de novos tipos de tulipas. Você está feito se conseguir colocar uma espécie nova e melhor de tulipa no mercado.

— E o que os investidores receberiam em troca?

— O que se oferecia era a possibilidade de um lucro de 25 por cento sobre o capital investido, no período de apenas um ano.

— Parece bom demais para ser verdade.

— Exatamente. Agora, estão todos botando a culpa uns nos outros. O fundo afirma que o dinheiro foi entregue aos cultivadores de tulipas, que o desviaram. Já havia até compradores para as flores. Para tulipas que nem existiam ainda.

A história se repete, pensou Damian.

— Não dá para acreditar. Eles estavam comprando um produto que só existia no papel. Concretamente, não havia ainda nenhuma nova espécie. O fundo acusa os cultivadores, que, por sua vez, acusam o fundo. Acusam os criadores do fundo de transferirem o dinheiro para bancos no exterior. E o banco que ofereceu empréstimos aos participantes para poderem investir também está na mira dos investidores: eles dizem que o banco deveria tê-los informado melhor sobre os riscos. Afinal, parece impossível produzir uma nova variedade de tulipa no período de um ano. Ou seja, a afirmação de que se podia conseguir um lucro de 25 por centro sobre o investimento era, no mínimo, exageradamente otimista. E, no final das contas, os investidores não receberam um centavo do dinheiro aplicado.

— O importante, agora, é saber se Frank teve algum papel nisso tudo — disse Damian. — Talvez ele tenha investido nesse fundo e perdido todo o dinheiro.

— Você está achando que ele tinha dívidas com alguém por causa disso?

— Talvez. Esse é o tipo de negócio capaz de afundar uma pessoa em problemas.

— Damian — começou Emma, cautelosa —, existe também outra possibilidade.

— Qual?

Ela se endireitou na cadeira e começou a se mexer desconfortavelmente.

— Pode ter acontecido o contrário.

— O que você quer dizer com o contrário?

— Ora, Frank podia estar entre os que deram o golpe. Pode ser essa a ligação.

Damian levantou-se empurrando a cadeira para trás. Franziu a testa e olhou para ela.

— Como vocês podem pensar uma coisa dessas?

— Vocês?

— É, vocês. Alec também cogitou isso. Não consigo entender vocês. Como podem pensar algo assim de Frank? O que é isso? De onde vem tanta desconfiança?

— Só estou dizendo que não podemos simplesmente excluir essa possibilidade. Pelo visto, Alec também pensa assim, embora para ele seja ainda mais difícil admitir isso. Afinal, é o tio dele.

— Não esqueça que também conheci aquele homem por quase toda a minha vida. Se você soubesse tudo pelo que passamos juntos, por quanto tempo convivemos... — contestou ele. — E depois, toda aquela história terrível com Alec, quando ele foi para a clínica, não lembra? Tivemos que carregá-lo para dentro feito um saco de batatas. E quando ele saiu, tínhamos que ficar de olho nele o tempo todo. Frank passou a controlar cada passo que Alec dava. Nesse tipo de situação, a gente acaba conhecendo alguém muito bem, isso eu posso garantir.

Ela olhou furiosa para o marido.

— Sei disso tudo muito bem. Eu o conhecia há tanto tempo quanto você, ou será que esqueceu? — Sua voz ficou embargada. — Eu o amava. — Ela respirou fundo e continuou: — Mas não é isso o que importa agora, Damian, não é essa a questão. A questão é...

— A questão é exatamente essa — revidou ele. — Como você pode desconfiar tanto de alguém que conhecia tão bem?

— Mesmo que você conheça a pessoa há muito tempo, não significa que a conheça bem.

— Mais algum clichê desse tipo para jogar na minha cara? Vamos lá!

Ela não respondeu, apenas voltou a olhar para a tela do computador. Continuou a rolar a página para baixo, a mão tremendo sobre o mouse.

Damian virou-a na sua direção, apoiou as mãos sobre os braços da cadeira de Emma e olhou para ela.

— Espere um momento. De quem você está falando, afinal? De Frank? Ou está falando de si mesma? Hein?

Ela desviou o olhar. Ele soltou a cadeira, xingando. De repente, ela percebeu que ele sempre soubera, e que aceitara aquilo como algo inevitável, irreversível. Mesmo assim, porém, ele optara por ficar com ela, apesar de saber que ela o havia traído com seu melhor amigo. Emma amaldiçoou a si própria. Como pudera ser tão cega, deixar-se levar por algo que jamais poderia ter? Será que era exatamente por isso que ela tentava conquistar o coração de Alec? Por saber que nunca conseguiria? Aquilo não passava de um desafio para ela? Ou ela queria simplesmente tê-lo para si? Emma sabia muito bem que, uma vez juntos, um acabaria enlouquecendo o outro. Não havia como dar certo. Tudo não passava de uma aventura. Devo estar louca, pensou.

Emma olhou para Damian e fez menção de dizer algo, mas ele já deixava o quarto a passos largos.

26

Tara subiu as escadas se arrastando. Estava exausta e sentia-se vazia. Toda a energia que havia investido em seu trabalho nos últimos meses parecia ter desaparecido de um dia para o outro. O inimaginável havia acontecido.

A grande tolice é que agora, ao relembrar o que acontecera, ela se conscientizava de que sempre tivera a sensação de que algo sairia errado. A partir do momento em que Frank lhe dissera que ela só receberia o bulbo no último minuto, quando tudo o mais estivesse pronto, ela começara a se preocupar. Não por temer que Frank mudasse de ideia. Não, ele tinha um único objetivo em mente. Como ela. Que os objetivos dos dois fossem diferentes não vinha ao caso.

Onde Frank havia escondido o bulbo? Apenas alguns meses antes ela havia lhe perguntado isso, mas ele se recusara a contar.

— É mais seguro assim. É melhor eu ser o único a saber — respondera ele.

— Mas e se acontecer alguma coisa com você? — insistira ela.

— Então em algum momento ele vai reaparecer por si só.

Bobagem. Sua única esperança agora era de que Frank houvesse tido o bom senso de colocá-lo num cofre, em algum lugar seguro, bem escondido.

Ela entrou no banheiro e abriu as torneiras da banheira, para a saída de água quente e fria. Lembrava-se como se fosse ontem. Depois de Simon e Frank lhe apresentarem a ideia, ficaram olhando para ela esperançosos. Com um grito de alegria, ela os abraçara e os apertara contra si, o coração disparado.

Naquele momento, tudo se encaixara. Todas as escolhas que ela havia feito na vida, toda decisão tomada, as prioridades que estabelecera: tudo se assentava. Até mesmo tudo de que abrira mão. Os namorados que nunca tivera, os convites que recusara, as férias que não tirara. Tudo valera a pena.

Até agora. Mas ela começava a duvidar, e dúvida era a última coisa de que precisava.

Despiu-se e entrou na banheira. Quando deslizou a cabeça para baixo da água, bolhinhas de ar saíram de suas orelhas, provocando leves cócegas. Ela puxou o cabelo para trás e fechou os olhos.

Tara não era a única que havia mudado por causa disso. Simon também estava diferente. Desde o primeiro momento em que o plano deles começara a entrar em ação, parecia que o azar o perseguia. Ele passara a ter problemas financeiros e sua saúde ficara debilitada. Mas ainda havia alguma outra coisa o corroendo, disso ela tinha certeza. Não era a primeira vez que Simon ficava sem dinheiro, e isso era algo que ele considerava inerente ao empreendedorismo. Quando menos esperava, sempre dava a volta por cima. Daquela vez, porém, era diferente. Ele parecia incapaz de sair do buraco — que, conhecendo-o como Tara o conhecia, ela sabia que havia sido cavado por ele próprio.

Em vez de relaxar, seu cérebro estava acelerado. Ela saiu da banheira e enrolou-se na toalha.

Talvez Simon tivesse razão: talvez Alec tivesse a informação de que ela precisava. Ela teria de descobrir isso o mais rápido possível, antes que fosse tarde demais.

27

Lá embaixo estava cinzento e nublado. Ali em cima, o sol queimava seu rosto. Alec fechou os olhos e desfrutou dos raios que lhe aqueciam a pele.

Damian mandara seu avião particular para trazê-lo a Amsterdã. Quando Alec chegara ao aeroporto de Londres, já estava tudo pronto para a partida. Acompanhado dos dois pilotos, ele percorrera o asfalto molhado até a bela aeronave de linhas aerodinâmicas. Apenas dez minutos depois de Alec ter se acomodado na poltrona de couro, eles atravessavam a cobertura de nuvens em direção ao sol. Ele ouvia os dois pilotos conversando baixinho na cabine de comando.

Abriu os olhos e quase imediatamente fechou-os de novo com força. O céu era de um azul tão intenso que chegava a doer. Ele recostou-se e refletiu sobre a conversa que haviam acabado de ter com o tabelião.

Os documentos já estavam prontos sobre a comprida mesa de mogno. Depois de o notário haver lido o testamento de Frank, Tibbens e ele entreolharam-se espantados.

— Surpresos? — perguntou o tabelião.

— Eu só não sabia desse interesse do meu tio. Não me surpreenderia se ele tivesse deixado parte de seu patrimônio para a associação protetora dos animais, mas para a ciência?

— Pensei exatamente igual a você — concordou Tibbens. — Jamais imaginei que ele estivesse tão envolvido com isso.

Quando Alec perguntou ao tabelião se ele sabia de algum investimento que Frank pudesse ter feito em tulipas, ele respondeu que Frank abrira mão de investimentos arriscados. Contou que Frank vendera, anos antes, todas as ações que tinha, pois preferia aplicar sua fortuna rendendo juros altos num banco a usá-la para a especulação.

Alec endireitou-se na poltrona do avião e olhou para o monitor à sua frente. Mais alguns minutos e estariam pousando. Esticou as pernas e ficou olhando para os bicos dos próprios sapatos. Frank e a ciência? Não dava para entender. O tabelião havia prometido lhe enviar uma lista de todas as instituições mencionadas no testamento. Será que dentre elas estariam organizações que desenvolviam métodos para combater o vício de drogas, ou algo desse tipo? Quem sabe isso não tinha a ver com os problemas enfrentados por ele, Alec? Ou talvez fossem clínicas como aquela onde ele ficara internado.

Ele se lembrou da noite em que Damian o encontrara no banheiro, durante uma daquelas festas alucinantes, com o nariz enfiado na cocaína deixada pelo anfitrião. Alguns dias depois, Alec admitira que cheirava diariamente; para — segundo ele mesmo dissera — "se inspirar".

Frank e Damian fizeram de tudo para convencê-lo a se internar, passar por uma desintoxicação. Passados seis meses, foram buscá-lo. Ele conseguira ficar limpo durante todo aquele tempo. Frank sempre fora muito grato à clínica. Portanto, não seria de estranhar se lhes tivesse deixado uma significativa quantia de dinheiro.

O comandante virou-se e avisou que estavam pousando. Alec afivelou o cinto e olhou para fora. O sol havia desaparecido; eles estavam passando por dentro das nuvens. Pequenas gotas arrastavam-se lentamente pela janelinha, como insetos. Ele engoliu em seco para aliviar a pressão no ouvido. Quando emergiram das nuvens, Alec viu Amsterdã lá embaixo. Postes de iluminação pública acompanhavam as linhas sinuosas dos canais por toda a cidade, os círculos de luz tornando-se menores à medida que se aproximavam do centro, como as camadas de uma cebola. Ele nunca cansava de se deliciar com aquela vista singular, tendo aos seus pés a belíssima cidade centenária.

Por que não venho morar na Holanda?, pensou, observando as luzes. Não; talvez fosse melhor continuar na Inglaterra. Sempre que ele a via novamente, ou melhor, sempre que os via juntos, a sensação de culpa o atormentava. Quando falava com Damian ao telefone, ainda conseguia disfarçar, mas estar frente a frente com ele, olhar em seus olhos...

Os dois haviam perdido o contato nos últimos anos, mas a morte de Frank mudara isso, reaproximando-os. Alec sabia que deveria confessar a Damian que o traíra, contar-lhe que havia dormido com Emma. Aquela única noite, três anos antes, causara uma reviravolta. Agora sua relação com Emma tornara-se forçada e com sentimento de culpa. O desconforto que sentiam ao se encontrarem era nítido. Impossível Damian não ter percebido. Mas ele nunca dissera uma palavra a respeito.

Com um leve impacto, os pneus tocaram a pista de pouso. O piloto acionou os freios e a aeronave começou a taxiar, devagar, até a área onde outros aviões particulares já se encontravam perfeitamente posicionados lado a lado.

— O que você trouxe aí? — perguntou Damian, que o aguardava no pequeno saguão, ao ver a imensa mala que Alec arrastava atrás de si.

— A correspondência de Frank.

— Correspondência?

— É. Não sei o seu conteúdo, ainda não olhei. Frank pediu a Tibbens que guardasse algumas de suas cartas. Por que ele fez isso, não faço ideia. Por via das dúvidas, trouxe tudo. Vamos ter que vasculhar uma a uma. Frank deve ter tido algum motivo para deixar toda essa papelada com Tibbens. Tem que haver alguma coisa no meio disso que nos dê alguma pista.

— Espero que sim.

No carro, Damian contou o que Emma havia descoberto sobre a fraude das tulipas.

— E se Frank estiver envolvido nesse escândalo? — perguntou Alec, depois de refletir um pouco sobre o que acabara de ouvir.

— Envolvido como? Do lado dos bons, que investiram dinheiro sem saber que seriam ludibriados? Ou... ou será que ele era um dos responsáveis pelo sumiço do dinheiro? Era a isso que você queria chegar?

— Era. Quem sabe? — Alec olhava para a frente, pensativo. — Quanto dinheiro você disse que sumiu?

— Trinta e dois milhões.

— Se Frank teve alguma participação nessa fraude, o dinheiro já se foi. Deve ter sido transferido para outra pessoa. Não tinha tudo isso na conta dele. O que consta no testamento não corresponde a esse valor.

Por um lado, Damian estava aliviado. Por outro, porém, sabia que o dinheiro podia já ter sido utilizado para alguma outra coisa. Frank não era louco de ficar com tamanha quantia. Talvez tivesse aberto uma empresa de fachada e depositado tudo numa conta nas Ilhas Cayman. Havia tantas formas de lavar dinheiro...

— Não — disse Alec, balançando a cabeça. — Isso não bate, não combina com ele. Sabe o que ele incluiu no testamento? Que metade de seu patrimônio deve ser revertido para pesquisas científicas.

— O quê? Eu não sabia que ele tinha tanto interesse nesse tipo de coisa.

— Nem eu. Estou achando tudo isso muito estranho.

— E a quantia, é alta?

— Vinte milhões de libras.

— É muito dinheiro.

— O tabelião disse que Frank mudou o testamento alguns anos atrás.

— E por que justamente a ciência?

— É o que eu tenho que descobrir. Aliás, perguntei a Tibbens se ele tinha a impressão de que Frank estava lhe escondendo algo. A única coisa que lhe ocorreu foi que, desde 2002, ele passou a fazer viagens misteriosas sozinho. Duas vezes por ano, ficava fora durante um fim de semana prolongado, sem comentar com quem ou por que fazia isso.

— Mas Tibbens sabia para onde ele ia?

— Sim. Lago de Como.

Damian levantou as sobrancelhas.

— Para aquele hotel aonde costumávamos ir juntos, antigamente?

Alec assentiu.

28

Coetzer estava de pé no cais, as pernas bem abertas, os olhos voltados para cima. Atrás dele, o Tâmisa fluía a alta velocidade. As abas do seu sobretudo esvoaçavam para a direita, como se uma força maior tentasse carregá-lo. Mais um pouco e ele poderia ir para casa, pensou. Voltar para o calor da África do Sul. Tremendo, amarrou o casaco apertado e atravessou a rua.

O nome de Alec Schoeller constava do catálogo telefônico. Bastara isso para encontrá-lo. E mesmo sem o número da casa, ele teria adivinhado de imediato em qual delas o sujeito morava. De toda a fileira de construções de tijolinhos, aquela era a única cujo segundo andar exibia não as minúsculas janelas de sempre, mas uma enorme, que cobria toda a largura da fachada.

Dirigiu-se à porta de entrada e tocou a campainha de cima. Ouviu-a soar ao longe. Encostou o ouvido na porta. Nada. Tocou mais uma vez. Ninguém. Quando já ia colocando a mão no bolso para pegar suas ferramentas, ouviu alguém lá dentro se aproximar.

A mulher usava um roupão azul-claro. Da manga pendiam farrapos de tecido felpudo. Nas rugas das suas pálpebras havia se acumulado o pó da sombra azul brilhante, enquanto o rímel formava grãos que pendiam dos cílios. O pequeno cão keeshond que ela carregava debaixo do braço começou a rosnar, olhando atravessado para o visitante.

— O senhor deve estar procurando o Sr. Schoeller, imagino.

Ela jogou para trás um cacho de cabelo que havia soltado do seu penteado, semelhante a uma colmeia de abelhas. O batom preenchia as rugas ao redor da boca. Na tentativa de disfarçar o sotaque cockney, ela acabava pronunciando as palavras da forma mais ridícula possível.

— Sim, senhora. Ele está?

— No momento, não. Acabou de sair. Quem é o senhor? Assim posso dizer a ele que o senhor o procurou.

— Mas que pena, me mandaram da galeria para buscar um quadro dele. Ele não avisou nada à senhora?

— Não, senhor. O Sr. Schoeller não falou nada sobre isso. Portanto, não posso ajudá-lo. É melhor o senhor voltar quando ele estiver aqui. Passar bem.

Por pouco ele não conseguiu bloquear a porta com o pé. Quando pousou a mão no batente, sentiu a respiração quente do cachorrinho, que tentou morder seu dedo enquanto latia. Bicho maldito.

— Senhora, espere, por favor. Só um momento. Vou ligar para ele.

Devagar, ela abriu um pouco a porta.

— O combinado era que ele deixaria o quadro aqui para eu pegar. A senhora poderia esperar só um momento, por favor, para eu ligar para ele?

Enquanto ele digitava um número, ela o observava de cima a baixo e apertava o cãozinho contra o peito, como se fosse uma bolsa de água quente.

— Alô, Alec? É o Jack — disse Coetzer, enquanto escutava a mensagem da própria secretária eletrônica. — É, estou aqui na sua casa. Ah, esqueceu? É, foi o que imaginei... Olha, estamos precisando mesmo do quadro. O quê? Sim, ela está na minha frente. Então está bem, ela não deve achar ruim, não. Tudo bem. Até mais.

No momento em que ela tentou alcançar o celular, ele o deixou cair no bolso do sobretudo.

— Era melhor eu mesma falar com ele a respeito disso, senhor — explicou a mulher, irritada. — Não posso deixar qualquer um entrar assim, sem mais nem menos.

— Lamento, mas ele parecia estar com muita pressa. De qualquer forma, a senhora ouviu. Ele me deixou apanhar o quadro e disse que a senhora teria a bondade de me deixar entrar.

— Eu tenho a chave. Sempre cuido do gato quando ele viaja.

— Ele vai ficar muito tempo fora?

— Uma semana. Foi para a Holanda hoje, visitar uns amigos. Horrível, não, o que aconteceu com o tio dele?

— Horrível mesmo.

— O homem foi assassinado, o senhor sabia? Uma coisa brutal. Praticamente deceparam a cabeça dele. Disseram que roubaram tudo, fizeram a limpa na casa. Não estamos seguros mais em lugar nenhum. Nem na nossa própria casa. É assustador.

— É, eu soube do que aconteceu. Foi horrível mesmo.

Ela não percebeu o tom cínico na sua voz.

— Mas pelo menos eu tenho o Shakespeare, não é, meu fofinho?

Ela beijou o cachorro. Na cabecinha peluda do bicho ficou uma grande mancha laranja. Quando ela voltou a erguer a cabeça, Coetzer viu alguns pelos grudados nos lábios da mulher. Velha porca.

— Mas vamos entrando. Eu o acompanho até lá em cima.

— É muita gentileza da sua parte, mas não precisa. Conheço o caminho.

Ela olhou pensativa para a escada íngreme.

— Tudo bem, então.

Retirando um chaveiro do bolso do roupão, ela pegou a chave da qual pendia uma fitinha cor-de-rosa encardida.

— Aqui. Depois o senhor me devolve, está bem? É só bater naquela porta — explicou, apontando. — Por favor, não suje nada, acabei de fazer a faxina para ele encontrar a casa limpinha quando voltar. Estava uma imundície! Ele joga a roupa em qualquer canto, e aquela geladeira...

— Não vou demorar — interrompeu-a Coetzer. — Só preciso pegar o quadro e vou embora.

Ele subiu as escadas, abriu a porta e sentiu algo roçando em sua panturrilha. Num reflexo, abriu as pernas. Com um miado, o gato passou por ele e se sentou a 1 metro de distância, os olhos amarelos observando-o atentamente. Ele avançou para o animal, dando-lhe um pontapé ao passar. Com um berro, o gato saiu em disparada na frente de Coetzer, deixando o hall em direção à sala.

As paredes eram brancas e nuas, a não ser por uma, na qual pendia uma grande pintura abstrata. Sobre o tapete bege felpudo havia duas poltronas quadradas, com almofadas de couro bem estufadas dentro da estrutura de aço cromado. Um aparador com um aparelho de som e uma pilha de CDs em cima estava encostado na parede. Nos fundos da sala, ele viu uma mesa de jantar. Sobre sua superfície havia pequenas pilhas de cartas e jornais, ao lado de uma tigela em porcelana azul de Delft cheia de canetas, recibos de compras, clipes, chaves soltas e mais algumas miudezas. A escada para o segundo andar ficava no meio da sala. Ele subiu, o gato logo atrás.

Lá em cima, o cheiro de tinta impregnava o local. Havia telas e mais telas encostadas nas paredes, numa das quais pendia um quadro inacabado. Só o fundo estava pronto: uma grande superfície azul-clara. A mesa no centro do ateliê estava repleta de pincéis, tubos pela metade e latas de tinta. Era óbvio que a prestativa vizinha do andar de baixo estava proibida de entrar ali.

Ele começou pelo canto esquerdo da sala, investigando tudo minuciosamente. Quando acabou, foi até as telas penduradas na parede e analisou-as uma a uma. A última era tão pequena que teve de se esticar para alcançá-la. Pegou-a e limpou o pó que a cobria. Ela estava deitada num sofá, os braços repousando descontraídos sobre a cabeça. Os olhos verdes olhavam-no com tanta ternura que lhe deu enjoo. Ele virou a tela. Atrás, a lápis, havia um nome: "Emma." De repente, lembrou-se de onde a vira antes: na foto que estava sobre o piano de Schoeller, vestida de noiva. Mas o homem ao seu lado não se parecia em nada com Alec.

Colocou o retrato debaixo do braço e desceu as escadas. Na sala, repetiu o processo: levantando tudo, revirando tudo. Depois, sentou-se à mesa e puxou uma das pilhas de papéis. Enquanto examinava cada jornal e cada carta, ouviu alguém chamar.

— Ei, ainda está aí?

Maldita imbecil. Ele se levantou e foi até a porta.

— Sim, senhora, ainda estou aqui. Algum problema?

— Não conseguiu achar? — perguntou a mulher. — O senhor está demorando muito. Não quero que faça bagunça!

— Não consegui achar. Ele não deixou à vista. Ainda estou procurando.

— Quer ajuda?

— Não, não precisa. Já vou achar.

Ele ouviu a porta se fechar no andar de baixo e voltou para a mesa. Em cima da última pilha de papéis havia um jornal, dobrado ao meio, na página com a notícia sobre o assassinato de Frank. Na margem, Alec havia desenhado umas figurinhas abstratas com caneta. Uma delas parecia um caracol. No centro da espiral, ele havia escrito com letras minúsculas um número: 1637, seguido por um ponto de interrogação em traços grossos. A caneta havia sido pressionada de tal forma que o papel do jornal por pouco não havia rasgado. Embaixo, lia-se a palavra "tulipas", também acompanhada de um ponto de interrogação.

Era o bastante. Coetzer pegou o quadro e desceu as escadas. Lá embaixo, bateu na porta da vizinha, que logo veio atender.

— Ah! Vejo que o senhor conseguiu achar — disse ela, olhando para o quadro que ele carregava debaixo do braço. O cachorrinho tentava se esgueirar para fora. Com um movimento experiente de sua protuberante panturrilha, ela prendeu o animal contra a porta. Coetzer olhou para baixo. Os pés da mulher pareciam, curiosamente, ser de uma adolescente, e ela calçava sandalinhas cor-de-rosa. Sobre a faixa de pano que lhe cobria os dedinhos, plumas balançavam levemente.

Quando ele lhe estendeu a chave, ela pediu para ver o quadro e, sem esperar, arrancou-o dele.

— Este? — Ela ficou olhando para o quadro, surpresa. — O senhor veio pegar justamente este? Mas foi pintado há anos! Eu me lembro exatamente de quando ele...

Cretina.

— Eu sei, mas só agora conseguimos um comprador. Pode me devolver, por favor? Estou com um pouco de pressa.

— Um comprador? Que estranho. Pensei que ele só vendesse os quadros com aquelas manchas. Quer dizer, não é muito do meu gosto, mas vá lá. Impressionante, não acha? Que tenha gente disposta a pagar tanto por umas pinceladas. Se ainda fosse um retrato bonito, como este, ou um belo vaso de fl...

— Lamento, mas realmente tenho que ir. Muitíssimo obrigado, senhora, e até a vista.

Ele se virou e caminhou a passos ligeiros até o carro.

— Vou avisar a ele que o senhor passou aqui! — gritou ela às suas costas.

29

O cheiro de pão fresco, alho e cebola frita invadia o corredor até penetrar suas narinas.

Alec sorriu.

— É a Sra. Sartori?

Damian assentiu, e Alec entrou na cozinha. Com as costas largas voltadas para ele, a cozinheira mexia numa panela. Assim que ele entrou, ela se virou. Da colher, o molho de tomate pingava sobre o assoalho. Com um grito bem-humorado, ela apoiou o utensílio na bancada. Limpou as mãos no pano de prato que carregava sobre o ombro e foi na direção dele, de braços abertos.

— Alec, querido, como você está?

Ela o pegou pela cintura e apertou-o com força contra si. Em seguida, olhou para ele e segurou-lhe os braços.

— Pense assim, Alessandro, como nós italianos pensamos: um dia vocês vão se reencontrar. Um dia. E num mundo melhor do que este.

Alec engoliu em seco, contendo a emoção.

— É isso mesmo. Vou me lembrar disso.

— Muito bem. Agora, vamos comer. Comer faz bem à alma, cura todas as feridas.

— Cadê a Emma?

— Saiu com uma amiga para jantar. Ela acha que vai comer melhor lá do que aqui. Bom, se querem gastar o rico dinheirinho delas, quem vai impedi-las? Eu é que não vou. Sente-se. Vamos, sente-se.

A extremidade da comprida mesa estava coberta com uma toalha branca e posta para duas pessoas. Ela o empurrou diante de si, fazendo-o sentar-se.

— E onde Damian se meteu agora? Espere um momento, vou chamá-lo. Daaaamian! *Mangiare!* Pronto! — Sua voz retumbava pela casa.

Uma hora e meia depois, eles levantaram a pesada mala e viraram tudo que tinha dentro sobre a mesa da cozinha.

— Pronto — disse Damian, espalhando os papéis com cuidado.

Toda a superfície estava coberta. Cartas, convites, cartões, recortes de jornal, anotações escritas à mão e e-mails impressos. Cada um dos dois pegou uma pilha e começou a folheá-la. Durante algum tempo, a única coisa que se ouvia na cozinha era o ruído de papel farfalhando e deslizando.

— Que trabalheira. Está tudo misturado! — exclamou Damian. — Achou alguma coisa?

— Isso está uma bagunça. Talvez fosse melhor primeiro colocar em ordem cronológica. Organizar pelo menos por ano.

— É, já ajudaria. Pelo menos sabemos o que procurar. Assim que encontrarmos algo que tenha a ver com tulipas, ou com o século XVII...

— Ou com aquelas curtas viagens para o Lago de Como. Por enquanto essas são as únicas pistas que temos, não é mesmo?

— Acho que sim.

Os dois continuaram trabalhando em silêncio até Damian constatar que tudo ali era recente.

— Ao que me parece, ele começou a guardar esse material para você a partir de 2002. Não tem nada aqui anterior a esse ano.

— Damian, veja isto daqui! — exclamou Alec, erguendo alguns papéis. — Veja todas estas cartas em que ele pedia informações de pesquisa. Por que ele guardou tudo isto?

— Não dá para encontrar o fio da meada — concluiu Damian, verificando os papéis. — Universidades, indústrias farmacêuticas, institutos de botânica, laboratórios, exame de DNA, tem de tudo.

— É mesmo. Brochuras, inscrições para seminários, relatórios de pesquisas, folhetos sobre opções de investimento e por aí vai...

— Vamos deixar esse material separado. Mais tarde damos mais uma olhada.

Depois de um tempo, foi a vez de Alec notar algo.

— Sabe o que me chamou a atenção? Os cartões-postais. Você também já viu algum?

— Sim, acabei de ver um, enviado por Simon. Não era um amigo de Frank? Simon Versteegen, se não me falha a memória.

— Isso mesmo, eles se conheciam há muito tempo. Acho que faziam negócios juntos de vez em quando. Quero dizer, não tem nada de estranho em se corresponderem, mas, mesmo assim, tem alguma coisa esquisita. Por que ele mandaria cartões para Frank com mensagens tão curtinhas? Além disso, são os únicos postais no meio de toda essa papelada.

Após examinar todas as pilhas, haviam coletado dez cartões ao todo.

— São esquisitos mesmo, esses textos — concordou Damian. — Escute só: "Mais dez." E este aqui: "Dobrou."

— Todos têm a ver com quantidade. — Alec olhava pensativo para o cartão que tinha nas mãos.

— O que acha disso tudo? — perguntou Damian, depois de Alec ter colocado todos os postais lado a lado, com as fotos para cima.

— O tema dessas imagens está mais do que óbvio. Não foram postais escolhidos aleatoriamente. Neste aqui há uma série de instrumentos científicos: cronômetro, sextante, telescópio. E neste, um esboço que Leonardo da Vinci fez da máquina voadora. — Alec ia apontando com o indicador no postal correspondente. — Um retrato de Galileu Galilei. — Virou o cartão e olhou para Damian. — Sabe de quando é este retrato? De 1636. Está vendo? Todos têm alguma relação com o século XVII.

— Você tem razão.

Damian olhava para as imagens franzindo a testa. De repente, estendeu a mão e apanhou uma delas.

— Está vendo o mesmo que eu?

Alec assentiu.

Oito homens vestidos de preto em volta de uma mesa. A luz incidia sobre suas golas brancas largas. Do canto esquerdo, um feixe de luz iluminava um corpo nu estendido sobre a mesa. A pele era de um branco quase transparente, contrastando com as solas dos pés, que pareciam sujas. Um pano branco cobria com displicência seu sexo.

Três dos homens estavam curvados sobre o corpo. Os dois ao fundo olhavam para a frente, para o observador do quadro. Um deles segurava um papel no qual se viam algumas letras, pequenas demais para se ler o que estava escrito. Pareciam incomodados, como se o observador tivesse acabado de entrar na sala, sem avisar. Dos dois homens na parte inferior esquerda do quadro, um deles olhava de soslaio para o observador. Atrás deste, o outro olhava para a frente, encarando a figura central da tela: o único com um chapéu grande e preto, de aba larga. Estava sentado com as costas eretas, os lábios entreabertos. Fazia um gesto com a mão esquerda. Na direita segurava uma pinça cirúrgica, com a qual mantinha aberta a pele cortada na parte interna do antebraço do homem morto. Todos os músculos e tendões, do cotovelo até a ponta dos dedos, estavam visíveis.

— Veja, finalmente algo que faz sentido.

Damian olhava empolgado para o postal.

Alec assentiu.

— *A lição de anatomia do Dr. Tulp.*

Alkmaar

5 de fevereiro de 1637

Os três homens, que haviam se sentado em locais diferentes da sala e feito lances para cada lote do leilão, encontraram-se na saída da Nova Guilda dos Arqueiros. Semicerrando os olhos diante do forte sol invernal, reuniram-se ali sem dizer uma palavra, apenas se entreolhando.

A porta abriu-se atrás deles, e o homem alto saiu, a Bíblia ainda pressionada contra o corpo, a página marcada com o dedo. O homem alto olhou para eles e acenou com a cabeça. Aparentemente aliviados, todos acenaram em resposta. Então, sem mais, separaram-se e seguiram rumos diferentes pela Doelenstraat.

O homem parecia satisfeito. Eles haviam chegado com os moedeiros vazios, e, embora também voltassem de mãos vazias, o homem tinha a sensação de ser mais rico do que nunca. Sua missão estava cumprida. E com sucesso. Disso ele tinha certeza.

Nunca antes haviam sido pagos valores tão altos por bulbos de tulipas. Ele tivera que se controlar durante o leilão. Como a situação chegara àquele ponto? Esplendor e ostentação, era só isso o que queriam. Esse era o único objetivo em suas vidas. E o problema se propagava como a peste. Ele já previra isso. O tecelão da esquina vendera o tear para comprar bulbos; e o ferreiro que cuidava de seu cavalo fechara a oficina para mergulhar no comércio de tulipas.

Ele tinha a esperança de que aquilo acabasse de uma vez por todas, de que cada um voltasse a se dedicar ao ofício ao qual havia sido predestinado, ao destino que lhe havia sido conferido por Deus. Só então a verdadeira fé cristã retornaria à república, que se tornara um inferno de cobiça, egoísmo e profanação nos últimos anos. Se seu plano transcorresse como o previsto, a casa de Deus voltaria a lotar, cheia de pessoas apavoradas com o que o futuro lhes reservava. Seus temores as levariam de volta ao seio da Igreja, onde era o lugar delas todas. E ele as ajudaria a dar sentido às suas existências vazias e miseráveis.

Agora só lhe restava aguardar o que estava por vir. O futuro reservava a todos seu quinhão, sem dúvida.

30

— O que será que essas mensagens querem dizer? — perguntou Alec. — Sobre o que Simon e Frank estavam falando? Eu sei que eles eram amigos e que Simon ia lá em casa de vez em quando, mas longe de ser uma visita constante. Ele tinha uma enteada da minha idade. Imagino que conversassem, vez por outra, sobre filhos, educação, esse tipo de coisas. Afinal, ambos tinham que enfrentar tudo isso sozinhos.

— De onde eles se conheciam?

— Acho que da época da faculdade, assim como Dick. Por que será que ele recebia esses postais de Simon todo ano? Temos que ir falar com ele.

De repente, Alec se levantou.

— Damian, me lembrei de um detalhe. Que burrice! Por que não pensei nisso antes? Bem que eu estava me perguntando onde tinha visto o nome de Simon recentemente. Não acredito que só me lembrei disso agora. Na hora, achei estranho. Espere aí, volto já.

Erguendo-se de um pulo, ele saiu correndo da cozinha. Logo voltou, com um livro nas mãos.

— O livro de condolências — explicou, sem ar. — Aqui, veja... Espere aí, merda... Onde está?

Ele folheava o livro feito um louco.

— Eu achei o texto meio estranho. Ah, achei! Dê uma olhada no que ele escreveu.

Damian olhou para o rabisco feito de maneira apressada, que contrastava muito com as demais mensagens de pêsames, todas cuidadosamente registradas.

Alec,

A morte de alguém próximo é sempre um momento de desnorteamento. Talvez eu possa ajudá-lo a entender um pouco melhor o que aconteceu.

Abraços,

Simon Versteegen

Logo abaixo do texto havia um número de telefone.

— Ele quer lhe contar alguma coisa.

— Com certeza — disse Alec, e fechou o livro.

Alec estava sentado à mesa da cozinha batendo de leve com as unhas na taça cheia de vinho. Olhava para os vários objetos espalhados à sua frente sobre a mesa. A camada de ouro do catálogo de tulipas brilhava ao reflexo do fogo alto que Damian havia acendido na lareira antes de subir. Ao lado do livro estavam os cartões-postais. Alec recolheu-os e abriu-os como um leque diante de si.

— O que você queria me dizer, Frank?

Ele pegou o livro, mas depois pensou melhor e colocou-o de volta. Empurrou a mesa com as mãos, afastando-se, e se espreguiçou.

— Lindas ilustrações, não acha?

Emma colocou o casaco sobre uma cadeira e deu-lhe um beijo no rosto. Sentou-se e puxou o livro para si. Deslizou os dedos de leve sobre a capa. Ele ficou olhando para aquela mão e tentando se lembrar de como fora quando ela o tocara. Sentiu novamente as carícias nas suas costas, lembrou-se do olhar dela ao virar o rosto em sua direção. Esqueça!, Alec, disse a si mesmo. Você bebeu demais.

Ela levantou os olhos.

— Fiquei folheando o livro ontem, com calma. Estou começando a duvidar se vamos realmente encontrar alguma pista aí.

— Vinho?

— Quero, sim.

Quando ele se levantou para apanhar uma taça, ela disse:

— Talvez tenhamos nos enganado e Frank tenha pretendido dizer algo completamente diferente.

— Estou começando a pensar exatamente a mesma coisa.

Ela pegou a taça, tomou um gole e continuou:

— Sabe o que vamos fazer? Vamos repassar tudo, mas desta vez vamos fazer direito. Página por página. Quem sabe? Talvez tenhamos deixado passar algo.

— O quê? Agora?

— Agora. Vamos recomeçar do zero. Cadê as luvas?

— Aqui, isso também serve. — Alec pegou um pano de prato e entregou-o a ela.

Alec observava por sobre os ombros de Emma enquanto ela virava as páginas, devagar. Cada imagem era de uma qualidade ímpar. As tulipas estavam retratadas minuciosamente. Uma das folhas desenhadas vergava sob o peso de um caracol, que se arrastava para a extremidade. Na ilustração seguinte, o artista havia desenhado uma mosca sobre uma das pétalas, de forma tão natural que parecia que ela sairia voando a qualquer momento. Aqueles desenhos eram fantásticos, feitos com tamanho amor que não era apenas a beleza que lhes saltava aos olhos a cada página que viravam, mas também a força que as tulipas emanavam em toda a sua simplicidade. Nem uma pétala a mais, os contornos precisos e nítidos. Por um lado, eram ilustrações exuberantes; por outro, tímidas, como se não tivessem consciência do próprio esplendor. E era exatamente essa combinação, da simplicidade da forma daquelas flores — o caule esguio, as folhas pontiagudas e a gradação extremada das cores das pétalas — com as cores tão vivas, que as tornava tão singulares.

Alec começava a compreender melhor o efeito que elas causaram naquela época, e por que, no século XVII, um buquê de tulipas verdadeiras custava mais do que uma daquelas naturezas-mortas que enchem os museus nos dias de hoje. Sim, Alec sabia que também ele teria sucumbido à tulipomania se tivesse vivido naqueles dias.

— Se notar alguma coisa, diga.

Ele assentiu. Devagar, ela continuava a virar as páginas. Depois de virar a última, Emma pousou a mão no verso da capa, e a outra, na parte externa. Quando ia fechando o livro, disse:

— Que esquisito.

— O quê?

— Parece mais grossa, essa parte. Tem alguma coisa aqui dentro. Aqui, passe a mão.

Pegando a mão de Alec, ela colocou-a no verso da quarta capa. Devagar, ele deslizou a mão sobre o papel, enquanto a dela exercia uma leve pressão sobre a dele.

— É, parece irregular.

— Foi o que senti.

Ela ergueu o livro e percorreu a borda da capa com os olhos.

— Dê uma olhada aqui: não parece um pouco estufado?

Alec curvou-se mais para a frente. Seu rosto quase tocava o dela.

— É verdade. Tem alguma coisa aí.

— Mas o quê?

— Só tem um jeito de descobrir.

Assustada ao ouvir a voz do marido, Emma deixou o livro cair sobre a mesa. Damian aproximou-se, praguejando.

— Como pode ser tão descuidada, Em? Quantas vezes tenho que repetir para tomar cuidado com este livro?

Ele o pegou com muita cautela e examinou-o de todos os lados.

— Damian, me desculpe, eu... Nós acordamos você?

— Não, eu ainda estava acordado — respondeu ele, irritado. — O que vocês disseram? Tem uma parte meio estufada?

— Tem — confirmou Emma. — Ali.

Damian deslizou a mão com cuidado sobre o papel.

— É verdade. Também estou sentindo. Isto não deveria ser assim.

— Arranque logo de uma vez. — Alec havia se curvado sobre a mesa e não tirava os olhos do livro.

— Arrancar? — Damian olhou-o estupefato. — Ficou louco? Trata-se de uma peça de museu. Eu é que não vou mexer neste livro. Não mesmo. Vamos fazer as coisas direito.

— Como assim, "direito"? Você realmente acha que me importo com o valor deste livro? Que se dane, eu quero saber agora mesmo o que está escondido aí dentro.

— O que é isso? Acalme-se. Você mais parece um garotinho mimado. Essa sua impulsividade de sempre... Pense bem. Conte até dez, pelo menos uma vez na vida, antes de tomar uma decisão. — O olhar de Damian recaiu sobre a garrafa vazia. Enquanto a levantava, continuou: — E é claro que isso também influi. Parece que você andou abusando.

Ele largou a garrafa sobre a mesa, com violência. Emma abriu a boca para dizer algo, mas Alec adiantou-se:

— Então é por isso que você está tão zangado? Ou tem alguma outra coisa? Hein? O que você acha, que eu deveria me inspirar em você? É isso, por acaso? Damian Vanlint, o perfeito, vai nos mostrar como fazer tudo direito. O Sr. Vanlint, o infalível, aquele que sempre pensa antes de agir. Por que não se olha no espelho? Até você chegar a alguma conclusão, já terão se passado meses. Primeiro, pensar; depois, refletir; aí, blá, blá, blá. Cara, você parece um velho gagá.

— E você está parecendo um adolescente. Controle-se, ao menos uma vez na vida.

— Eu tenho que me controlar, é? E por quê? Acabei de perder a pessoa que eu mais amava neste mundo, lembra? Será que você consegue entender?

— Entendo, e muito bem. E antes que você esqueça, eu também amava Frank. Mas não uso isso como uma desculpa para soltar todos os meus freios e magoar quem que está à minha volta. Ao contrário de você, que está usando a morte dele para...

Alec empurrou a cadeira para trás. A passos largos, deu a volta na mesa. Parou bem na frente de Damian.

— Para você é fácil falar. Tudo na sua vida sempre deu certo, você tem tudo à mão, tudo caindo no seu colo... — disse ele, gesticulando com o braço na direção de Emma. — Nem todo mundo tem tudo assim tão fácil.

— Eu dou um duro danado para ter tudo assim tão fácil, como você mesmo disse. Além disso, não fico chafurdando na minha própria desgraça.

Emma bateu com a mão na mesa.

— Parem, por favor. Parem com isso, os dois! Já chega.

— Já chega mesmo — completou Alec, estendendo o braço. — Me dê o livro. É meu.

— Alec, ouça — retorquiu Damian, em voz calma. — Vamos conversar melhor sobre isso amanhã, está bem? Eu conheço profissionais que podem soltar essa capa sem danificar o livro. Por que não recorremos a eles? Qual é o problema? Você acha mesmo que essas poucas horas vão fazer alguma diferença?

Alec ficou olhando para ele.

— Alec, ele tem razão — disse Emma. — Afinal, e se, no fim das contas, não tiver nada escondido e a gente acabe destruindo algo tão valioso? E isso só porque a gente queria saber logo o que tinha aí dentro. Não podemos fazer nada agora, de qualquer forma. Tanto faz se só abrirmos isso amanhã.

Alec deixou o braço cair.

— Talvez você tenha razão. Desculpe, acho que nós dois estamos cansados.

— É isso aí, estamos cansados — resmungou Damian. — Vou dormir.

E, com o livro debaixo do braço, ele retirou-se da sala.

31

Dawn entregou a Wainwright sua caneca e foi se sentar na ponta da mesa dele. Enquanto aquecia as mãos na própria caneca, ela observava o chefe. Os olhos dele ainda estavam entreabertos de sono. Dawn sabia que ele sempre se levantava às 6 horas para conseguir chegar ao escritório na hora, assim como a maioria dos que trabalhavam no centro de Londres. Os preços dos imóveis eram impagáveis para grande parte dos mortais, portanto passar quatro horas do dia no deslocamento entre casa e trabalho era a coisa mais normal do mundo. Ela se considerava uma felizarda por poder morar com a tia, cujo apartamento alugado ficava nas imediações.

— E então?

Ele se recostou, colocando as mãos atrás da cabeça.

— Acho que o senhor tem razão: ele está escondendo alguma coisa. Mas isso não quer dizer que seja culpado. Aliás, você chegou a perguntar se ele havia tirado um livro de lá?

— Perguntei, e ele disse que não. Está mentindo. Tenho certeza de que está com ele.

Ela apoiou a caneca na mesa.

— E não pode ter sido o assassino?

— Não, impossível. O sangue nas palmas das mãos da vítima já estava parcialmente seco quando o livro foi retirado da prateleira. Não. Seja lá quem tenha levado o livro, fez isso mais tarde. Olhe aqui.

Pegou uma pilha de fotos coloridas e entregou-as a Dawn. Ela olhou para a primeira delas. A cabeça de Schoeller estava de lado, os olhos fechados, o rosto emanando paz. No ombro, o paletó do pijama era de um vermelho-vivo, manchado pelo sangue que havia escorrido do ferimento na cabeça. As palmas das mãos estavam voltadas para cima, e via-se nitidamente uma marca retangular.

— O que mais você sabe sobre Alec? Esposa? Família? Amigos? Algo que chame atenção?

— Não é casado e, pelo que sei, também não tem namorada.

Wainwright levantou as sobrancelhas e fez um gesto encorajador com a cabeça.

— Pode esquecer. Se você soubesse o tipo de mulher com quem ele já foi visto... São modelos, atrizes. Não tenho a menor chance.

— Dawn, você sabe que a verdadeira beleza...

— É a interior, e blá, blá, blá. Só esqueceram de dizer que, se o embrulho não agrada, ninguém abre o pacote para ver o que tem dentro. Mas continuando: Frank Schoeller era a única família que ele tinha.

— E aquele tal de Damian Vanlint?

— É o melhor amigo dele. Os dois se conhecem há anos. Ah, acabo de lembrar! Eu tinha algo para lhe mostrar. Espere um instante, vou buscar.

Ela deixou a sala e voltou pouco depois, com uma pasta na mão.

— Prefere um resumo?

— É melhor.

— Damian Floris Vanlint. Nasceu em 4 de setembro de 1970, em Amsterdã. Filho de Florian Vanlint, um magnata do ramo imobiliário.

— Ainda vivo, o pai?

Ela assentiu com a cabeça.

— Pais divorciados. A mãe casou-se de novo alguns anos depois. Mora na Itália. Aos 15 anos, Damian veio estudar num colégio interno inglês.

— Ah, então é de lá que os dois se conhecem, não?

— Isso mesmo. E também lá ele conheceu a esposa, Emma Caen, francesa. Ao completar 21 anos, Vanlint teve acesso a parte da fortuna da família.

— Valeu a pena?

— E como! Na Holanda, todo ano é publicada uma lista dos quinhentos mais ricos do país. Nas últimas edições Damian Vanlint está oscilando entre as posições 200 e 220.

— E isso significa o quê, precisamente? Que valor o qualifica a essa posição fantástica no ranking dos quinhentos maiores milionários holandeses?

— Vou pegar a lista. — Ela procurou na pasta. — Achei. Esta é do ano passado. Olhe, aqui está.

Entregou a revista a Wainwright. Ele pegou o papelzinho solto que havia entre as folhas e leu em voz alta o texto traduzido do holandês:

Número 218. Antiquário. €98 milhões.

Como herdeiro do império Vanlint, é bem provável que Damian Vanlint passe o resto da vida entre os top 500. Apesar de nossa redação receber todos os anos uma carta dele, na qual afirma não ter interesse em ver seu nome em nossa lista, naturalmente não podemos deixar de mencioná-lo. Vanlint ocupa seus dias negociando antiguidades, interesse que até hoje só lhe trouxe vantagens. Mas fora dos ambientes profissionais, é um convidado desejado em festas e eventos, especialmente naqueles impensáveis até mesmo para holandeses famosos. Agora, só resta esperar um herdeiro que possa dar continuidade ao império. Talvez sua linda esposa possa contribuir para isso.

— Meu Deus, 98 milhões de euros. Pelo visto esse sujeito não jogou a herança pela janela.

— Não, pelo contrário. No início, começou fazendo uma série de investimentos para montar seu negócio de antiguidades. Hoje ele tem dois antiquários no Spiegelkwartier, o centro do comércio de arte e antiguidades de Amsterdã. Mora numa casa grande no Herengracht e tem outra no norte da Holanda, além de mais uma nas Ilhas Seychelles.

— Algum podre?

— Ele também é humano. — Dawn pegou uma folha e alguns recortes de dentro da pasta. — Veja você mesmo.

Embora a maioria das notas estivesse em holandês, Wainwright concluiu, pelo tipo de fonte e pela baixa resolução das fotos, que se tratava de recortes de revistas de fofocas. Havia também alguns de revistas inglesas.

— "Damian Vanlint abandona ninho de amor" — leu Wainwright em voz alta. — Aqui tem mais um: "Vanlint abandona herdeira." Ah! Quer dizer que nosso Sr. Vanlint é um dom-juan. E do tipo agressivo, pelo que vejo.

Ele levantou uma foto, uma imagem pouco nítida que mostrava Damian agredindo um fotógrafo, enquanto, com a outra mão, puxava a câmera pendurada no pescoço do homem.

— Ele foi processado, mas acabaram sendo bastante complacentes, já que os paparazzi não o deixavam em paz naquela época.

— Por quê?

— Porque ele estava envolvido com Lindsay Bancroft.

— Aquela herdeira do império hoteleiro?

— Essa mesma.

— Só um aparte: você chegou a ver as fitas?

Ela assentiu com a cabeça e comentou:

— Nada.

— Então, temos alguns problemas. — Ele ia dobrando os dedos um a um à medida que os enumerava: — Um: Schoeller não quer nos contar o que sabe; dois: não faço ideia de que livro ele tenha levado; três: não conseguimos nada com Tibbens; quatro: não temos nenhuma impressão digital; e cinco: nenhum suspeito. — Ele ergueu a mão fechada. — O que sobrou?

— Nada.

— Quero que você examine as imagens das fitas novamente. — Ele levantou o dedo. — Desta vez, vendo pelos meus olhos, os olhos de um mestre.

32

Ela conhecia Wainwright o suficiente para saber que não podia voltar de mãos vazias. Mas se não havia nada a se ver na fita, não havia nada a relatar. Simples assim. Apoiou as pernas no braço da cadeira e apertou o botão do controle remoto. O monitor ganhou vida.

Duas horas depois, estava suspirando profundamente, entediada. Ainda não havia visto nada fora do comum. Interrompeu o filme para ir buscar algo para comer. Depois de comprar uma sopa de macarrão instantâneo na cantina, pôs-se a assistir ao final da gravação. Viu os últimos convidados indo embora. Então um homem entrou no auditório e dirigiu-se ao local onde o caixão havia estado. Com as mãos, ele ergueu a foto de Frank do cavalete e colocou-a apoiada na parede. Quando ele começou a ajeitar as cadeiras da primeira fila, Dawn pegou os hashi. Ela via o funcionário arrumar o local, enquanto puxava com cuidado a tampa da tigela de sopa. O calor subiu, e ela começou a abanar a mão na frente do rosto. Enfiou os hashi no conteúdo fumegante, aproximou a boca da borda da tigelinha de plástico e sorveu o líquido. Um fio de macarrão fervente caiu no seu queixo. Xingando, pousou a tigela e passou a mão no local queimado. Quando se inclinou para pegar novamente a sopa, viu, pelo canto do olho, algo se mover.

Baixou as pernas e arrastou-se para a frente na cadeira de rodinhas. Tensa, ficou olhando para a extremidade esquerda do monitor, onde conseguia visualizar parte do saguão anexo.

— Merda.

Ela congelou a imagem. Ao lado da mesa com o livro de condolências havia alguém. Voltou a dar "play". O homem pegava a caneta. Quando ele escreveu algo no livro, ela conseguiu vê-lo nitidamente. Congelou mais uma vez a imagem e examinou seu perfil.

— O que ele está fazendo aí? Todo mundo já foi embora há muito tempo — murmurou.

Colocou no aparelho o DVD que mostrava a chegada dos convidados. O segundo monitor se iluminou.

A câmera ficava em cima da mesa, onde todos os convidados tinham de se apresentar. Depois de se identificarem, a recepcionista marcava o nome numa longa lista à sua frente. Eles não só tinham os convidados em vídeo, como também no áudio. Assim, podiam associar cada rosto a um nome.

Dawn movia os olhos com rapidez da esquerda para a direita, da imagem congelada do homem para aquela em movimento no monitor ao lado. De repente, deu um pulo à frente e apertou o "pause".

— Peguei você!

Ele andava curvado e parecia dominado pela tristeza. Quando lhe perguntaram o nome, respondeu tão baixinho que mal dava para ouvir.

Ela parou o DVD, voltou um pouco as imagens e aumentou o volume para o máximo.

— Versteegen. Simon Versteegen.

Ela pressionou o botão. Enquanto a impressora colocava as imagens no papel, Dawn apertou novamente o "play". Pegou a sopa e se reclinou para trás. Desta vez, seguiu cada movimento de Versteegen. Durante a cerimônia, ele ficara no meio da sala, mantendo o olhar baixo o tempo todo, como se rezasse. Somente quando Alec se posicionou atrás do púlpito é que ele levantou a cabeça. Os olhos ficaram fixos nele durante todo o discurso. Ela o viu na fila, para expressar suas condolências a Alec, enquanto este conversava com algumas pessoas e apertava-lhes a mão. Depois, escreveu algo no livro de condolências e saiu. Mas o hall ainda estava cheio de gente.

Dawn desligou todos os equipamentos e bateu com os hashi nas imagens impressas.

— Por que você voltou? Eu gostaria de saber.

Londres

13 de junho de 1663

Prezado Sr. Winckel,

Foi com enorme satisfação que recebi sua carta informando que tencionava doar uma soma substancial em dinheiro para nossa instituição. Minha comoção foi grande ao saber o valor com o qual o senhor pretende nos agraciar. O senhor sabe que, no que tange às nossas finanças, dependemos de doações, portanto certamente compreende nossa alegria diante dessa notícia.

O senhor mencionou que seu falecido pai, quando em vida, fazia doações regulares em apoio à ciência. Que hoje o senhor pretenda nos confiar sua herança, dele recebida e durante todos esses anos preservada, é motivo de júbilo para nós.

Espero que o senhor me perdoe por dizer isto, mas, ao saber da origem da fortuna de seu pai, não consegui deixar de concluir que ao menos o comércio de tulipas teve um final feliz e que nem todos acabaram como indigentes após seu colapso. Pelo visto, seu pai teve tino comercial para saber exatamente quando se desfazer de seus bulbos.

Posso lhe garantir que o dinheiro estará em boas mãos conosco. E garanto igualmente que será utilizado proficuamente. Apesar de nossos grandes esforços nas últimas décadas, a ciência se encontra em estágio prematuro. Ainda há inúmeras perguntas a serem respondidas, e mesmo inúmeras perguntas a serem feitas.

Graças à sua generosa contribuição, poderemos prosseguir em nossa busca pelas respostas que nos faltam para compreender nossa formidável e enigmática natureza.

Seu compatriota, Sr. Christian Huygens, estimado membro de nossa associação, manifestou júbilo ao receber esta notícia. Prometeu-me ele que visitaria o senhor em sua cidade, para, em nome de todos os membros, expressar pessoalmente nossa gratidão.

A propósito, mais notícias auspiciosas nos alcançaram mês passado. Nosso rei autorizou-nos a utilizar a designação de Sociedade Real. Vinte anos atrás, um grupo de cientistas reunia-se para debater ideias. Certamente na época nem sequer aventavam a possibilidade de, duas décadas depois, haverem crescido a ponto de se tornarem um instituto científico respeitado e, ainda por cima, com chancela real.

Sentimo-nos honrados com a confiança que o senhor deposita em nós. Não o desapontaremos, e gostaríamos, por meio desta, que aceitasse tornar-se membro de honra desta instituição.

Seu fiel criado,
Sir Robert Moray
Presidente
A Sociedade Real de Londres para o Desenvolvimento das Ciências Naturais
Londres, 1663

33

Simon desligou o telefone. Sentia-se mal. As coisas não andavam nada bem. Tinha a sensação de que seu corpo queria extirpar toda a situação na qual acabara se enredando, como se fosse um órgão após um transplante malsucedido. Parecia que a dor só ficava mais intensa e crescia a cada passo ou a cada ação sua. Aquilo o havia mutilado psicologicamente, mas agora parecia começar a afetá-lo fisicamente também.

Fechou as cortinas para impedir que a luz do dia entrasse e deitou-se na cama. Com uma das mãos, abriu a tampa do potinho de plástico marrom. Comprimidos rolaram para a outra mão. Ele pegou dois e colocou-os na boca. Depois, fechou os olhos e deixou a cabeça afundar no travesseiro. Sentiu os pelos dos braços ficarem arrepiados. Um tremor correu por seu corpo. Puxou o edredom e se concentrou, tentou visualizar os comprimidos deslizando para dentro do estômago, sendo tragados pelo suco gástrico e desmanchando-se em partículas moleculares que alcançariam sua corrente sanguínea. Tentou respirar devagar e com certo ritmo. Pouco antes de adormecer, ouviu o som da própria respiração ecoar no quarto.

Alec fechou a aba do celular. Simon Versteegen não quisera dar detalhes por telefone. Depois de combinarem um encontro à tarde, Simon lhe dera o endereço e desligara sem se despedir.

Ele olhou para fora: o mesmo tempo do dia anterior, como se não tivesse havido noite. Dirigiu-se à mesa da cozinha. Ao lado das pilhas de papéis já organizados havia uma montanha de correspondência ainda a ser examinada. Resolveu começar logo, mas justo nesse momento ouviu a porta da frente se fechar e os passos de Damian ecoarem pelo corredor.

Após a briga da noite anterior, Alec temia o momento de voltar a encará-lo. Claro que o vinho tinha influenciado em seu comportamento, mas não era desculpa. Além do mais, ele conseguia se lembrar da conversa nos mínimos detalhes, portanto não podia estar tão bêbado.

— E aí, voltou a olhar esse negócio? Quer um café?

Alec assentiu com a cabeça. Damian foi até a máquina de espresso e posicionou duas xícaras.

— Você saiu cedo — disse Alec.

— Vieram de manhã para buscar as coisas para a feira, e eu queria garantir que estavam carregando tudo direito. Não seria a primeira vez que objetos são danificados no carro embora saíssem daqui em perfeito estado. — Colocou uma xícara na frente de Alec e continuou: — Aliás, dei uns telefonemas a respeito do livro de tulipas. Marquei um encontro com Jacob Wolters, avaliador das peças de antiquários para leilões. Ele sabe exatamente o que fazer.

— Isso é ótimo. A que horas? É que combinei de ir falar com Simon hoje à tarde.

— Onde?

— Ele mora em Haia.

— Não tem problema; a reunião com Wolters será daqui a meia hora. — Damian olhou para Alec. — Espero que agora você esteja convencido de que foi melhor esperar um pouco. Essas poucas horas a mais não fizeram nenhuma diferença.

— Que bom que você tem tanta certeza disso. Quer dizer que você sabe mais do que eu — respondeu Alec, com irritação na voz. No entanto, ao ver o olhar de Damian, desculpou-se: — Lamento, realmente não quero começar tudo de novo, não é essa minha intenção. Mas é que às vezes...

Damian suspirou.

— Não, você tem razão. Eu sei que sou rude às vezes.

— Você deveria confiar mais em mim. Eu consigo andar com minhas próprias pernas. Já venho fazendo isso há anos, você sabe.

— Eu sei, mas receava de que a morte de Frank fosse um golpe duro demais para você. Achei que você poderia voltar a fazer besteira.

Alec balançou a cabeça em negativa.

— Preciso reconhecer que tem sido difícil, mas continuo limpo. Se eu conseguir passar por tudo isso sem uma recaída...

— Vai ser capaz de passar por qualquer coisa — completou Damian, dando-lhe um tapinha nas costas. — Não vou mais tocar nesse assunto.

34

Alec percorreu a fachada com os olhos. A construção em tijolo amarelo era dos anos 1920 e apresentava todas as características da Escola de Amsterdã. À esquerda e à direita da fachada, duas janelas salientes projetavam-se. Entre elas, tijolos cimentados ora horizontal ora verticalmente, formando um motivo decorativo, davam a aparência de frisos colados no prédio.

Damian abriu a pesada porta da frente. Eles entraram no saguão e se dirigiram ao balcão da recepção, decorado com cartazes de leilões anteriores. Sobre a mesa baixa ao lado havia diversos catálogos, todos presos aos pés do móvel por correntinhas. Para evitar qualquer dúvida, cada um tinha uma etiqueta com os dizeres em caneta hidrográfica preta: APENAS PARA CONSULTA! Os olhos da recepcionista se iluminaram ao ver Damian.

— Bom dia, Sr. Vanlint. Como vai?

— Muito bem. Temos hora marcada.

— Isso mesmo, com o Sr. Wolters. Ele nos avisou. Pode ir, o senhor conhece o caminho.

Seus passos ressoavam sobre os ladrilhos pretos e reverberavam pelo longo corredor. Os lustres, em estilo *art nouveau*, lançavam uma luz débil. Alec percebeu que o cheiro bolorento de papel velho, que já havia sentido no hall, ficava mais intenso à medida que avançavam. A porta no final do corredor estava entreaberta.

— *Entrez*, entre — disse uma voz jovial e clara. Wolters foi recebê-los com a mão estendida. — Bom dia, Sr. Vanlint, que bom revê-lo.

Depois que Damian apresentou Alec, eles se sentaram a uma mesa tão grande que mais parecia uma mesa de bilhar com tampo. Acima, uma fileira de lâmpadas descia por uma haste de cobre, as pequenas cúpulas de vidro verde envolvendo a sala numa luz fraca e fantasmagórica. Eles se viram cercados de estantes, como se as paredes estivessem cobertas de couro. Os títulos dourados e as lombadas decoradas contrastavam com as lombadas escuras. Também havia estantes no espaço entre os dois janelões altos, que davam para o jardim interno, e até mesmo sobre a porta.

— Pois então, Sr. Vanlint, o que o senhor tem para mim? Seu telefonema me deixou curioso.

Jacob Wolters tinha que se esticar para poder descansar os cotovelos sobre a mesa. As feições finas e o queixo pontudo conferiam-lhe ares de elfo. As mãos eram excepcionalmente grandes para sua altura. Entrelaçou sob o queixo os compridos e elegantes dedos.

Damian empurrou o livro para Wolters, que mexeu no bolso da calça para pegar uma luva. Ele aproximou o livro e abriu o invólucro de feltro. Enquanto assentia com a cabeça lentamente, disse:

— Lindo livro, encadernação magnífica, século XVII. — Olhou para Damian com cautela. — Quer me dizer algo, Sr. Vanlint?

Damian ia responder, mas Wolters interrompeu-o, erguendo a mão.

— Antes de qualquer coisa, devo lhe avisar. É importante que o senhor saiba que conheço este livro.

— O senhor o conhece? — Alec fitou-o com as sobrancelhas erguidas.

— Ele saiu daqui. Foi leiloado há alguns anos — explicou, olhando de soslaio para Alec. — Como o conseguiu?

— O senhor se lembra de quem o comprou?

— Claro. Foi o Sr. Schoeller. O senhor deve ser parente dele. Assim que o senhor se apresentou, lembrei-me da ocasião.

— Meu tio — disse Alec, assentindo com a cabeça.

— Ah, meus pêsames por sua perda. Ouvi dizer que ele faleceu há pouco tempo, de forma bastante trágica. — Balançou a cabeça, incrédulo. — Saber de sua morte... Foi uma notícia terrível e um grande choque para todos nós. Ele sempre foi uma visita muito benquista e um ótimo cliente. Pessoa muito competente, com conhecimento de causa.

Wolters abriu o volume e fitou a folha de rosto, manchada de sangue.

— Ah, meu Deus! É o...?

— É — aquiesceu Alec.

— Que horror — murmurou Wolters, baixinho, e pigarreou. — Isto é um florilégio, basicamente uma antologia. Livros desse tipo eram feitos na época em que o comércio de tulipas estava em expansão. Às vezes não passavam de folhas avulsas; outras vezes, eram encadernados, como é o caso deste exemplar. Pelo que sei, há apenas 43 destes livros no mundo todo. — Ele balançou a cabeça. — Que pena ter acontecido isso justamente com este, dentre tantos livros que seu tio possuía.

— Lamento por fazê-lo ver isto, mas não tínhamos alternativa. Aliás, o que o senhor quis dizer ao afirmar que era uma pena ter acontecido isso justamente com este livro? — perguntou Alec.

Wolters levantou a cabeça.

— Não me entenda mal. Quero dizer que este livro era tão importante para seu tio que ele quis tê-lo a qualquer custo. Chegou a me surpreender. Eu sabia que ele era louco por arte do século XVII, mas nunca soube que se interessasse tanto por edições antigas. Logo no dia seguinte em que divulgamos aos nossos clientes que esse livro seria colocado à venda, seu tio já estava me ligando. O lance dele foi altíssimo.

Alec fitou-o, pensativo.

— Bom, mas o senhor está precisando de meus préstimos. Como posso ajudá-lo?

— Há algo estranho na quarta capa — explicou Alec. — Passe a mão no verso.

Wolters fechou o livro e ergueu a quarta capa. Olhando para o teto, deslizou a mão de leve sobre a superfície, mal encostando a palma da mão.

— Humm... O senhor deve estar se referindo a esta parte mais volumosa. Realmente, não é algo comum.

— Acreditamos que haja alguma coisa aí no meio — concluiu Damian. — Não tive coragem de abrir.

— Sábia decisão, este livro é valiosíssimo. Vou tentar. Se não conseguir, terei que pedir a outra pessoa para fazê-lo.

Wolters levantou-se, foi até a porta e empurrou o interruptor para cima. A luz fluorescente que saiu dos retângulos de lâmpadas no teto era tão intensa que Alec e Damian fecharam os olhos por um instante. Wolters abriu uma gaveta, de onde retirou uma lupa que colocou diante do olho esquerdo. Curvou-se sobre a folha de guarda. Minuciosamente, examinou a costura, tão devagar que mal se percebia o movimento de sua cabeça. O único ruído na sala era aquele produzido pelo higrômetro. Após alguns minutos, Wolters endireitou a postura e afastou a lupa do rosto.

— Realmente, há algo por trás. Não foi colocado por um profissional, isso está claro. A costura não é uniforme. O que facilita as coisas. Primeiro, vou ver se basta fazer uma abertura na parte de cima, para minimizar qualquer possível dano.

Tensos, eles o observavam soltar o papel milímetro por milímetro, deslizando entre a folha de guarda e o revestimento da capa a lâmina afiadíssima de uma faca que muito se assemelhava a um bisturi.

— O que será que o Sr. Schoeller enfiou aqui no meio? — murmurava ele enquanto continuava a tarefa, concentrado.

— Para dizer a verdade, não sabemos nem se foi ele mesmo quem colocou isso aí — disse Alec. — Talvez tenha sido outra pessoa.

— Pronto. Vamos ver.

Ele pegou a comprida pinça que já havia deixado preparada e inseriu-a profundamente pela abertura que acabara de fazer. Puxou-a de volta com todo cuidado.

35

Em outubro e novembro, muitos voos que sairiam do aeroporto London City foram cancelados por causa do nevoeiro. Coetzer passara cinco horas no pequeno e lotado saguão de embarque, à espera. Quando sua paciência chegou ao limite, dirigiu-se ao balcão e convenceu as funcionárias de que tinha uma esposa na Holanda prestes a dar à luz. Com muita dificuldade, elas lhe conseguiram um voo partindo de Gatwick.

Agora, oito horas depois, estava na fila da imigração. Ele sabia aonde Alec tinha ido. Só faltava descobrir onde o amigo dele morava.

O cheiro da mulher diante dele, na fila, embrulhava-lhe o estômago. Ela estava muito perto e ele não conseguia afastar-se, pois ali também havia alguém quase em cima dele, perto demais. Ele deu um passo para o lado. O filho da mulher fedorenta já o estava encarando de forma bestificada havia algum tempo. Ele rosnou e a criança virou-se apavorada para a mãe. Garoto de merda, verme holandês sem educação.

— Senhor? — O agente da imigração olhava para ele com curiosidade.

Coetzer pegou o passaporte, abriu-o e ergueu-o diante do rosto do jovem. O funcionário pegou-o e inseriu um número no computador.

— O senhor vem a negócios ou lazer?

— Lazer. Venho visitar alguns amigos.

— Eu lhe desejo uma boa estada.

Ele então se dirigiu ao balcão da locadora de automóveis, cruzando o hall movimentado.

Coetzer fez a curva devagar e subiu pelo acesso estreito. Os faróis altos iluminavam a fachada. As paredes que davam para a rua eram pintadas de amarelo e estavam intactas, sem um sinal sequer de pichação. Ele alcançou a bolsa que se encontrava no banco traseiro e desceu do carro.

— Bem-vindo ao nosso hotel. O senhor tem reserva?

— Tenho — resmungou ele, mal-humorado, enquanto entregava as chaves do carro ao porteiro.

— Tem bagagem, senhor?

— Não, só esta bolsa. — Fez um gesto com a mão para o homem se afastar. — Mas eu mesmo levo — completou, e entrou no hotel.

— Boa noite, Sr...?

— Lancaster — completou, enquanto colocava o passaporte sobre o balcão.

— Ah, Sr. Lancaster, seja bem-vindo. Já esteve aqui antes?

— Não — respondeu ele, impaciente —, mas encontro o caminho, não se preocupe. Ninguém precisa me acompanhar.

— Ótimo, não tem problema — respondeu o recepcionista, impassível. — E o senhor vai ficar uma noite, certo?

— Talvez eu fique mais tempo, mas nesse caso eu aviso.

— Muito bem, senhor, mas nos informe assim que possível. O hotel está bastante cheio no momento — aconselhou o recepcionista, devolvendo-lhe o passaporte. — Poderia me dar seu cartão de crédito, por favor? E se o senhor puder preencher seus dados aqui, me fará uma grande gentileza.

Coetzer murmurou algo e entregou o cartão.

— Esperamos que tenha uma boa estada conosco, Sr. Lancaster. Seu quarto fica no segundo andar. O elevador fica logo ali, ou o senhor pode subir pelas escadas, caso prefira.

Coetzer procurou um canto sossegado no saguão e discou um número.

— Alô, sou eu, estou em Haia. Você ficou de me mandar um endereço. Certo. E o número? Ok.

Ah, mas que ironia! Seria mesmo uma coincidência? Como puderam adivinhar? Justo naquele momento? E logo ali? Sorrindo, ele atravessou o corredor recém-reformado em direção do seu quarto. Havia tulipas enormes pintadas nas paredes, cobrindo desde os lambris até quase o teto. As folhinhas verdes enrolavam-se ternamente ao redor de caules curvados com elegância. As variedades mais bonitas de tulipas que a Holanda já conheceu estavam reproduzidas ali, nas paredes do corredor daquele hotel.

36

Preso entre as duas hastes da pinça estava um pedaço de papel.

— O que temos aqui?

Wolters dirigiu-se à mesa de luz. Acendeu-a e colocou o papel com cuidado sobre o tampo de vidro.

Tinha cerca de 10 centímetros de largura por 15 de comprimento. As bordas estavam danificadas em alguns pontos, e as letras, quase ilegíveis de tão desbotadas.

— O que isso significa? — perguntou Alec, olhando com o cenho franzido para as letras maiúsculas no papel, escritas numa caligrafia arcaica.

— Não faço ideia — respondeu Wolters. Ele pegou novamente a pinça e usou-a para empurrar o papel, posicionando-o no meio da superfície de vidro. — À primeira vista, parece antigo, talvez tão antigo quanto o livro. Humm... O que podemos pensar disso?

Eles ficaram olhando para as letras.

lolj tlxt llxv bhl
ajph leik eeua mcal jlzp ufxp virx gfqi ol
jpzb agyn mgaz olzs awu
ymht tgzz pdty dxxr bnfi adxj ciia
tnpz tntm nmgp tlli kiwu
latm iyci jgnm ech

— Muito obrigado, Frank — disse Alec. — Um texto codificado. Era só o que me faltava.

— Tudo bem, mas que código é este? — perguntou Damian, e olhou para Wolters, que balançava a cabeça lentamente.

— Não faço ideia. Não sou especialista nessa área. Não é a primeira vez que me deparo com códigos antigos, mas não entendo absolutamente nada disso. Creio que seja um típico trabalhinho para a nossa perita em textos e caligrafias antigas. Primeiro, vou verificar sua autenticidade. Depois, será a vez de a minha colega pôr a mão na massa. Espero que ela consiga desvendar isso para nós. Vocês se incomodam se eu passar esse papel adiante? Assim que tivermos a solução, eu entro em contato.

— Acha que teremos uma resposta ainda hoje? — perguntou Alec.

— Vou tentar. Depende da disponibilidade dela e, claro, se ela vai conseguir descobrir qual o código que foi utilizado. Eis a questão.

37

— Tenho a impressão de que damos um passo para a frente e dois para trás — disse Alec enquanto Damian dava partida no carro e saía do estacionamento.

— É verdade. Ainda não chegamos a lugar nenhum. Minha maior esperança é Simon. Ele chegou a explicar por que queria falar com você?

— Não. Nem consegui me despedir, ele desligou logo.

— Ele sabe que eu vou junto?

— Não, na hora ele vai ver. Eu quis avisá-lo, mas ele estava com muita pressa.

— Você falou com ele no enterro?

— Não. Ele deve ter me dado os pêsames, mas não consigo nem me lembrar disso. Eu estava totalmente desnorteado. A última vez que o vi deve ter sido há doze anos, ou mais.

— Mas eles não se encontravam regularmente?

— Sim, mas sempre aqui na Holanda.

— Ou no Lago de Como.

— É, pelo visto...

Damian pegou a autoestrada, juntando-se à enorme fila de carros que se movia bem devagar.

Do interior do carro, eles admiraram a majestosa casa. A fachada em estuque branco era quase toda coberta de hera. As plantas haviam envolvido as pilastras, que sustentavam a marquise, e de lá pendiam como lianas.

— Acho que ele não está em casa — disse Damian, observando as janelas localizadas de ambos os lados da porta: estavam escuras, bem como as do andar de cima.

— É... Esquisito. Mas por que o portão está aberto? Vou tocar a campainha. — Alec desceu do carro. — Se não tiver ninguém, vou deixar um recado. Já venho buscar você, se abrirem.

— Certo. Vou estacionar ali, por enquanto — concordou Damian, apontando para uma vaga um pouco mais adiante na rua.

Alec soltou a porta do carro, que se fechou sozinha. Subiu pela rampa até a porta da casa. Assim que esticou o dedo para apertar a campainha, a porta se abriu. Antes de se dar conta do que estava acontecendo, a mão de alguém saiu do nada e agarrou-o pela manga do casaco. Com um puxão, ele foi tragado para o interior da casa.

O hall estava um breu. Alec não via um palmo diante do nariz. Todos os seus sentidos estavam em alerta. Embora os joelhos começassem a fraquejar, estendeu os braços, pronto para se defender. De repente, sentiu alguém agarrar-lhe o braço. Mais que depressa, ele se virou e segurou com força o pulso do estranho.

Ouviu um grito de dor. Assustado, largou a pessoa. Estava tão perto dele que Alec sentia sua respiração irregular no rosto.

— Eles seguiram você? Viram você vindo? — sussurrou ela.

— Se me seguiram? — perguntou ele. — Se me viram? Do que você está falando? Eu vim por causa do...

— Eu sei por que você veio — disse ela. Um soluço sobressaiu na sua voz, enquanto dava algumas puxadelas no paletó dele. — Você prestou atenção quando dirigiu até aqui, quando tocou a campainha? Olhou em volta?

— Claro que não! Por que eu faria isso?

— Venha comigo. — Pegou-o novamente pela manga, puxando-o pelo hall.

— Espere aí, o que...?

Ela se virou para ele.

— Você tem que me ajudar.

Então percebeu que ela estava chorando. Agora que seus olhos haviam se acostumado à escuridão, viu os dela brilhando.

— Venha comigo até lá em cima que vou lhe mostrar uma coisa.

Ele a segurou pelos ombros.

— Pare, espere um pouco, o que está acontecendo? Quem é você? Além disso, não vim sozinho, estou com um amigo. Ele...

Ela ficou petrificada.

— O quê?

— Ele está no carro, aqui perto.

— Ele está sabendo?

— Sabendo do quê? Não faço a mínima ideia do que você está falando.

— Depois, combinado? Agora venha comigo, por favor. Não temos tempo a perder. Tenho que lhe mostrar uma coisa, e então você vai entender.

— Não, eu não vou a lugar nenhum até você me dizer quem você é.

Ela suspirou.

— Sou Tara, enteada de Simon, se lembra? Agora você vem ou não?

Mas é claro, era esse o nome dela, pensou Alec.

Tara subiu as escadas correndo, e ele foi atrás. De repente, ela parou e se virou para Alec. Vários degraus à frente dele.

— Estou passando alguns dias aqui na casa. Hoje à tarde saí por algumas horas. Simon sempre descansava depois do almoço, por isso, pensei que ele ainda estivesse dormindo quando cheguei e não ouvi nada. Mas quando o relógio marcou 5 horas, subi para acordá-lo. — Ela fez uma pausa. — Não se assuste — continuou, baixinho. — Estou tão feliz que seja você... Quando a campainha tocou, por um instante eu pensei que... Não sei o que fazer. Você tem que me ajudar.

Ela o pegou pelo colarinho do sobretudo e puxou-o para si. Com o movimento inesperado, o pé de Alec escorregou do degrau. Conseguiu segurar-se no corrimão por um triz.

— Tara, cuidado!

Ela pegou o rosto dele entre as mãos, puxou-o para perto e aproximou os lábios do ouvido dele.

— Talvez esta seja a sua chance, Alec, sua chance de se ocupar com algo útil, pelo menos uma vez nessa sua vidinha fácil.

Antes que ele pudesse reagir, ela o largou, de forma tão repentina que ele quase caiu para trás. Praguejando, Alec segurou-se no corrimão, enquanto ela se virava e continuava a subir as escadas.

No corredor, ela parou diante de uma das portas fechadas. Quando ele a alcançou, Tara girou a maçaneta e entrou no quarto, e então parou de repente. Ele quase deu um encontrão nela.

As cortinas estavam fechadas. O quarto tinha um cheiro estranho, que Alec não conseguiu identificar. Ele levantou um pouco o nariz no ar e olhou para o contorno indefinido da cama, ao lado da qual Tara se colocara. Ela curvou-se um pouco à frente e acendeu a luz na mesa de cabeceira.

Ele olhou fixamente para a cama, de boca aberta. De onde estava, só conseguia ver uma massa ensanguentada. Tara olhou para o corpo e respirou entre soluços. Devagar, Alec aproximou-se dela.

O homem estava deitado de costas. Os braços encontravam-se ao longo do corpo com as palmas das mãos voltadas para cima, num gesto de entrega. Haviam batido no seu rosto, e com tanta força que os traços pareciam ter se derramado sobre o travesseiro. Afora isso, parecia intacto. Alec percorreu o corpo com o olhar. De repente, seu olhar se fixou. Na altura dos quadris, à direita e à esquerda, havia marcas de sapato no lençol. Alguém tinha ficado em cima dele para lhe desferir o golpe fatal. Alec olhou para o teto: havia manchas de sangue ali. Na parede atrás da cabeceira da cama, a pintura exibia traços vermelhos. Ele olhou para Tara, que estava com o rosto deitado sobre o braço apoiado na cabeceira.

— Simon? — perguntou ele, baixinho.

Ela assentiu com a cabeça.

— Eu o encontrei assim. — Ela estendeu a mão e acariciou o crânio ensanguentado. Uma lágrima deslizou do canto do seu olho. — Quando o vi, quase não tive coragem de olhar, mas fiquei com ele, não consegui deixá-lo sozinho.

Ela limpou a lágrima, e acabou espalhando o sangue de Simon no próprio rosto. De repente, seu corpo todo começou a tremer.

Alec afagou-lhe as costas.

— Calma, calma — repetia ele.

Ela começou a se acalmar e sua respiração se tranquilizou um pouco.

— Obrigada. Já me sinto melhor — disse. E então apontou para a parede atrás da cama. — Você já tinha visto isso?

Era como se uma criança tivesse metido três dedos num pote de tinta. Quando Alec percebeu do que se tratava, ficou sem ar. Olhou para Tara, que balançava a cabeça para a frente e para trás.

— Está reconhecendo?

— Uma tulipa. — A voz de Alec soava tensa. — Ele tinha alguma coisa a ver com tulipas?

Ela deu de ombros.

— Tara, Simon me pediu para entrar em contato com ele. Você faz ideia do que estava acontecendo, sabe por que ele precisava falar comigo com tanta urgência? Tenho quase certeza de que tinha algo a ver com o assassinato de Frank.

Ela assentiu.

— Ah, é verdade... Meus pêsames.

As palavras saíram de sua boca por obrigação. Alec se deu conta de que até Wainwright tinha conseguido dizer aquilo com mais emoção.

— Pelo visto você não está sabendo de absolutamente nada — prosseguiu ela.

— Sabendo de quê?

Ela não respondeu, apenas dirigiu-se à porta. Antes de alcançá-la, ele a segurou pelo braço e virou-a para si.

— Tara, eu fiz uma pergunta.

O olhar dela era frio e distante. De repente, em questão de segundos, havia medo naqueles olhos.

— Por favor, me leve junto com você. Temos que sair daqui.

— Não antes de você me dizer o que eu preciso saber.

Ela contorcia o rosto de dor, de tanto que ele apertava seu braço. Finalmente conseguiu se soltar.

— Vou lhe contar, mas temos que sair daqui. Pense bem: Frank foi assassinado, e agora, Simon. Você realmente acha que estamos seguros nesta casa?

Tara se virou e saiu apressada do quarto. Alec foi atrás dela. No andar de baixo, ela arrancou o casaco do cabide e pegou a bolsa de viagem. Com cuidado, abriu a porta da frente e olhou para fora. Estendendo o braço para trás, pegou a mão de Alec e puxou-o para a rua.

— Onde está o carro? — perguntou ela quando chegaram ao portão.

— Ali, à esquerda.

Correram naquela direção. Tara abriu a porta num movimento brusco e se jogou no interior.

— Temos que sair daqui. Rápido!

Damian olhou-a estarrecido, observando fixamente a mancha vermelha em sua face.

— Ande logo, dê a partida! Temos que sair daqui agora mesmo!

— Alec? Cadê Simon? Você falou com ele?

Alec sentou-se no banco de trás.

— Faça o que ela pediu, Damian. Simon está morto.

Damian virou-se.

— O quê? O que aconteceu?

— Ligue logo o carro! Vá! — gritou Tara.

Damian olhou para o lado. As mãos entrelaçadas da moça estavam no colo. Sua respiração era ofegante e ela olhava nervosamente em volta. Ele deu a partida.

Alkmaar

1665

Ele escutou algo ao longe. Alguém dizia alguma coisa. Era seu nome?

Devagar, abriu os olhos. A luz penetrava em sua cabeça como a lâmina de uma faca. Num reflexo, fechou os olhos com força. Ouviu um murmúrio. Alguém andava pelo quarto. A luz que entrava pela fresta entre suas pálpebras foi diminuindo. Devagar, a dor aguda na cabeça foi se dissipando. Ele sentia calor, muito calor. Passou a língua pelos lábios rachados.

— Água.

Era ele? Era a própria voz que estava ouvindo? Tão fina e baixa que mais parecia a de uma mulher? Em sua mente, sua voz soava bem diferente: imponente e alta.

Alguém agarrou-lhe o pescoço. Ergueram sua cabeça. Algo frio e duro foi pressionado contra seus lábios. Um líquido escorreu para dentro de sua boca, pingando pelo queixo e fazendo-lhe cócegas. Alguém limpou com um pano.

Tentou dizer algo. Tinha certeza de que mexia os lábios e tensionava as cordas vocais, mas a única coisa que saía era um gemido baixo. A mão que pousou sobre sua testa deu-lhe uma sensação de frescor.

— Fique calmo, está tudo bem.

Tudo bem? Ele não conseguia mais falar. Não estava nada bem. Quem era aquele louco? Abriu os olhos com cuidado. Havia alguém curvado sobre ele. Tentou focalizar. Devagar, a imagem foi se tornando mais nítida. Quando viu quem era, relaxou. Ergueu a mão brevemente.

— Sou eu, pai. Estamos todos aqui.

Aos poucos, começou a se lembrar do que acontecera. A dor infernal que atravessara seu braço esquerdo, como uma punhalada que tentasse alcançar-lhe o coração. Seu corpo caindo diante da própria casa. Estava consciente, mas completamente perdido. Não conseguia fazer mais nada. Nenhum movimento era possível, nenhuma palavra saía de seus lábios. Só conseguia ver e ouvir. Ouvia vozes. As vozes gritaram, e alguém começou a puxá-lo. Sentiu algo quente na parte inferior do corpo, sentiu o cheiro da própria urina. As lágrimas que corriam dos olhos não eram de dor, mas de vergonha. Por outros estarem vendo-o se sujar. O que acontecera depois disso, ele não se lembrava.

Willem Winckel olhou para o rosto do filho mais velho. Queria sorrir para ele, acalmá-lo, mas não conseguia. Sentia-se enfraquecer a cada segundo, a vida se esvair.

Talvez seja melhor assim, pensou. O trabalho iniciado por meu pai não foi em vão.

Willem conseguira dar continuidade em segredo ao trabalho do pai, e o fizera escondido da família. Durante todos aqueles anos, sentira medo. Isso mesmo, agora que olhava para trás, vivera quase toda a vida com medo. E não pudera dividir esse temor com ninguém.

Seu coração encheu-se de orgulho quando olhou para o filho, Wouter, cuja semelhança com o avô, Wouter Winckel, era tamanha que chegava a assustar. Como se junto com o nome ele houvesse herdado as características de seu ancestral. Tinha a mesma postura, os mesmos olhos azul-claros que olhavam para a vida cheios de otimismo e vontade de viver. Até no caráter eram extremamente parecidos.

Ele então olhou para além de Wouter. As silhuetas que se moviam por trás tornavam-se nítidas aos poucos, e ele viu as quatro filhas encostadas na parede. Estavam de mãos dadas. Fitavam-no assustadas e tristes.

Willem fez um sinal para o filho, que se curvou imediatamente e aproximou o ouvido de seus lábios. Ele sentiu o cabelo do rapaz sobre o rosto. Sedoso, como penugem. Cheirava a ar livre, a bosque.

— Quero falar com você a sós. — A voz saiu entrecortada e insegura. — Quero me despedir das meninas. Está na hora.

Wouter acenou para que as irmãs se aproximassem. Uma a uma, beijaram a face do pai. Depois, aos soluços, deixaram o quarto.

Wouter sentou-se na cama e, franzindo a testa, olhou para o pai.

— O que foi, pai?

— Tem uma coisa que eu queria ter lhe dado há tempos. Ainda bem que estou em condições de fazê-lo, ainda há tempo. Cadê meu moedeiro?

— Está aqui — respondeu Wouter, pegando-o de cima da cadeira posicionada ao lado da cama.

— Que sorte, já estava ficando preocupado... Abra-o.

Com muita dificuldade, Wouter desfez o nó apertado na fita de couro. Willem deu tapinhas no colchão, ao que seu filho colocou a bolsa sobre a cama. Com os dedos, Willem ficou tateando até sentir uma chave entre as moedas. Pegou-a.

— Esta é do nosso cofre. Lá tem algo que pertenceu ao seu avô e que ele deixou para nós. Seus tios e tias o confiaram a mim. Agora é seu. Quando chegar a sua hora, espero que você também repasse ao seu primogênito. Que seja repassado a todas as gerações por vir, de primogênito a primogênito. A cada sucessão, a história do meu pai, seu avô, Wouter Winckel, deve ser recontada.

Ele começou a tossir. Wouter pegou a caneca, ergueu a cabeça do pai novamente e deu-lhe mais um gole d'água.

— Vá com calma, pai. Eu sei o que o vovô fez, tudo que ele alcançou.

— Silêncio, garoto — ordenou Willem, sem fôlego. — Silêncio. Deixe-me contar. Todos da família têm que saber que ele foi assassinado por acreditar que a liberdade de espírito, algo que pertence a todos nós e que ninguém pode nos roubar, deve ser traduzida em liberdade de ação, e que devemos poder exprimir livremente nossos pensamentos. Nossos descendentes têm que compreender que a liberdade é o maior bem que o ser humano possui.

Ele enfiou a chave na mão do filho.

— Mas pai, o que...?

— Você verá. — E fechou os olhos.

Wouter levantou-se da cama.

— Pai?

Willem abriu os olhos com dificuldade e disse:

— Mais uma coisa: tenha cuidado, e use para o bem. A tentação é grande e pode vir a ser o seu fim. Se em algum momento você temer que não conseguirá resistir, pense em mim e no seu avô.

Então expirou profundamente e fechou os olhos.

38

— Aonde você quer ir? — Damian olhava de forma inquiridora para o lado. Seus olhos desviaram discretamente para o retrovisor, encontrando os de Alec.

— Para longe daqui, no mínimo — respondeu Tara, tensa. — Preste atenção se tem alguém nos seguindo.

— Seguindo?

— Só fique de olhos abertos.

— Está bem.

Damian engatou a primeira e saiu dali. De repente, foi ofuscado por faróis Xenon azul-claros, que surgiram atrás dele. Tara virou-se. A luz atingiu seus olhos. Ela os fechou com força e abaixou-se no assento do carro.

— Vá para... — disse, em pânico. — Sei lá, qualquer lugar, pouco me importa, temos é que sair daqui.

— Amsterdã? — sugeriu Damian.

— Amsterdã está ótimo, mas tente primeiro se livrar desse carro aí atrás. Aqui! — gritou. — Vire à esquerda aqui.

Com uma guinada, ele virou o volante do Aston Martin no último momento, pegando uma ruela lateral. Após alguns segundos, viu o feixe metálico da luz surgir novamente.

Tara olhou pelo retrovisor externo.

— Tente enganá-lo, você tem que se livrar dele.

— Quem é esse cara, afinal? — perguntou Damian. — O que está acontecendo?

— Faça o que estou dizendo!

Ele pisou no acelerador e o carro disparou. As luzes atrás deles foram diminuindo até desaparecerem. Nesse momento ele pisou com tanta força no freio que Tara quase bateu a cabeça no para-brisa.

— O que você está fazendo? — gritou ela, enquanto Damian engatava a ré do carro. Num movimento fluido, ele estacionou e apagou os faróis. — Não! Não faça isso! Não seja louco. Você tem que continuar dirigindo.

Damian colocou a mão na cabeça dela e empurrou-a para baixo.

— Abaixe-se!

O carro passou direto. Depois de alguns segundos, eles olharam para cima. As luzes vermelhas das lanternas traseiras levaram uma eternidade para desaparecer no horizonte. Quando finalmente sumiram, Damian ligou o carro e saiu em alta velocidade. Fez uma curva fechada para a direita e entrou na primeira rua à esquerda. De repente, o reflexo dos possantes faróis no espelho retrovisor cobria seu rosto como uma máscara.

— Segurem-se!

Ele afundou o pé no acelerador e virou à direita. No cruzamento, ultrapassou o sinal vermelho e seguiu em frente. À direita e à esquerda, carros passaram buzinando. Com um puxão para a direita no volante, entrou a toda velocidade numa rua de mão única. Freou com força e subiu uma estreita rampa à esquerda.

Desligou o motor. A respiração ofegante dos três preenchia o exíguo interior do veículo. Quando ouviram um carro se aproximar, viraram-se lentamente. A luz dos faróis formava duas faixas sobre o asfalto. O carro passou. Depois de um minuto, Damian abriu a janela e ficou ouvindo com atenção.

— Acho que conseguimos — disse baixinho. — Vamos esperar um pouco, para ter certeza. Alec, o que aconteceu com Simon?

Alec contou como o haviam encontrado, e então perguntou:

— Tara, eu tinha combinado de encontrá-lo hoje. Você sabe o que ele queria me dizer com tanta urgência? E o que está havendo? Quem está nos seguindo?

Ela o encarou. O lábio inferior tremia.

Alec colocou a mão sobre o ombro dela. Sentiu como se seus músculos se contraíssem por um momento, como um animal indomado.

— E então?

Horrorizado, ele a viu deixar a cabeça pender, cerrar os punhos e começar a gritar.

39

O detetive Felix Nieveld manobrou o carro entre o aglomerado de gente que havia se formado diante do portão e foi até a entrada da casa. Desceu do carro e cumprimentou o motorista do setor de perícia, que estava encostado no veículo de braços cruzados.

— Onde está o corpo? — perguntou ao policial parado na porta da casa.

— Lá em cima.

— Verkerk já chegou?

O policial assentiu com a cabeça.

Nieveld vestiu o macacão branco por cima da roupa e levantou o capuz. Enquanto subia as escadas para o segundo andar, ouviu a voz grave de Verkerk vindo de um dos quartos. Ficou parado na porta e olhou para interior. Dois técnicos do departamento de investigação criminal trabalhavam. Verkerk estava de pé perto da cama. Quando foi se juntar ao colega, ergueu as sobrancelhas.

— Caramba, acabaram com ele. Sabemos quem é?

— Sim. Um tal de Simon Versteegen.

— Quem o encontrou?

— A empregada. Ela só vem de manhã, mas volta durante o dia para cozinhar para ele. Está lá embaixo. Não conseguimos descobrir nada com ela. Estava completamente histérica quando chegamos.

— Não é de admirar. Arma do crime?

— Não encontramos nada. Olhe aqui, está vendo essas impressões? Ele ficou de pé em cima da vítima e acertou o velho pelo menos duas vezes. E dê uma olhada naquilo.

Nieveld olhou para onde o dedo de Verkerk apontava. As manchas no teto formavam uma trajetória longa, como a cauda de um cometa.

— E aquilo? — Ele apontou para a parede.

— Não faço ideia. Um "U" em cima de um palito?

O inspetor curvou-se sobre a mancha. Pensativo, esfregou o queixo.

— Essas duas diagonais ligadas a essa linha, apontando para cima. Sabe o que eu acho? Parece uma...

— Parece um "U" em cima de um palito, atravessado por um "V".

— Uma tulipa.

— Uma tulipa? Porra! É verdade! Será que é a assinatura do assassino?

— Só se encontrarmos o mesmo desenho em outra cena de crime — esclareceu Nieveld.

— Um assassino em série? Na Holanda?

— É... Pouco provável, não acha?

40

Tara estava de pé, olhando pela janela. As lâmpadas lá fora, que acompanhavam a curvatura dos arcos da ponte sobre o canal, refletiam-se na água e formavam dois grandes círculos de luz: uma metade perfeita e nítida. A outra, desigual e difusa. Dois ciclistas passavam. Com habilidade, ziguezaguearam pelos *amsterdammetjes* para dar passagem a um carro. Tara sentiu um calafrio e ajeitou sobre os ombros o xale que Emma lhe emprestara.

— Pronto — disse Emma, pousando a bandeja de petiscos.

Damian entrou na sala atrás dela, carregando uma garrafa de vinho. Encheu as taças.

Tara virou-se para Emma.

— Posso fechar as cortinas?

— Mas é claro!

— Assim eu me sinto mais segura.

Alec sentou-se no sofá e olhou para a moça. Ela estava tensa, e segurava a taça com as mãos.

— Acho que você tem algumas explicações a nos dar.

Ela concordou.

— É tudo tão irreal...

— Você tem ideia de quem possa ter feito isso?

Ela pigarreou.

— Acho que foi alguém a quem ele devia dinheiro. Toda vez que eu ia visitar Simon, ele tinha se desfeito de mais coisas. — Tara olhou para o grupo. — Se vocês soubessem tudo que ele tinha...

Simon era podre de rico, mas há uns dois anos, a situação mudou. Dinheiro, móveis, quadros, joias que pertenciam à família havia anos, a fortuna dele... tudo se foi. — Ela continuou, abrindo um sorriso amarelo: — Curioso como essas coisas acontecem. Por um lado, a habilidade de Simon para ganhar dinheiro o transformou num homem rico, mas foi pelo mesmo motivo que acabou se afundando em dívidas.

Ela se sentou e cruzou os braços.

— Assim que aconteceu, ele não conseguia acreditar. Disse que sabia dos riscos, mas que jamais tinha estado tão seguro de uma transação financeira e que não tinha como dar errado.

— O que não tinha como dar errado? — perguntou Alec.

— Não sei dos detalhes. Só sei que ele investiu em alguma coisa e acabou perdendo todo o dinheiro. Deve ter sido na bolsa. Ele investia em ações havia anos, por isso devia achar que sabia o que estava fazendo. — Ela balançou a cabeça.

— Não seria um fundo que negociava tulipas? — sugeriu Alec. Seu rosto estava tenso. — Frank também tinha algo a ver com isso? Ele também investiu dinheiro nisso?

— Como vou saber? — perguntou ela, irritada. — Investir em tulipas? Frank fez isso?

— Estou perguntando por causa daquilo que vimos na parede, atrás de Simon.

Emma olhou-o sem entender, e Alec contou-lhe sobre o desenho junto à cama do morto.

— Não faço ideia do que significa — respondeu Tara. — Acho que Simon simplesmente pediu dinheiro emprestado e não conseguiu pagar. Não seria a primeira vez que ele se envolvia com investimentos de alto risco.

— Então você acha que algum credor está por trás disso? Mas qual seria a vantagem de assassiná-lo? — perguntou Emma. — Porque assim ele teria certeza de que não receberia nem mais um centavo.

— Acho que já não fazia mais diferença. Era mais um castigo. E agora, tenho medo de que estejam atrás de mim.

— O credor? Era esse o cara que estava nos seguindo? — quis saber Damian.

— Quem mais seria? O único crime que meu padrasto cometeu foi pensar que poderia aumentar sua fortuna de um jeito fácil. O problema é que não tenho nada, nem um centavo.

— E você acha que era disso que Simon queria falar comigo? — questionou Alec. — Ele estava precisando de dinheiro? Frank sabia da situação dele?

Tara fitou-o.

— Eu nem sabia que Simon queria falar com você, portanto, também não sei o motivo. Vi você chegando e, como o reconheci, abri a porta.

Alec praguejou baixinho. Estavam mais uma vez de mãos vazias, não tinham conseguido nada. Frank também devia ter investido naquele fundo, não havia outra explicação. Ou será que Simon queria dinheiro emprestado? Mas e daí? Ambos os assassinatos pareciam ter algo a ver com tulipas. Não era uma simples coincidência. Ele tinha que descobrir se Frank também estava envolvido naquele investimento.

— Tara, como eu estava dizendo, havia um fundo que investia em tulipas. Algo deu errado, e agora centenas de pobres coitados perderam muito dinheiro. Seria possível que Simon tivesse algo a ver com isso?

Ela dirigiu-lhe um olhar de culpa.

— Lamento, realmente não sei.

— Mesmo assim, tem alguma coisa que não bate. Os dois estavam no negócio de tulipas. Olhe só isso aqui. — Alec levantou-se, foi até a cômoda e pegou os cartões-postais. Espalhou-os sobre a mesa da sala. — Foram todos enviados ao meu tio por Simon, dois por ano, desde 2002.

— Todas as imagens têm a ver com o século XVII — complementou Damian. — Está vendo? Um sextante, um retrato de Huygens, um cronômetro.

— E esta daqui é a mais importante — acrescentou Alec, apontando para o postal com o quadro de Rembrandt.

Ela olhou para cima.

— De onde você tirou a ideia de que esta é a mais importante?

— Está óbvio. *A lição de anatomia do Dr. Tulp.*

— Alec, eu sei o nome do quadro, mas acho que não tem nada a ver com tulipas. Simon devia estar se referindo ao tal fundo de investimentos.

Alkmaar

1665

A cama tinha sido feita. O quarto não cheirava mais a morte. Nada ali indicava que um moribundo havia passado semanas acamado, que aquele era o quarto de seu pai.

Wouter apoiou o castiçal, foi até o lado da cama e, com as mãos, pôs-se a empurrar o pé do móvel, que começou a ranger e a se arrastar pelo chão. Ele parou por instantes e alongou as costas. Em seguida, respirou fundo e recomeçou, até o pequeno alçapão ficar visível. Pegou o castiçal e o colocou no chão, em seguida pôs-se de joelhos e colocou a chave na fechadura.

Ficou surpreso com a facilidade com que conseguiu girar a chave enferrujada. Com um clique, a tranca destravou. Segurou o anel de metal com as mãos e levantou a tampa do alçapão.

Por um instante, pensou que não houvesse nada no interior. Pegou a vela e iluminou a abertura. O buraco era raso. No canto direito, havia algo escondido sob um pano marrom. Ele se curvou, alcançou o volume e o pegou.

Quando retirou o pano, a luz da vela incidiu sobre a caixinha de prata. A tampa era trabalhada com dezenas de tulipas entalhadas. Os talos entrelaçavam-se desordenadamente, desenhando uma moldura de forma ovalada em torno de uma tulipa central, gravada com tanta perfeição e tanta delicadeza que parecia ter vida sob o bruxulear da luz da vela.

Ele levantou a tampa com cuidado. O saquinho que viu era de veludo vermelho, fechado com um cordão preto. Desatou o cordão e enfiou a mão. A primeira coisa que tirou de dentro foi uma bolsinha pequena de couro. Colocou-a ao lado e meteu novamente a mão no saquinho de veludo. Seus dedos esbarraram em algo. Um pedacinho de papel. Ele o pegou e retirou-o dali de dentro. Sentou-se no chão, colocou o castiçal entre as pernas abertas e desdobrou-o.

Precisou ler três vezes para compreender, para acreditar naquelas palavras. Em seguida, colocou o papel de lado e fitou a bolsinha. Só agora entendia as palavras do pai no leito de morte, quando dissera que ele deveria resistir à tentação. Mas ele não estava preocupado consigo mesmo. Aquilo tinha de sumir logo, ser guardado em algum lugar seguro. Não podia ficar ali como estava, no chão, numa caixinha como aquela. Wouter tinha de inventar alguma coisa, porque ninguém deveria encontrar aquilo. Aquele bem estava destinado a um objetivo maior, e ele sabia qual era.

41

— Fundo? Que fundo? — perguntou Alec.

Tara foi até a janela e puxou a cortina para o lado. Um barco de turismo descia o canal, e, no momento em que passava pela casa, todos os passageiros a bordo olharam para ela.

Tara se virou.

— Frank e Simon criaram um fundo há alguns anos. Chama-se SCF, Scientific Capital Fund. Frank nunca contou isso a você?

Alec balançou a cabeça em negativa.

— Pois Simon me contou. Eles arrecadavam dinheiro para pesquisas científicas.

— Por isso aquela informação toda que ele reuniu — concluiu Damian, virando-se para Alec. — Além do mais, agora dá para entender melhor a partilha da herança.

— Mas se não tem nada de errado nisso, por que ele nunca me contou? E por que eles trocavam mensagens codificadas?

— É provável que Frank estivesse tentando proteger você. Não eram poucos os riscos que eles corriam.

— Apoiar financeiramente a ciência não me parece uma atividade tão perigosa assim — retrucou Alec.

— O risco se deve ao ideal do SCF. Eles eram da opinião de que, quanto mais investissem na ciência, mais argumentos o mundo científico teria disponíveis para provar que fazemos parte de uma evolução, que não foi Deus que criou o mundo, mas um processo natural. A ciência tem como apresentar esses argumentos, mas, para isso, é necessário se basear em pesquisas. E pesquisas envolvem dinheiro.

— Não estou entendendo. Frank nunca deu a impressão de que achava isso importante ou que tinha algo contra a religião.

— Mas eles não tinham nada contra religiões em geral. O problema era o fundamentalismo que surge dentro de cada crença, excluindo os céticos e todos os que pensam de maneira diferente. Como você pode imaginar, certos grupos se opõem às atividades deles.

Tara voltou a se sentar e curvou-se na direção dos demais na sala.

— Os valores que eles conseguiam arrecadar com a rede de contatos que mantinham eram fabulosos. Dezenas de milhões por ano. E esse valor só crescia.

— E o que eles pensavam receber em troca? — questionou Emma.

— Algo que todo mundo acha que não se pode comprar. Liberdade.

Por alguns instantes o silêncio reinou, até Alec se manifestar:

— Mas a liberdade não está à venda.

— Eles achavam que a liberdade de pensar e agir, tal qual a conhecemos desde o berço neste país, estava sendo posta à prova cada vez mais. — O olhar de Tara foi passando de um para o outro. — Será que vocês não conseguem ver? Diariamente, não só aqui como no mundo todo, aspectos fundamentais da nossa liberdade estão sendo corroídos. Está acontecendo aos pouquinhos, passo a passo, mas é um fato.

— E abolindo a religião conseguiríamos nossa liberdade de volta? Isso me parece uma lógica bastante ingênua — constatou Damian.

— O objetivo não era acabar com a religião. Se dependesse dos dois, todos poderiam ter sua fé, acreditar no deus que quisessem. Mas eles achavam que já era tempo de apoiar os incrédulos, os ateus. Frank e Simon tinham medo de que em dado momento esses homens fossem perseguidos, e achavam que esse momento havia chegado.

Alec esfregou o rosto. Aqueles 32 milhões de euros que haviam desaparecido na fraude dos bulbos seriam de grande ajuda ao SCF. E se Frank tivesse deixado sua integridade de lado para alcançar seu ideal, lançando mão daquele dinheiro? O catálogo de tulipas, a quantia de que os dois amigos precisavam para chegar ao objetivo que tinham em comum... Tudo se encaixava.

— Tara, acho melhor contar a você. — Ele olhou de soslaio para Damian, que lhe lançou um olhar de reprovação. — Quando encontrei Frank, ele estava segurando um catálogo de tulipas.

42

Depois que Emma a deixou sozinha, Tara olhou ao redor. Aquilo parecia uma suíte de hotel cinco estrelas. Em frente à cama havia uma mesa estreita com uma televisão e um pequeno aparelho de som; junto à janela, que dava para um lindo jardim dos fundos, uma escrivaninha com um computador. Ela se jogou na cama e cobriu os olhos com o braço. Então foi isso mesmo, pensou ela.

Quando ela o vira chegando, deduzira logo que Simon havia pedido a Alec para dar uma passada em sua casa, partindo do princípio de que Frank contara algo ao sobrinho. E ele estava certo ao pensar assim. Quando Alec lhe contara, havia pouco, sobre a mensagem codificada que haviam encontrado dentro do livro, ela mal conseguira se conter. Tivera vontade de gritar que sabia o que estava escrito e que se tratava do bulbo da *Semper augustus*, a tulipa mais valiosa do século XVII, a mais bela já vista. Ainda hoje, como naquele tempo, havia quem afirmasse que essa flor nunca existira. Sempre fora considerada o Santo Graal das tulipas, a personificação da beleza mais pura, inatingível.

Mas Tara sabia que não era bem assim. A *Semper augustus* existia, sim. Frank havia encontrado a flor, e Tara fora a escolhida para fazê-la renascer. E ele escondera o bulbo de que ela precisava para realizar esse feito. O dinheiro que a nova *Semper augustus* renderia ao SCF — que, aliás, era o que motivara Frank a iniciar todo o processo — não lhe interessava nem um pouco.

Mas a glória que receberia com tal experimento, o reconhecimento, esse, sim, era seu objetivo.

Dois andares abaixo, Damian olhava para as pilhas de papel amontoadas no chão da sala. Sobre cada uma delas havia uma folha com o ano anotado.

— Coisa da Emma, não é?

Alec assentiu.

— Você sabe como ela é — respondeu ele, debruçando-se sobre a mesa.

Damian olhou para o amigo e viu que não sabia de muitas coisas. Ainda tinha esperança de que ela algum dia tomasse a iniciativa de lhe contar, dera-lhe a oportunidade de abrir o jogo. À medida que os anos se passavam, no entanto, ele acreditava cada vez menos nisso. Damian lembrava muito bem. Ele voltara à noite, mais cedo do que de costume, vindo de uma viagem à França, aonde fora comprar antiguidades. Alec havia chegado a Amsterdã no dia anterior e estava hospedado com eles. Do hall, Damian os havia chamado pelo nome, mas ninguém respondera. No meio da escadaria, aventara a possibilidade de terem ido comer fora. Ele chamara mais uma vez, só para ter certeza, e então Emma descera correndo as escadas. Ele soube no momento em que ela parou diante dele. Tudo nela era revelador. O rosto incandescente, o cabelo desfeito e, principalmente, o olhar nervoso. Ela o beijou e abaixou os olhos.

— Em?

Ela não disse nada. Virou-se e correu de volta para cima. Nunca mais falaram a respeito.

Damian olhou novamente para Alec, que mexia na papelada. Já no passado, todos comentavam como eram diferentes. Ele, calmo e paciente. Alec, precipitado e impulsivo. Às vezes ele tinha a impressão de que se adaptara a esses papéis predefinidos. Que seu caráter havia sido moldado pelos outros e assim estava determinado a ser para sempre. Ultimamente, porém, Damian estava se arrependendo de sua postura comedida e percebia que seus instintos andavam mais aguçados que nunca. A morte de Frank parecia tê-lo feito acordar.

Se ele não conversasse com Emma sobre o assunto, nunca teria certeza. Por outro lado, era isso mesmo que queria? Nada mudaria no que sentia por ela. Ou mudaria? E se mudasse, ele estaria disposto a correr esse risco? Outra opção seria passar o resto da vida com uma mulher cujo pensamento estava em outro homem. Os pais de Damian não lhe haviam proporcionado um bom exemplo. O pai vivera exatamente o mesmo dilema. No final, decidira confrontar a esposa, e pouco depois se separaram.

Pela primeira vez na vida ele estava de fato com medo. Medo de que, se a bomba explodisse, o equilíbrio precário que Emma e ele haviam encontrado desapareceria. De acabar de mãos vazias. Mas será que a situação como estava era assim tão melhor do que a alternativa? Será que seu perfeccionismo chegava ao ponto de fingir que tudo era perfeito, que tudo estava sob seu controle? Ele estava enganando a si mesmo, e precisava dar um basta naquilo tudo.

— Alec — começou —, eu... humm... eu queria perguntar uma coisa a você, eu...

— Damian, tem alguma coisa que não bate aqui.

— Com Emma?

Alec o olhou surpreso.

— Com Emma, não! De onde você tirou essa ideia? Estou falando de Tara.

— Ah, sim. O que você quer dizer?

— Antes de subir com Tara, Emma tirou isto daqui de uma das pilhas de correspondência. Ela disse que, assim que ouviu o sobrenome de Tara, se lembrou disso. Olhe, foi enviado em 2005.

De: frank@schoeller.com
Para: t.quispel@alab.com
Assunto: continua

Gostaria de lhe informar que estou fazendo de tudo para juntar o dinheiro. Tenho absoluta certeza de que vai dar certo. Portanto, não se preocupe. Eu sei que você está ansiosa, mas tenha mais um pouco de paciência. Continue com os preparativos, pois isso nos ajudará a chegar logo a um resultado positivo. E... quanto mais cedo melhor, que isso fique bem entendido.

Abraços,
Frank

Damian levantou os olhos.

— Eu nem sabia que Frank e ela mantinham contato. Muito menos que trabalhavam juntos em alguma coisa, dessa forma tão próxima.

— Nem eu.

— Para que seria esse dinheiro?

— Damian, imagine se ela estivesse precisando do dinheiro para sabe-se lá o quê e estivesse perdendo a paciência... Talvez tenha decidido pressionar Frank...

— Você acha que pode ter sido ela? De que adiantaria para ela a morte de Frank?

— Quem mais tiraria proveito da morte dele?

— A ciência. Acabamos de descobrir de que forma. Agora, qual seria a vantagem para Tara?

— Não sei — respondeu Alec. — Quero ver isso de novo. — Ele releu o e-mail com atenção e então disse: — Esse "alab" no endereço de e-mail dela, o provedor... Tem ideia de quem ou o que seja?

Logo eles estavam diante do computador, com o olhar fixo na tela.

— Você está pensando o mesmo que eu?

Damian assentiu.

— Sem dúvida ela está envolvida nisso. Não pode ser coincidência.

— "O Laboratório de DNA Histórico está voltado para o isolamento do DNA de organismos extintos, fósseis e restos de ossos centenários" — leu Alec em voz alta. Ele apontou para a tela. — Clique em "A organização".

Eles viram na hora. Encabeçando a lista de patrocinadores estava o SCF.

— Na mosca. — Alec imprimiu a página e guardou-a. — A pergunta agora é: o que ela está escondendo da gente? E por que não quer nos contar?

— Isso é irritante — explodiu Damian. — Ela está mentindo com a cara mais lavada.

— Mas talvez fosse justamente disso que estávamos precisando — opinou Alec. — Vamos descobrir logo. Ela deve ter um bom motivo para não nos contar.

Quando Damian concordou, Alec perguntou:

— Mas então, o que você queria me perguntar mesmo?

— Ah... Nada, não. Esqueça.

No momento em que Damian deitou na cama, Emma abriu os olhos.

— Desculpe, querida, não queria acordar você.

— Eu não estava dormindo. Estava pensando...

— Em quê?

— Em nós dois. Em como sou feliz por ter você.

Damian virou-se para ela e afastou uma mecha de cabelo do seu rosto.

— É mesmo? — Quando ela o olhou surpresa, ele continuou: — Eu sei de tudo, Em, de você com Alec e do que aconteceu.

Lágrimas brilhavam nos olhos dela, e seus lábios começaram a tremer.

— Eu lamento muito — murmurou ela. — Mas não poderia ter sido diferente. Tinha que acontecer algum dia, você entende?

Damian sentou-se na cama. Agora que ouvia a confirmação vinda de Emma, não conseguia deixar de se sentir chocado.

— Para dizer a verdade, não. Quantas vezes?

Emma afastou o edredom e ajoelhou-se na cama. Estendeu os braços.

— Uma vez. Eu juro, Damian. Foi só aquela vez.

Ele ficou olhando para ela.

— E agora?

— O que quer dizer?

— O que eu quero dizer? O que você sente por ele?

— Eu adoro Alec, você sabe disso, sempre adorei. Mas estou casada com você.

Ele saiu da cama e continuou a olhar para ela.

— E eu me pergunto: por quê? Porque Alec ainda não estava disposto na época? Porque ainda tinha que perder toda aquela rebeldia? É por isso?

Emma também saiu da cama. Ela o pegou pela cintura e olhou em seus olhos.

— É muito simples, porque eu amo você. Sei que eu deveria ter lhe contado isso há muito tempo. Alec e eu tínhamos a impressão de que você sabia...

— E é verdade.

— E que compreenderia que jamais aconteceria de novo. Damian, talvez eu não devesse lhe dizer isso, mas Alec e eu deveríamos ter dormido juntos muito antes. Assim isso nunca teria acontecido depois de estarmos casados.

Ele se virou e foi ao banheiro. Repousou a testa na madeira fria da porta fechada. Quase chegou a esmurrar a porta, mas abaixou o braço. Antes, ele achava que já havia aceitado e superado isso, mas sentia-se como se tivesse levado um soco na cara. Afinal, era isso o que ele queria? Partilhar sua vida com alguém que violara sua confiança? Dor e náusea transpassaram seu estômago. Foi até o chuveiro e abriu a torneira. A água gelada queimou-lhe o rosto.

43

— E então? — perguntou Wainwright quando Dawn entrou em sua sala. — Encontrou alguma coisa ontem? Reviu as fitas?

— Bom dia. Encontrei, sim. Só não sei se significa alguma coisa.

— Conte.

— Eu imprimi. — Ela colocou as páginas sobre a mesa. — Aqui, está vendo?

Passados alguns segundos, Wainwright respondeu:

— O que eu vejo é alguém escrevendo no livro de condolências. O que isso tem de mais?

— Está vendo alguém por perto?

Wainwright balançou a cabeça em negativa.

— Agora olhe esta. — Ela colocou uma segunda folha sobre a primeira.

— Ok, aqui tem uma fila de gente atrás dele — disse Wainwright. — Quer dizer que ele escreveu duas vezes?

— Exatamente. Ele escreveu duas vezes no livro. A segunda, quando todas as outras pessoas já tinham ido embora.

— E o livro ficou conosco?

Dawn balançou a cabeça.

— Acho que está com Alec Schoeller.

— Mas que burrice a nossa. Deveríamos tê-lo pegado. Quem é esse homem, aliás?

— Chama-se Simon Versteegen — disse ela, fazendo o possível para pronunciar o "g" como havia escutado Simon fazê-lo ao dar seu nome na recepção.

— Nunca ouvi falar. Williams, entre em contato com seus amigos do departamento de investigação criminal na Holanda. Pergunte, como quem não quer nada, se eles o conhecem. Não deve ter nenhuma importância, mas é a única pista que temos no momento. Quem sabe não damos sorte e saímos da estaca zero?

— Mas já sabemos que Schoeller morreu segurando um livro folheado a ouro.

— Você por acaso reparou direito nos livros da estante, quando estivemos lá? Mais da metade deles tinha folha de ouro, seja na capa ou nas bordas. Isso não nos adianta de nada.

Dawn puxou o fichário de cartões e girou até a letra "D". Pegou o telefone.

Naquele mesmo momento, do outro lado do Mar do Norte, Ben van Dongen abria sua sanduicheira. Ao levantar a tampa, soltou um gemido.

— De novo, não — disse ao ver o pão com Nutella e a tangerina.

Em breve seu filho estaria fazendo a mesma cara feia quando abrisse sua merendeira e encontrasse ali o pão integral com patê de fígado que pertencia na verdade ao pai. Ben pegou um dos sanduíches e respirou fundo. No instante em que ia dar a primeira mordida naquela delícia, o telefone tocou. Lambeu a pasta dos dedos e atendeu:

— Van Dongen.

— Ben? Oi, aqui é Dawn. Dawn Williams, da Scotland Yard.

Eles haviam se conhecido dois anos antes, durante um congresso sobre combate ao crime. Entenderam-se bem desde o início e acabaram fazendo companhia um ao outro durante os dois dias do evento. Continuaram mantendo contato via e-mail, mas já haviam se passado alguns meses desde a última mensagem.

— Dawn, olá! Que bom ter notícias suas. Já faz um tempo, hein. Como vai? Tudo bem por aí na chuvosa Inglaterra?

— Comigo tudo bem. E com você?

— Tudo bem. Continua trabalhando com Wainwright?

— É, continuo.

— Ele é dos bons. Nem sempre fácil de se lidar, mas inteligente, muito inteligente. Cheguei a ler um artigo sobre ele recentemente, como vocês acabaram conseguindo pegar aquele assassino em série. Bom trabalho.

— Obrigada.

— Imagino que você não esteja me ligando só para bater papo. Posso ajudar em alguma coisa? Vocês continuam trabalhando no caso Schoeller?

— Na verdade, foi por isso mesmo que eu telefonei. A investigação ainda está em curso e eu queria lhe perguntar uma coisa. Temos o nome de um holandês e gostaríamos de saber se vocês já ouviram falar nele.

— Diga.

— Trata-se de um tal de Simon Versteegen. Conhece?

Silêncio. Ela tinha fisgado alguma coisa, percebeu logo. Colocou a ligação no viva voz e pegou uma caneta e um papel.

— Simon Versteegen. Sim, por quê?

Dava para ouvi-lo do outro lado digitando feito louco no teclado. Ah, Ben, não venha dar uma de egoísta com as informações que você tiver, pensou ela.

— Ele estava no enterro de Schoeller — disse Dawn.

— Quer dizer que os dois se conheciam? — Ele parecia ansioso por algo.

— Ben?

— O que foi?

— Você quer fazer o favor de me dizer logo o que está acontecendo? De onde você o conhece? Já falou com ele alguma vez?

— Não, isso não. Ele foi encontrado ontem, dentro de casa, assassinado. Acabei de receber o relatório.

— Ah — murmurou Dawn, quase inaudível. Depois, continuou: — Você o encontrou, chegou a vê-lo?

— Não, foi um colega de outro distrito. Quer dizer que Schoeller e Versteegen se conheciam? Se vocês me enviarem o que têm sobre Schoeller, posso...

— Ei, Ben, calma aí. Como ele foi assassinado?

— Espere um minuto, vou ter que abrir o arquivo. Onde está? Deixe-me ver... Aqui, achei. Esmagaram os miolos do sujeito.

— Ele foi torturado?

— Torturado? Não faço ideia. Eu teria que ligar para alguém para perguntar. Espere um momento, vou dar uma olhada no relatório.

Passados alguns segundos, ele disse:

— Pelo que estou lendo aqui... Não, não diz nada sobre tortura, embora o cérebro dele tenha virado papa. Mas este não é o relatório definitivo.

— Eu quero ver.

— O que você quer ver?

— O corpo, as fotos do local do crime. Tudo.

— Bem, isso não é um pedido casual. Não é algo que eu possa fazer assim, sem mais nem menos. Primeiro tenho que discutir seu pedido aqui, internamente.

— Os dois assassinatos estão relacionados, Ben. Tenho certeza. Não é coincidência. Se quisermos resolver os dois casos, temos que descobrir o que os dois tinham em comum. E eu quero saber como ele foi assassinado, mas em detalhes.

— Humm.

— Sabe de uma coisa? Vou dar um pulinho aí. Pego o próximo voo e levo o que temos até agora. Até lá, arranje uma forma de eu poder dar uma olhada no material de vocês. E no próprio Versteegen, porque também quero ver o corpo. Combinado? Ligo assim que eu souber meu horário de chegada.

Antes que Ben pudesse reclamar, ela já havia desligado. Ele suspirou, então buscou um número no celular e apertou uma tecla.

— Delegacia de Haia. Nieveld falando.

— Bom dia, Felix. Sou eu, Ben. Tudo bem com você? Que bom. Escute, tenho que lhe pedir uma coisa.

44

Damian empurrou a pequena xícara de café no aparelho de espresso. Estava acordado desde as 5h30. Ficara remoendo mentalmente a conversa que tivera com Emma, de tal forma que não conseguira mais dormir.

Ouvi-la dizer que havia dormido com Alec o tinha afetado muito mais do que ele previra. Passara três horas sentado em seu escritório, folheando brochuras de leilões, em busca de algo que lhe interessasse. Isso lhe servira de distração. Da cozinha, agora, ele escutou o celular tocar. Voltou correndo para o escritório e atendeu.

— Bom dia, Sr. Vanlint. Aqui é Jacob Wolters.

— Bom dia, Sr. Wolters. Tão cedo e já trabalhando?

— É verdade. Eu queria lhe informar o mais breve possível dos nossos progressos.

— Conseguiram decifrar o código?

— Não de todo. Conseguimos constatar, no entanto, sua autenticidade. O papel e a letra, ambos são do século XVII. Mostrei à nossa especialista. A boa notícia é que ela pode dizer, com cem por cento de certeza, de que código se trata.

— Isso realmente é uma boa notícia. E o que seria?

— Trata-se da cifra de Vigenère. E essa também é a má notícia.

Por instantes, eles ficaram em silêncio.

— Desculpe, mas será que eu deveria conhecer esse nome? E o que quer dizer com "má notícia"? — perguntou Damian.

— Ah, certo. Pensei que o senhor talvez já tivesse ouvido falar a respeito. É bastante conhecida. Foi criada há uns quatrocentos anos, por um tal de Giovanni Batista Belaso. Ficou sem solução durante muito tempo. Mas agora já sabemos qual é a lógica. Não é uma codificação muito complicada.

— Então...

— Sr. Vanlint, esse texto só pode ser decifrado com uma chave, uma palavra-chave. Só com ela será possível traduzir as letras para um texto comum. O problema é que não temos essa palavra.

Damian começou a se sentir desanimado. Alec tinha razão. A cada passo que pensavam avançar, eram arremessados mais alguns para trás. Cada solução criava um novo problema.

Ele ergueu os olhos ao perceber a presença de Alec à porta. Fez sinal para que se aproximasse. Enquanto apontava para o telefone, murmurou sem emitir som:

— Wolters.

Colocando o telefone em viva voz, ele anotou a expressão "cifra de Vigenère" no papel, que empurrou na direção do amigo.

— Quer dizer que, sem a palavra-chave, não temos como decifrar o código? — Damian olhou para Alec e balançou a cabeça com desalento.

— Sem chance. A cifra de Vigenère é um substitutivo polialfabético. As letras são substituídas a partir de uma matriz. Em cada linha da matriz há um alfabeto completo, sendo que ele é empurrado uma letra por linha.

— Entendo — disse Damian. — Trata-se de uma *tabula recta*. A primeira linha começa com A e termina com Z; a segunda começa com B e termina com A; a terceira começa com C e termina com B; e assim por diante.

— Exatamente. Continua assim até que toda a matriz esteja completa. O passo seguinte é escolher uma palavra-chave. Primeiro, determina-se uma frase de sua mensagem cifrada. Por exemplo: "Não como frango." Você retira os espaços entre as palavras, obtendo assim uma sucessão de letras. Sob essas letras você coloca, uma atrás da outra e sem espaços, sua palavra-chave, até chegar ao final da frase. Digamos que sua palavra-chave seja "trem"; então você coloca as letras que compõem a palavra "trem" sob cada letra da sua mensagem.

— Quer dizer então que você vai colocar sob o "n" um "t", sob o "a" um "r" e assim por diante. É assim que funciona?

— Isso mesmo. O passo seguinte é substituir cada combinação de etras. No nosso exemplo, a começar pelo "n" de "não" e o "t" de trem", por uma letra da matriz.

Enquanto Wolters falava, Alec havia ligado o computador. Ele bateu no ombro de Damian e virou a tela em sua direção.

APLICAÇÃO DA TABULA RECTA
SOBRE A CIFRA DE VIGENÈRE
MARQUE A LETRA DE SEU TEXTO NO
ALFABETO VERTICAL
MARQUE A LETRA DA
PALAVRA-CHAVE NO ALFABETO HORIZONTAL
O CRUZAMENTO DESSAS LETRAS SERÁ A LETRA
DE SEU TEXTO CODIFICADO

A B C D E F G H I J K L M N O P Q R S T U V W X Y Z
A A B C D E F G H I J K L M N O P Q R S T U V W X Y Z
B B C D E F G H I J K L M N O P Q R S T U V W X Y Z A
C C D E F G H I J K L M N O P Q R S T U V W X Y Z A B
D D E F G H I J K L M N O P Q R S T U V W X Y Z A B C
E E F G H I J K L M N O P Q R S T U V W X Y Z A B C D
F F G H I J K L M N O P Q R S T U V W X Y Z A B C D E
G G H I J K L M N O P Q R S T U V W X Y Z A B C D E F
H H I J K L M N O P Q R S T U V W X Y Z A B C D E F G
I I J K L M N O P Q R S T U V W X Y Z A B C D E F G H
J J K L M N O P Q R S T U V W X Y Z A B C D E F G H I
K K L M N O P Q R S T U V W X Y Z A B C D E F G H I J
L L M N O P Q R S T U V W X Y Z A B C D E F G H I J K
M M N O P Q R S T U V W X Y Z A B C D E F G H I J K L
N N O P Q R S T U V W X Y Z A B C D E F G H I J K L M
O O P Q R S T U V W X Y Z A B C D E F G H I J K L M N

P P Q R S T U V W X Y Z A B C D E F G H I J K L M N O
Q Q R S T U V W X Y Z A B C D E F G H I J K L M N O P
R R S T U V W X Y Z A B C D E F G H I J K L M N O P Q
S S T U V W X Y Z A B C D E F G H I J K L M N O P Q R
T T U V W X Y Z A B C D E F G H I J K L M N O P Q R S
U U V W X Y Z A B C D E F G H I J K L M N O P Q R S T
V V W X Y Z A B C D E F G H I J K L M N O P Q R S T U
W W X Y Z A B C D E F G H I J K L M N O P Q R S T U V
X X Y Z A B C D E F G H I J K L M N O P Q R S T U V W
Y Y Z A B C D E F G H I J K L M N O P Q R S T U V W X
Z Z A B C D E F G H I J K L M N O P Q R S T U V W Y Y

— Compreendo que seja uma decepção para o senhor ouvir isso, Sr. Vanlint, mas não há nada que possamos fazer. Se o senhor achar que descobriu a palavra-chave, é só me avisar e poderemos decifrar a mensagem.

— Muito obrigado por sua ajuda, vou ver o que descubro. Assim que possível entrarei em contato novamente.

— Ah, mais uma coisa antes que o senhor desligue: é sobre o catálogo de tulipas. Entendo que a hora não seja a mais propícia para comentar isto, mas sugiro que seu amigo mande restaurá-lo. Posso garantir que valerá a pena.

— É, eu sei que se trata de uma raridade.

— Não só isso. Este é um exemplar muito especial, pois carrega uma história. Trata-se de um dos últimos catálogos já feitos, e foi produzido especialmente para o leilão da coleção de tulipas de Wouter Bartelmieszoon Winckel.

— Como é mesmo o nome?

— Wouter Winckel, um conhecido comerciante de tulipas do século XVII. Morava em Alkmaar. Parece que tinha uma taberna lá, mas era mais conhecido por sua belíssima coleção de tulipas. Quando faleceu, os filhos foram parar num orfanato...

— E depois daquele leilão, todo o comércio de tulipas implodiu — completou Damian, baixinho, olhando para Alec.

— Ah, vejo que o senhor está sabendo daquele leilão e dos valores absurdos arrecadados na ocasião. Então o senhor também deve fazer ideia do valor que o livro tem.

— O que mais o senhor pode me contar sobre esse tal de Winckel?

— Não muito, a não ser que havia uma epidemia de peste na época. Ao que parece, isso lhe custou a vida.

— Humm.

— O senhor deveria fazer uma visita ao Arquivo Municipal de Alkmaar. Tenho certeza de que encontrará algumas informações sobre ele lá. O arquivista local é um conhecido meu com quem já trabalhei muitas vezes. Chama-se Harold van Benthum. Pode mencionar meu nome quando ligar para lá, ele certamente vai ajudá-lo.

— Quer dizer que precisamos de uma palavra-chave — disse Damian.

— Mas claro. Não faltava mais nada, Frank. Muito obrigado. — Alec se deixou cair na poltrona. — Se tivesse sido ele quem definiu a palavra, poderíamos até tentar adivinhar. Podia ser meu nome, ou o seu, ou o de Emma. Ou melhor, ele teria escolhido Bruno, o nome do cachorro dele. Ou Madeleine, o da mãe. Ou, claro, tulipas, nada mais adequado. Mas não: é uma palavra do século XVII.

Damian tamborilava os dedos na mesa.

— Uma palavra, algo que tivesse a ver com aquela época. Mas o quê? Teria sido ótimo se Frank tivesse dito algo a você, em vez de só apontar para o ano.

De repente Alec levantou-se da cadeira e ficou olhando fixamente para o amigo.

— O que foi que você disse?

— Que teria sido ótimo se...

Alec foi até Damian. Apoiando as mãos sobre a mesa, sorriu e disse:

— Você é um gênio! Pois foi exatamente isso que Frank fez.

— O quê?

— Quando ele apontou para o livro. Pensei que ele tivesse dito "*tulpen*", em holandês, mas não foi isso; ele usou outra palavra.

— Qual?

— "Tulipa."

— "Tulipa"? Tem certeza?

Alec fez que sim com a cabeça.

O celular de Damian tocou. Ele levou um susto.

— Olá, rapaz, aqui é o Dick. — Sua voz estava quase irreconhecível. Ele parecia cansado e envergonhado. — Tenho que falar com você, mas, por favor, venha sozinho. Não traga Alec. Você tem tempo agora?

— Claro que sim. Chego aí em 15 minutos.

— Não, não. Não aqui no escritório. Vamos combinar naquela cafeteria grande, no Spui.

— Combinado. Vejo você lá. Dick, já que você ligou, uma pergunta: já ouviu falar de um tal Wouter Winckel? Um comerciante de tulipas de Alkmaar, do século XVII?

Ele ouviu Dick respirar fundo. E, em seguida, desligar. Damian ficou olhando para o celular, sem entender nada.

— Era Dick. Ele quer falar comigo, agora.

— Ótimo, vamos lá — disse Alec, fazendo menção de se levantar.

— Não, Alec, ele me pediu para ir sozinho. Não tenho ideia do motivo, mas ele disse isso explicitamente.

— Que estranho. Ele disse algo sobre Wouter Winckel?

— Não, simplesmente desligou. Realmente, acho que é melhor aceitar a sugestão de Wolters e ir a Alkmaar, para ver se achamos mais informações sobre Wouter Winckel.

— Enquanto você vai falar com Dick, nós podemos ir lá, não é, Alec? — perguntou Emma, que entrava naquele momento no escritório.

— Ótimo — concordou Alec. — E o que fazemos com Tara?

Damian levantou-se.

— Ela pode ficar aqui. A julgar pela experiência de ontem, no carro, talvez seja até melhor essa moça não se expor. Além disso, não queremos contar a ela mais do que o estritamente necessário. Vamos deixar um bilhete. Vou aproveitar e dar uma passadinha na casa de leilões. Com a palavra "tulipa", Wolters pode tentar a decodificação. Espero que desta vez tenhamos um pouco mais de sorte e que essa seja realmente a palavra-chave.

Tara sorriu. Procurando fazer o mínimo possível de barulho, afastou-se dali.

45

Dawn não gostava de arquitetura moderna, mas aquele prédio tinha algo que a atraía. Quando passaram por baixo das cancelas, ela se curvou, aproximando-se do para-brisa. De fato, o prédio tinha algo de especial. Ela havia lido a respeito. O Instituto de Ciências Forenses da Holanda, mais conhecido como NFI, era uma amostra de perfeição técnica. E não só o prédio, feito de camadas de vidro e aço, mas também a aparelhagem. Ali se trabalhava com equipamentos de última geração no campo da pesquisa forense. Ela ainda lembrava que o projeto custara dezenas de milhões de euros.

— Bonito, não é? — perguntou Ben.

— É. — Ela sorriu. — Muito bonito.

Estacionaram e dirigiram-se à entrada. As portas de vidro se abriram para os lados, sem fazer barulho, e eles entraram no hall futurista.

— Virão nos buscar daqui a pouco — informou Ben, depois de terem escrito seus nomes no livro da recepção e receberem crachás de visitantes.

No momento em que se dirigiam para o canto da sala, onde podiam se sentar, ouviram alguém se aproximar.

— Ah, ele já chegou. Dawn, permita-me lhe apresentar, este é Kees van Loon.

O homem olhou para ela com bastante interesse. Era muito alto, media quase 2 metros. O cabelo louro, com gel, estava arrumado para cima. Ele lhe estendeu a mão.

— Bom dia. Meu nome é Kees. Seja bem-vinda. Meu inglês não é tão bom, mas farei o melhor possível. Vocês me acompanham?

Eles o seguiram pelos longos corredores. Depois de virarem num deles, Kees parou diante de uma porta, que ele abriu passando o crachá por uma leitora. Entraram numa antessala. Atrás de um grande vidro, que dava para a sala de exames, Dawn viu o corpo de Versteegen sobre uma maca.

— Lá estão os materiais de proteção — informou Kees, apontando para uma pilha de trajes de plástico. Depois de terem se coberto de cima a baixo, ele entrou na sala na frente dos dois. O local tinha um cheiro forte de desinfetante, embora fosse superado pelo mau cheiro do corpo. Dawn passou a mão pela máscara que lhe cobria a boca.

— Você nunca se acostuma — disse Ben.

Ela balançou a cabeça. Quando Kees abriu o zíper do saco de cadáver, ela teve que se segurar para não dar um passo para trás.

Ben olhou para ela.

— Lamento, talvez eu devesse ter lhe avisado antes. A aparência dele não é das melhores.

Aquilo era o cúmulo do eufemismo, pensou Dawn. Embora Ben já tivesse mencionado, ao telefone, algo sobre o estado de Versteegen, ela não esperava por aquilo. O rosto havia desaparecido. Restara apenas uma massa ensanguentada, uma maçaroca que mais parecia uma bola de sangue do tamanho de uma laranja, cujo conteúdo alguém tentara retirar às colheradas.

Kees puxou a luminária cirúrgica com um movimento experiente e iluminou a parte onde algum dia estivera o rosto de Versteegen.

— Isso exigiu uma força estupenda — concluiu Kees. — Algum objeto pesado. Estamos achando que foi um martelo grande, um... Ajude aí, Ben, como se chama isso em inglês? Uma...

— Marreta.

Dawn assentiu.

— Mais algum ferimento? — perguntou ela.

— Não, muito pelo contrário: alguém ainda passou a mão na cabeça dele. Aqui, nesta parte da testa, dá para ver as impressões de dois dedos, está vendo? Bem aqui. Ainda não temos ideia de quem seja. Alguém não muito alto, talvez um homem magro ou mesmo uma mulher. Ficou sabendo das pegadas no colchão?

— Sim. Ben me contou.

— Eram pegadas de homem. E um homem grande. Portanto, isso é bem estranho. Ou o assassino não estava sozinho, ou este senhor foi encontrado por alguma outra pessoa antes da empregada.

— Essa empregada disse que a enteada de Versteegen estava de visita na casa dele — informou Ben, olhando para Dawn. — Ainda não conseguimos encontrá-la.

— Vocês chegaram a encontrar algo como resíduos de folhas de ouro no corpo dele? — perguntou ela, cheia de esperança.

A não ser pelo crânio afundado, nada indicava que o assassino era o mesmo homem que matara Frank. Não havia lacerações no peito, as unhas permaneciam intactas. Mesmo assim, ela sabia que se tratava do mesmo criminoso, simplesmente sentia isso.

— Folha de ouro? — repetiu Kees. — Não. De onde você tirou isso?

— Ben deve ter lhe contado que estou procurando uma relação entre este assassinato e o de Frank Schoeller. Eles se conheciam. Nas mãos de Schoeller, encontramos resíduos de folhas de ouro.

— Interessante. Talvez de um livro?

— É o que estamos pensando.

— Se não conseguirem descobrir, mandem para avaliarmos aqui — ofereceu Kees, fechando o zíper.

46

Agora que Alec estava tão perto dela, no carro, Emma sentia-se tensa. Por que diabos havia se oferecido para ir com ele a Alkmaar? Aquilo devia ser a última coisa que Damian esperava após a conversa da noite anterior. Ela deu uma olhadinha para o lado. Ele estava muito à vontade junto dela, as mãos descontraídas no colo.

Ela respirou fundo.

— Damian está sabendo.

Ela o sentiu petrificar-se.

— Desde quando?

— Acho que desde aquele dia. Ontem ele começou a falar nisso, de repente.

— E o que ele disse?

— O que acabei de contar, que ele já sabia — respondeu ela, irritada.

— Ele não comentou comigo. — Alec olhou para ela. — Emma, aconteceu. Não temos como voltar atrás. Eu não sabia que você ia se arrepender tanto.

Ela sentiu uma fisgada no estômago, e seu rosto ficou quente. Imagens daquela noite que haviam passado juntos surgiram-lhe na mente. Durante anos a fio, em várias ocasiões, a tensão entre eles estivera prestes a crescer exponencialmente. A descarga era inevitável; pelo menos ela pensava assim.

— Eu não me arrependo de nada. Só me sinto terrivelmente culpada.

Alec assentiu. Ele também já quisera falar sobre isso várias vezes, mas o medo de perder o amigo sempre o impedira. Agora que não podia mais fazer de conta que nada tinha acontecido, sentia-se obrigado a conversar com Damian a respeito. Ele deveria ter ido falar com o amigo o mais rápido possível, já no dia seguinte, dizer alguma coisa. Mas tinha sido covarde demais para fazer isso.

— Vou falar com ele — disse Alec.

No salão de leitura do arquivo local, cada qual preencheu um cartão de visitante. Quando Alec falara com Harold van Benthum ao telefone, sentira que o outro havia reagido com entusiasmo ao ouvir o nome de Wolters. Benthum também se oferecera para fazer uma pesquisa prévia. Ao chegarem ao balcão de informações e pedirem para falar com ele, o homem que os atendeu estendeu a mão.

— Ah! Então são os senhores! Eu sou Harold van Benthum, muito prazer. Quer dizer que vieram por indicação de Jacob Wolters?

— Isso mesmo — confirmou Alec.

— Mandem lembranças a ele quando o virem. Os senhores me acompanham? — convidou ele, saindo de trás do balcão. — Já consegui algum material para adiantar nosso trabalho.

Atravessando o salão, ele os conduziu até um corredor e abriu uma porta.

— Podem usar minha sala. Aqui é um pouco mais calmo.

A sala era pequena, mas bem-dividida. Junto à parede direita havia uma mesa com um computador e um mouse pad, mais nada. Acima, na mesma parede, um pôster do Grand Canyon. Na parede oposta do minúsculo recinto, duas mesas pequenas. Uma estava coberta de bem-organizadas pilhas de arquivos. A outra tinha ao lado duas cadeiras e, sobre o tampo, três pastas finas. Ele foi até lá e deu tapinhas com o dedo nas pastas.

— Foi o que consegui encontrar até agora. Vou continuar procurando, mas os senhores já podem examinar estes arquivos.

— Que gentileza a sua, dedicar um tempo para fazer essa pesquisa para nós — agradeceu Emma.

Harold passou a mão na barba.

— Não se preocupe. Hoje em dia muita gente faz de conta que está ocupadíssima. Mas o que acontece é exatamente o contrário. Por favor, sentem-se. Acho que um cafezinho cairia bem.

Ele pegou a garrafa térmica e encheu as xícaras marcadas com o brasão da prefeitura de Alkmaar.

— Pronto. Daqui a pouco eu volto. — Na porta, ainda se virou. — Impressionante o senhor ter o catálogo que fazia parte do leilão da coleção dele. Não me admira que queira saber mais a respeito. — Ele sorriu e continuou: — Se algum dia pensar em deixá-lo aqui, tenho certeza de que nosso museu teria grande interesse.

— Vou me lembrar disso — prometeu Alec.

Cada um pegou uma pasta e a abriu. Passados alguns minutos, Alec disse:

— Isto é interessante. Trata-se de um artigo sobre a história da Doelenstraat, uma rua aqui no centro antigo. Era onde ficava a taberna de Wouter Winckel. Segundo o artigo, ele foi um negociante respeitado, além de taberneiro e comerciante de tulipas. O local se chamava Velha Guilda dos Arqueiros.

— Essa taberna ainda existe?

— Não. Foi demolida na década de 1920, para a construção de uma escola. Mas há algumas informações sobre outro prédio com nome parecido. Nova Guilda dos Arqueiros. Até 2000, era onde ficava o Stedelijk Museum. Espere um pouco. Ele faz referência a outro artigo. Ah! Aqui está.

Ele deu uma lida.

— Interessante. Sabe o que aconteceu nesse lugar? O leilão da coleção de tulipas de Winckel.

Emma mexeu o café.

— Quanto foi que arrecadaram mesmo?

— Noventa mil florins — respondeu Harold, sem fôlego, entrando na sala com mais alguns documentos debaixo do braço. Colocou-os na mesa. — Um valor absurdamente alto. Quando me deparei com essa quantia, há alguns anos, achei-a tão improvável que acabei fazendo uma pesquisa a respeito.

— E descobriu alguma coisa? — perguntou Alec.

— Bem, a explicação para essa arrecadação milionária, eu não consegui descobrir. Deve ter sido o próprio mercado mesmo. Isso também vale para o colapso do comércio de tulipas, provavelmente uma confluência de fatores. Mas descobri outra coisa.

Harold puxou a cadeira de sua mesa até eles e sentou-se.

— Antes do leilão de tulipas de Alkmaar, parece que alguém fez um acordo com o diretor do orfanato para ambos saírem ganhando. Alguns dias antes, essa pessoa comprou dele alguns bulbos por muito dinheiro. E esses bulbos não constam da lista de itens à venda no leilão.

— Quer dizer que o diretor do orfanato se apossou desse dinheiro — concluiu Emma.

Alec balançou a cabeça.

— Isso faz uma diferença e tanto, se você recebe dez ou cem por cento. O senhor sabe dizer qual foi o valor pago por esses bulbos?

— Vinte e um mil florins — respondeu Harold. — Uma fortuna naquela época. E tem mais.

Ele folheou os papéis que trouxera e tirou alguns do bolo.

— Isso não tem nada a ver com o leilão, mas eu também descobri que Wouter Winckel não morreu da peste, como sugerem — continuou ele, levantando algumas folhas. — Nos pertences do médico daquela época, encontramos anotações feitas para os obituários. Ele mantinha tudo registrado numa agenda. — Harold olhou para as folhas. — Daqui, dá para deduzir que Wouter Winckel foi assassinado em sua taberna.

— Assassinado? Por quem? — Alec quis saber.

Harold deu de ombros.

— Não faço ideia. — Ele consultou o relógio e levantou-se. — Perdoem-me, mas preciso ir. Tenho uma reunião, mas volto assim que terminar, para ver o que conseguiram.

Depois que ele saiu e fechou a porta, Alec disse:

— Imagine se o diretor do orfanato teve alguma coisa a ver com isso.

— O diretor do orfanato? — Emma o olhou estupefata. — Com a morte de Winckel?

— Não, não. Eu quis dizer com o que aconteceu durante o leilão. Todos dizem que o valor arrecadado, de 90 mil florins, era uma quantia absurda para a época. Não foi só Dick quem comentou isso, mas também Wolters e Van Benthum. Se todos dizem isso, deve ser realmente uma quantia absurda.

— Está querendo dizer que não se tratou apenas da influência do mercado?

— Se aquele diretor era mesmo tão ganancioso, então é possível que não tenha se contentado com os 21 mil florins que já tinha embolsado. Quem sabe ele não manipulou de tal forma o leilão que a arrecadação acabou sendo muito maior e, com isso, também a percentagem dele? — Alec segurou seu braço. — Em, imagine se as coisas aconteceram assim: ele colocou pessoas na sala que ficaram oferecendo lances, fazendo com que os valores subissem. Só tinham que prestar atenção e desistir da arrematação no último instante.

— É possível, embora corressem o risco de acabar ficando com a mercadoria — alertou Emma.

— Parece que estavam dispostos a correr esse risco.

— Talvez você tenha razão. Afinal, tem também a história daquela compra anterior. — A voz dela soava tensa. — Se os comerciantes descobrissem aquilo, se aquela notícia vazasse deliberadamente na república, o efeito seria o mesmo do mercado de ações. Então os investidores saberiam, de antemão, que os lances seriam astronômicos durante o leilão.

Alec concordou.

— Se isso for verdade, antes mesmo de o leilão começar já estava definido que os valores pedidos pelos bulbos seriam absurdos.

— E o diretor podia ter a certeza de que a arrecadação seria muito maior.

— Mas eles deviam saber que existia a possibilidade de o mercado ruir, nem que fosse apenas temporariamente. Se nossa suposição for correta, então o diretor foi o único responsável pelo colapso do mercado.

— Mas por que será que ele ia querer isso? O que ele ganharia?

— Não faço ideia.

47

Ventava forte, e a maioria dos comerciantes havia coberto os livros com um plástico transparente, preso sob o peso de pedras. A não ser por um turista perdido, a feira de livros no Spui estava praticamente vazia, ao contrário da cafeteria. Damian abriu a porta e entrou.

O cheiro de café e pão torrado pairava no ambiente espaçoso e escuro. Ele olhou em volta. Viu Dick sentado nos fundos do estabelecimento e foi em sua direção. O professor estava tão perdido em pensamentos que nem percebeu quando Damian chegou à mesa.

— Dick?

Ele levantou os olhos. Um sorriso hesitante surgiu no seu rosto sombrio. Os olhos estavam injetados.

— Ah, Damian! Sente-se, meu rapaz. — Sua voz soava tímida. Ele retirou a pasta da cadeira ao seu lado e bateu com a mão no assento.

Damian pendurou o casaco nas costas da cadeira e se sentou. Dick ficou olhando para a frente, balançando-se na cadeira, as mãos entrelaçadas com força.

— Dick? O que está acontecendo? Você estava muito estranho ao telefone.

— Também me sinto estranho.

O garçom se aproximou para atendê-los. Depois de fazer o pedido, Dick curvou-se para Damian. Colocou a mão sobre o joelho dele e disse:

— Antes de eu começar, você precisa saber de uma coisa. Mas todos que ficam sabendo disso acabam correndo perigo. Preciso alertá-lo disso. Você viu o que aconteceu com Frank e Simon. Se não tomarem cuidado, o mesmo pode acontecer com vocês.

Damian apertou tanto os olhos que pareciam fechados.

— E isso quer dizer que você sabe muito mais a respeito do caso do que nos contou. Por que não contou logo tudo que sabia? E por que eu tive que vir sozinho?

— Porque eu quero que você determine o quanto quer contar a Alec. Ele era tudo para Frank. E Frank nunca me perdoaria se eu o deixasse correr perigo. Ele o considerava seu filho. Por isso, você terá que decidir o que fazer com o que vou lhe contar agora...

— Ou seja, você está colocando toda a responsabilidade nas minhas costas.

— Totalmente. — De repente, Dick pegou o ombro de Damian e fitou-o com olhar intenso. — Mas ainda está em tempo de voltar atrás. Você pode escolher não ouvir o que tenho a dizer.

— Já é tarde para isso. Não há mais como voltar. A gente não devia nunca ter se metido nisso.

Dick assentiu e soltou o ombro de Damian. O garçom colocou dois cappuccinos na mesa. O professor esperou o rapaz se afastar.

— Quer dizer que você está disposto a continuar?

— Não só eu. Alec também.

Dick balançou a cabeça e continuou, após respirar profundamente:

— Vou ser bastante direto. É verdade, eu realmente omiti informações. Sempre soube no que Frank estava metido.

— Isso nós já descobrimos.

As sobrancelhas de Dick se ergueram imediatamente.

— Suponho que você esteja falando do SCF, não? — perguntou Damian, para se certificar.

— Quem contou a vocês?

— Tara.

— Quer dizer que você conversou com ela? Então você também sabe qual a ideia por trás desse fundo?

— Sei, sim — confirmou Damian, e contou o que Tara lhes dissera.

— Ela sabia quem mais estava envolvido com o SCF, além de Frank e Simon?

— Ela não disse mais nada.

— Então você não sabia que eu também sou membro.

— Você? Você também é membro? Ora, mas pensei que os membros fossem...

— Homens de negócios com dinheiro e uma rede de contatos. É verdade. Eu sou membro em um patamar diferente: como cientista, pesquisador.

Então ele se curvou para a frente. Seu olhar era de medo.

— Damian, tudo desandou, as coisas não estão caminhando como havíamos planejado. Nunca imaginamos que algo desse tipo pudesse acontecer.

— E é esse o motivo? É por isso que você está tenso assim? Está apavorado porque acha que pode ser o próximo?

— Isso depende.

— De quê?

— Se Simon ou Frank mencionaram meu nome, é claro. Se tiverem ficado de boca fechada, estou a salvo e tudo vai continuar na mais santa paz. Pelo menos eu acho...

E, dito isso, ele voltou o olhar austero à frente, os lábios pressionados.

Damian estava perdendo a paciência. Apoiou os cotovelos nos joelhos e perguntou:

— O que você quer de mim, Dick? Pretende me contar mais alguma coisa ou não? Se não, estou perdendo meu tempo aqui. Afinal, você queria conversar comigo, lembra?

Dick fitou-o.

— Se você me ceder um pouco do seu tempo, se tiver paciência de ouvir minha história, então vai compreender. Pelo menos é o que eu espero. Porque não pense você que fazemos isso por que gostamos. Frank e Simon sentiram isso na própria pele. Se você não for capaz de perceber a seriedade do assunto, é melhor parar por aqui. Posso ir embora agora mesmo. — Ele então se levantou e completou, em voz baixa, porém zangada: — É só dizer. Você quer saber por que mataram Frank ou vamos deixar por isso mesmo? Hein?

— Olhe, me desculpe — disse Damian, que também se levantou e colocou a mão no braço de Dick. — Não foi minha intenção. Mas acho que você também pode imaginar que estamos enlouquecendo com essa história, principalmente Alec. Estamos descobrindo que Frank levava uma vida paralela da qual Alec não tinha o menor conhecimento. Se Frank tivesse mencionado esse fundo alguma vez, conversado sobre o assunto com Alec, então nada disso precisava ter acontecido. É possível que ele ainda estivesse vivo. Foi por isso que reagi dessa forma. Mil perdões. — Ele observou em volta. — Vamos nos sentar de novo? Estão todos olhando.

Relutante, Dick deixou-se cair na cadeira novamente.

— Não pense que vocês poderiam ter feito alguma coisa para impedir. Pior: é possível que você não estivesse nem mais sentado aqui. Eles certamente teriam pegado vocês também.

Ele ficou em silêncio por instantes, deixou a cabeça pender para trás e mexeu um pouco os dedos. Quando levantou os olhos, disse:

— Eu entendo sua reação, mas lembre-se de uma coisa: Frank não contou nada a Alec, simplesmente porque não queria que algo acontecesse a ele. Foi para protegê-lo. E isso vale para todos nós. Nenhuma pessoa próxima a nós, nenhum familiar ou amigo sabe algo a respeito. E é bom mesmo. Você está vendo o que pode acontecer. E nós também não estamos a salvo.

— E por que Tara estava sabendo?

Dick deu de ombros.

— Depende do que Simon contou a ela, e o quanto ele contou. É possível que ela não saiba nem a metade do que está acontecendo.

— Mas Frank acabou envolvendo Alec, e não deve ter sido sem motivo. Ele deve ter pensado que Alec podia fazer algo para ajudar. Imagino que tenha a ver com o SCF.

— Ele pode até ter pensado nisso, mas, naquele momento, é claro que não lhe restava nenhuma outra opção. E é por isso que eu quero que você saiba exatamente o que está acontecendo.

48

Alec e Emma levantaram os olhos quando Harold entrou na sala.

— Vejo que ainda estão trabalhando com afinco — disse ele. — Será que posso ajudar de alguma forma?

— Estávamos procurando mais informações sobre o assassinato de Winckel. O senhor sabe mais a respeito? Sobre o motivo? Ou o nome do assassino?

Harold balançou a cabeça.

— Só sei o que consta no relatório médico. Esmagaram os miolos dele e enfiaram o panfleto na sua boca.

— Panfleto? Como este aqui? — sugeriu Emma, empurrando uma pasta aberta para ele.

— Isso mesmo, são cópias de panfletos distribuídos naquele ano.

— Eram os precursores dos jornais, não é mesmo? — perguntou Alec.

— Pode-se dizer que sim. Os panfletos do século XVII tinham o objetivo de servir para a divulgação de informações. Além de ser um meio de alguém publicar sua opinião sobre determinado assunto. Poderíamos comparar com o papel que tem hoje uma coluna no jornal, ou com a seção de cartas dos leitores.

Ele pegou os exemplares de dentro da pasta.

— Nem todos são fáceis de ler, mas estes foram traduzidos para o holandês moderno por um estudante que estava fazendo uma pesquisa sobre o idioma naquela época. A tradução está junto do original.

— E o panfleto de Winckel, qual é?

Harold olhou entre os exemplares e tirou uma do meio.

— É este aqui. Não consta o nome dele, mas não tem como duvidar de sua autoria.

— E por que o senhor tem tanta certeza assim?

— Veja a assinatura.

Emma aproximou a pequena folha dos olhos.

— Não sei se estou vendo bem, mas acho que está escrito "Augustus Semper".

Harold olhava para eles, esperançoso. Quando se deparou com seus olhares interrogativos, disse:

— Estou vendo que os senhores estão menos a par do assunto do que eu pensava. Muitos panfletos circulavam na república, e os do Sr. Winckel eram para dizer o mínimo, bastante radicais para a época. Aqui, deem uma lida, esta é a versão atualizada.

Passados alguns minutos, Alec disse:

— Entendo o que o senhor quer dizer. Pelo que consegui deduzir daqui, ele nega Deus como força superior e coloca a natureza em Seu lugar. Ele diz isso literalmente aqui nessa parte: "Deus é natureza." Devem tê-lo visto com péssimos olhos por isso.

— Mas já não havia liberdade de expressão aqui, naquela época? — indagou Emma.

— Comparado com outros países da Europa Ocidental, havia uma liberdade até razoável — concordou Alec. — Isso mesmo. Falava-se muito sobre religião, e essas discussões eram bastante recorrentes. Embora não fosse ao ponto de que todos podiam dizer o que bem entendiam. Havia limites, sem dúvida.

— Mas era a época do Iluminismo na República das Províncias Unidas, a época do surgimento da ciência e do conhecimento da natureza, do progresso na filosofia — insistiu Emma. — Há quem diga até que foi aqui que surgiu o embrião do Iluminismo, e não na França. E que foi aqui o seu auge. Éramos tolerantes. Pelo menos mais tolerantes que outros países.

— Humm, tolerantes... — disse Harold. — As opiniões divergem nesse ponto. A maior diferença aqui era nossa forma de governo, a república. Não tínhamos um soberano que nos regia, um monarca que nos forçava a viver de certa forma para ele ter tudo que desejava.

— Se em outros países o Estado mantinha um rigoroso controle sobre as atividades dos seus súditos, sobre o que escreviam e diziam, isso não acontecia aqui — acrescentou Alec, dirigindo-se a Emma.

Harold pegou a garrafa térmica, encheu novamente as xícaras e disse:

— É bem verdade que, aqui, se podia conversar sobre assuntos que eram proibidos em outros países.

Alec franziu a testa.

— Mas a liberdade que se tinha para escrever e dizer o que se queria era relativa. Aqui também estávamos às voltas com a Igreja, que era poderosa, e com os governadores, que preferiam não ouvir reclamações sobre o que faziam de errado de forma tão descarada.

— Isso mesmo. Quem escrevia panfletos e sabia que ultrapassava os limites tornando suas ideias públicas assinava-os com um pseudônimo. E às vezes nem os assinava. Os panfletos eram deixados nas tabernas para que as pessoas pegassem e, à noite, eram afixados em muros e portas. — Ele apontou para o exemplar que segurava. — Não faço ideia de quem tenha sido o assassino, mas é possível que este tenha sido o motivo para matarem Winckel.

Emma olhou para ele.

— Quer dizer que ele foi morto por causa do que escreveu?

— É possível. Não teria sido o primeiro e certamente não foi o último a ser morto por fanáticos religiosos.

— Lendo o que ele escreveu no panfleto, dá para entender por que o senhor pensa assim — disse Alec. — São ideias bastante extremadas. Ele trata não só de reforma moral, mas também religiosa.

— Exato. Sua teoria era de que a verdade sobre a natureza e todos os seus segredos só poderia vir à tona se houvesse liberdade de pensamento, sem dogmas religiosos. Ele achava que o cientista, o pesquisador, deveria ter liberdade para realizar experimentos, para pôr à prova ideias e teorias existentes.

— Ideias e teorias que até então estavam embasadas na crença em Deus — concluiu Emma.

Harold aquiesceu.

— Mas estamos falando do século XVII, uma época em que, se você se distanciasse demais das ideias da Igreja, sua vida certamente correria perigo. Além disso, ele ainda enfatizava o lado espiritual da fé; a liberdade que o indivíduo deveria ter para acreditar no que quisesse, professando essa fé como bem entendesse, contanto que se sentisse bem dessa forma e que isso o ajudasse. Ele almejava uma fraternidade verdadeira entre os seres humanos, independentemente de sexo e condição social, e estava convicto de que crenças diferentes podiam conviver juntas. Para ele, não interessava qual religião a pessoa professava. O que importava era a raça humana. Era a humanidade e a empatia.

— Os religiosos fervorosos devem ter ficado horrorizados com essas teorias dele — disse Alec.

— Não só com as teorias — complementou Harold —, mas também com o dinheiro que ele tinha. Wouter Winckel não era alguém que enriquecia sem um propósito. Ele tinha um objetivo para o capital que arrecadava com o comércio de tulipas. Grande parte do lucro era doada. E não ia para amigos ou conhecidos, mas para...

— A ciência.

— Exatamente, Sra. Vanlint. A ciência.

Assim como Frank, pensou Alec. Não podia ser uma coincidência. Frank havia optado, conscientemente, por esconder aquele papelzinho no catálogo que havia sido produzido para a venda da coleção de tulipas de Wouter Winckel. Será que Winckel fora sua inspiração? Será que Frank queria apoiar a ciência utilizando-se do comércio de tulipas, como Winckel fizera no século XVII? Pelo que Alec sabia, não fora assim que Frank fizera fortuna. Até o momento, com base no que haviam descoberto, as tulipas só tinham lhe trazido problemas.

No carro, voltando para casa, Alec disse:

— Imagine que alguém tenha planejado tudo e soubesse exatamente como isso acabaria.

— O que você quer dizer?

— Acho que era de conhecimento público que, depois da morte de Winckel, as crianças acabariam no orfanato.

— Sim, e daí?

— Então, também saberiam que sua coleção de tulipas seria leiloada e que o orfanato se tornaria coproprietário. Dick disse que funcionava assim naquela época. Quando as crianças eram levadas para lá, uma porcentagem de seus pertences se tornava propriedade do orfanato. Agora, imagine se tudo isso foi planejado deliberadamente.

— Mas Van Benthum disse que o assassinato de Winckel provavelmente foi motivado por questões religiosas. Ele foi asfixiado com o próprio panfleto.

— E se tiver sido por outro motivo? Se tiverem engendrado as coisas de forma a dar a impressão de que se tratava de uma questão religiosa, quando na verdade a intenção era fazer com que a coleção de tulipas passasse para as mãos do orfanato? Apenas pelo dinheiro? E para que o leilão arrecadasse o valor mais alto possível, o passo seguinte seria provocar a elevação do preço dos bulbos...

— Espalhando rumores de quanto haviam custado na pré-venda.

Alec aquiesceu.

— E você acha que o motivo religioso foi só um disfarce? Que se tratava apenas de dinheiro? Afinal, era a época gloriosa dos protestantes. Para os fanáticos, austeridade era o lema.

— E todo o comércio de tulipas existia graças à ganância — disse Alec, baixinho, para si mesmo.

— Posso imaginar que, para muitos, o ideal de uma vida de sobriedade não estivesse em consonância com o comércio de tulipas. O dinheiro envolvido, a riqueza e o esplendor que cercavam os negociantes, isso deve ter sido uma pedra no sapato de muita gente.

— Emma, se isso for verdade, se tudo tiver acontecido desse jeito mesmo, é surpreendente. Então fica claro por que o mercado implodiu de repente. Supondo que realmente havia algumas pessoas que tinham por objetivo deter o comércio de tulipas, que eram completamente contra...

— Surpreendente mesmo — murmurou ela.

— Em, acabei de pensar uma coisa. O pseudônimo de Winckel, que ele usou para assinar o panfleto. Augustus Semper. Esquecemos completamente de perguntar como sabiam que esses panfletos eram de autoria dele.

Emma pegou o telefone.

— O cartão dele está na minha bolsa.

Ela digitou o número que Alec lhe ditou. Harold atendeu imediatamente.

— Sr. Van Benthum, perdoe-me o incômodo, mas esquecemos de perguntar uma coisa. O pseudônimo que ele usou, Augustus Semper — disse Emma.

— Sim?

— Por que ele usava esse nome?

— Wouter Winckel estava se referindo à tulipa *Semper augustus*.

— À tulipa? — repetiu ela. Com as sobrancelhas erguidas, ela olhava para Alec.

— Sim, à tulipa mais cara de todos os tempos. Dizia-se que Wouter Winckel tinha uma delas. Por isso sabiam que ele havia redigido o panfleto, justamente pelo pseudônimo que usou.

— E ela foi vendida durante o leilão?

— Não, e isso é o mais curioso. A lista dos lotes do leilão está no nosso arquivo. A *Semper* não está incluída. Sra. Vanlint, antes que a senhora desligue... Quando vocês saíram, lembrei-me de algo e fui dar uma olhada. Há alguns anos, outra pessoa com o sobrenome Schoeller passou por aqui procurando informações sobre Wouter Winckel. Não falei com ele pessoalmente, mas meu colega o atendeu e me chamou a atenção para o fato. Achei o registro da visita dele.

49

— Tudo começou com a morte de Paul Rijen, um bom amigo. Eu já o conhecia desde os tempos de estudante — contava Dick.

— Então, Frank também o conhecia.

— Sim, eles já haviam se encontrado algumas vezes. Tempos atrás, recebi a terrível notícia de que tinha cometido suicídio. Foi um choque. Apesar de respeitar sua escolha, a morte dele não me deixava em paz. Não conseguia vê-lo como alguém que desse fim à própria vida. Ele gostava de viver, tinha família e era apaixonado pelo trabalho. Nunca se sabe o que se passa na cabeça de alguém, mas ainda assim... Enfim, sempre estranhei aquela história de suicídio, havia alguma coisa que não se encaixava. Isso mesmo: algo ali não se encaixava. Mas justamente pelo fato de ele viver só para o trabalho, sua vida deixou de ter valor quando as coisas desandaram. E isso, eu só compreendi mais tarde.

Dick tomou um gole do cappuccino.

— Uns dois meses depois de sua morte, recebi um recado da mulher dele, perguntando-me se eu não podia me encontrar com ela. Então me mostrou a carta de despedida de Paul e me entregou um CD. Contou-me no que ele se envolvera, algo que havia mantido em segredo. No CD havia um documento.

Ele se curvou, abriu a pasta e retirou um relatório de dentro. Comprimiu os lábios. Começou a desenhar círculos sobre a capa com o indicador.

— É esse aí? — perguntou Damian.

Dick aquiesceu.

— Levei um susto tão grande quando vi o que estava escrito, que achei que precisava fazer alguma coisa. E, burrice a minha, fui mostrar a Frank. Se eu não tivesse feito isso, nada teria acontecido. Ele continuaria vivo e tudo estaria bem. — Ele passou a mão pelo rosto. — Eu deveria ter adivinhado que Frank não deixaria por isso mesmo. Eu o conhecia bem demais para não imaginar isso. Foi o início de toda a desgraça. Foi com isso que tudo começou.

Damian pegou o papel.

— "A caminho de um mundo pacífico." Parece um bom propósito, mas o que isso tem a ver...

Dick ergueu a mão.

— Espere um pouco, já vou lhe explicar. Paul era um cientista da cabeça aos pés. Como antropólogo, se especializara em religião. E quero dizer religião no sentido mais amplo da palavra, ou seja, também aquelas crenças que nós, com nosso arcabouço cristão, tachamos de superstições ou seitas, embora sejam religião para alguns povos. Ele era fascinado pela necessidade da fé e pelo efeito que a fé exercia sobre as diversas comunidades sociais espalhadas pelo mundo, e sabia, como nenhum outro, aonde isso podia levar.

— À guerra — disse Damian, com ironia.

Dick balançou a cabeça.

— Ele via sob outra perspectiva. Paul era um humanista. Acreditava no amor, na solidariedade, na tolerância e na compreensão mútua. E conseguia reconhecer esses valores no cristianismo humanitário. Através do trabalho que desenvolvia, ele estava convicto de que a fé podia fortalecer o senso de comunidade e levar a uma sociedade pacífica, onde as pessoas se ajudariam mutuamente e estariam presentes para ajudar o próximo.

— Isso também funciona em comunidades ateias.

— Concordo com você, e Paul também pensava assim até 2001. Os ataques ao World Trade Center fizeram com que mudasse de ideia, e não só ele. Uma das consequências do 11 de Setembro foi que muita gente, não só nos Estados Unidos mas também na Europa Ocidental, se convenceu de que algo tinha de ser feito para salvaguardar as normas e os valores ocidentais, que nossos princípios de liberdade e de democracia precisavam ser protegidos.

Dick balançou a cabeça.

— O medo está regendo nosso mundo, Damian, você sabe disso tão bem quanto eu. E um mundo dominado pelo medo abre caminho para a religião. As pessoas saem à procura de apoio, algo na vida que lhes dê sentido e clareza, que lhes dê esperança.

— Mas não há nada de errado nisso — retorquiu Damian.

— Não há absolutamente nada de errado nisso. Se depender de mim, todos podem acreditar no que bem entenderem. Em "algo" ou numa força criadora inteligente ou num homem de barba branca que fica nos olhando lá do céu. O que seja.

— E Paul?

— Paul era daqueles que achavam que algo deveria acontecer, que alguém deveria tomar uma atitude, então decidiu formar um grupo de pensadores numa usina de ideias.

— Uma usina de ideias? Mas não seria uma organização não governamental para pesquisa científica independente?

— Exatamente, e Paul formou a sua seguindo o modelo americano. Lá, eles costumam ser financiados por partidos, que tiram algum proveito das conclusões a que chegam esses grupos. Aliás, as empresas também costumam fazer uso deles de bom grado. — Dick levantou três dedos. — Eles têm três maneiras de influenciar o poder público por lá. Primeiro, contribuindo financeiramente para a campanha do candidato à presidência. Ou então, dando início a um lobby político para conseguir uma legislação que seja favorável a sua empresa. Ou ainda, e essa é a forma mais lucrativa, doando dinheiro a uma usina de ideias. Dinheiro necessário para financiar suas pesquisas. Mas não é só isso. Às vezes, eles chegam a ser criados pelas empresas.

— Muito espertos.

— Quando um grupo desses apresenta um posicionamento, eles se baseiam em argumentos científicos, comprovados e fundamentados em números e pesquisas — continuou Dick. — Assim, esse posicionamento parece vir de um órgão independente, mesmo na verdade não sendo. Além disso, usinas de ideias podem reavivar debates dentro da sociedade.

— Boa jogada. Assim eles não só atingem o poder público como também a opinião pública.

— Exatamente. No caso de Paul, foi ele quem tomou a iniciativa de formar a usina de ideias, como cientista, sem ser comandado por algum grupo político ou empresarial. E ele encontrou apoio quando recorreu a sua rede de contatos. Ele conhecia muita gente. Não só da área científica, mas também do meio cultural, político, midiático e empresarial. Ele pediu a alguns de seus contatos para fazerem parte do grupo e ajudar a formular uma solução pacífica, uma solução que devolvesse ao nosso país o senso de comunidade. Cabia a eles encontrar uma nova forma de missionarismo.

— Missionarismo?

— Isso mesmo, porque, segundo Paul e seus seguidores, os valores do cristianismo humanitário formavam a base de um mundo sem guerras nem agressões. Esses valores já estariam armazenados na nossa cultura ocidental, mas haviam se diluído e sofrido constantes mudanças ao longo do tempo. Mas, além de pessoas que aderissem a esse ideal, ele também precisava de dinheiro para entrar em ação, e foi também através de seus contatos que o dinheiro jorrou. Todos viam a importância desse trabalho e percebiam que se tratava de um caminho para unir as pessoas.

Dick fitou Damian.

— Imagino que você esteja se perguntando o que isso tem a ver com Frank e Simon. Só quero que você compreenda... que saiba qual a linha de pensamento que levou à criação do SCF. Acho importante que você tenha consciência disso. É por isso que estou lhe contando tudo. — Ele ergueu o relatório. — Neste relatório está descrito o resultado de seus esforços. *Grosso modo*, trata-se do seguinte: para alcançar o que almejavam, eles deduziram que teriam que exercer certa influência em três instituições tradicionais, que, segundo eles, formavam a base da sociedade civilizada: a família. a Igreja e a escola.

— Mas não se pode forçar ninguém a acreditar em algo! Como eles pretendiam fazer isso?

— A estratégia deles tinha como ponto de partida a psicologia das massas. E não se esqueça, nesse sentido, da atual suscetibilidade à religião. Mas você tem razão: na verdade, eles estavam travando uma guerra religiosa, embora isso não custasse vidas e fosse invisível. A abordagem se daria em diversas fases. Para começar, nossas normas e valores cristãos seriam idolatrados pela mídia. Depois, figuras-chaves seriam recrutadas dentre a população, pessoas que, em seu meio, estivessem no topo da escala social, que tivessem influência e gozassem de certo prestígio. Essas pessoas divulgariam o cristianismo humanitário, dentro de suas comunidades, sob a forma que a usina havia idealizado. Mas então Paul descobriu que seu bem-intencionado plano estava sendo empregado indevidamente para alcançar fins específicos, que ele certamente não apoiava.

50

As folhas empoeiradas da figueira espetavam seu pescoço. Dawn virou a cadeira para o lado e empurrou o vaso para trás, com o pé. Enquanto olhava ao redor, perguntava-se como Ben conseguia trabalhar ali. A planta não era a única coisa empoeirada no jardim-escritório. Tudo era cinza e sujo. As paredes, os computadores, as portas, até as pessoas. Isso era algo que chamava a atenção nos holandeses, pensou ela, o contraste entre o comportamento deles durante o ócio e em sua vida profissional. Durante as férias, demoravam-se longamente à mesa. Experimentavam o que os outros comiam e escolhiam o vinho apropriado. Mas no dia a dia, parecia que tinham que se penitenciar pelos excessos que se permitiam no lazer, encarando panelas de batatas insossas e tomando vinho só nos fins de semana. Uma amiga lhe contara sobre as festas de aniversário deles:

— Parecem macacos. Ficam sentados em círculo, olhando uns para os outros e comendo amendoim.

Ela olhou para Ben, que continuava fitando a tela. Em cima do monitor havia três fotos. A primeira era de uma mulher de cabelo ruivo e curto. Parecia alegre e despreocupada. Na foto ao lado, via-se um garotinho, cujo cabelo descolorido pelo sol contrastava com o azul da água da piscina. A última foto mostrava a família toda. Eles olhavam sorridentes para a lente, os três vestidos de laranja da cabeça aos pés. Ben usava até uma peruca laranja. Encontravam-se no meio de um grande parque com quiosques ao redor. Alguns vendedores expunham seus produtos sobre o gramado.

— Futebol? — perguntou ela, apontando para a foto.

— O quê? Ah, não. Isso foi no aniversário da nossa rainha. Sempre comemoramos no dia 30 de abril. Todo mundo tem folga e acontece uma grande festa.

— E esses vendedores? — Ela quis saber. — Não estão trabalhando?

— Eles não são vendedores. Nesse dia, todos podem vender o que quiserem sem licença. Quinquilharias que estão no sótão, ou até pãezinhos, latinhas de refrigerantes, esse tipo de coisa.

— Quer dizer que vocês ganham uns trocados com o aniversário da rainha?

— Ganhamos, é verdade.

Gente esquisita, pensou Dawn.

— Achei! É isso o que temos sobre Versteegen. Vou imprimir.

51

— Mas quem fez uso indevido do plano de Paul, e como? — perguntou Damian.

— Como eu disse, Paul não estava sozinho. Muita gente participou com ele da elaboração das ideias, e tantos outros estavam envolvidos como financiadores.

— Mas todos tinham o mesmo propósito, como você me disse há pouco.

Dick curvou-se na direção de Damian.

— Ouça bem. Foi exatamente a partir daí que as coisas desandaram. Paul descobriu que nem todos os envolvidos eram tão pacíficos assim e que tampouco compartilhavam de seus ideais. Essas pessoas tinham outros objetivos.

— E quais eram?

— A disseminação do fundamentalismo cristão na Europa Ocidental, através do plano elaborado pela usina de ideias. A religião seria usada como meio de divulgação e funcionaria como um radar sutil no plano de dominação ocidental sobre o resto do mundo. E que lugar melhor para dar início a esse processo do que em nosso país? Com as nossas escolas cristãs, universidades, hospitais, asilos, programas de rádio, jornais e partidos políticos, tudo cristão. Embora tenhamos aqui católicos, protestantes e calvinistas, todos nós partilhamos da mesma crença. E é nisso que eles queriam se ancorar. Não pretendiam só expandir o número de devotos, mas também acirrar sua fé.

— Ou seja, havia fundamentalistas cristãos envolvidos.

Dick olhou para ele com ar preocupado.

— Paul tentou impedi-los. Quando percebeu que não os tinha mais sob controle, se matou.

— Mas será que ele não poderia ter feito nada?

Dick passou a mão no rosto.

— Quando Paul percebeu que o trabalho de sua vida estava sendo manipulado dessa forma, não viu mais nenhum sentido na própria existência. Ele compreendeu, como qualquer pessoa em sã consciência, que o fanatismo religioso levaria à limitação da liberdade. A um mundo em que mulheres são subjugadas, e homossexuais, discriminados; em que determinados livros e filmes não podem ser lidos nem vistos, e certas músicas são censuradas. Ele sabia que isso levaria a um mundo onde não haveria lugar para opiniões dissidentes. Mas essa não era sua intenção. O que ele queria era fortalecer a solidariedade, e via uma crença comum como a única possibilidade de se atingir isso.

— Dick, você acha mesmo que chegaremos a esse ponto aqui na Holanda? Com queima de livros e tudo o mais? Quer dizer, não somos tão loucos assim. Além disso, há anos que a religião vem perdendo espaço por aqui.

— Se você quer dizer um declínio da Igreja como instituição, então não deixa de ter razão. Mas a religião preenche, no momento, uma necessidade enorme. O que é bom, contanto que essa necessidade não seja manipulada, e é exatamente isso que está acontecendo, em parte por causa até mesmo do próprio Paul. — Com o olhar sombrio e perdido, ele continuou: — No pior dos casos, trata-se de um ressurgimento de grupos religiosos austeros que se voltam contra todas as liberdades que conquistamos ao longo dos séculos. Frank achava isso tão alarmante que decidiu começar uma intensiva parceria com alguns homens de negócios bem-sucedidos, para impedir esses planos. Foi Frank quem instigou esse movimento, ele era o cérebro por trás da contraofensiva.

— O SCF...

— Isso mesmo. E acho que Frank e Simon foram assassinados por essas pessoas, esses fundamentalistas cristãos que participaram ardilosamente da usina de ideias de Paul. E por quê? Porque Frank e Simon tinham um objetivo muito claro com o SCF. Eles queriam combater o movimento extremista que havia surgido a partir da iniciativa de Paul. Queriam manter a reputação da ciência e não permitir que indivíduos pensantes fossem reduzidos a um rebanho de ovelhas, cuja crença ditasse como deveriam viver. O fundo tinha muito dinheiro, quantia com a qual poderia apresentar mais argumentos que comprovassem a teoria evolucionista. Eles pretendiam combater assim as ideias de movimentos religiosos fundamentalistas. — Dick olhou para a frente por um instante, depois continuou, em voz baixa: — Quando Frank descobriu que, séculos atrás, Wouter Winckel já havia tentado combater a mesma coisa pacificamente, decidiu fazê-lo da mesma forma.

— Winckel? O negociante de tulipas?

— Ele mesmo. Winckel foi sua inspiração. E ele também pagou com a própria vida.

— O que ele pagou com a própria vida?

— O desejo por liberdade de ação e expressão. E estou me referindo, literalmente, à liberdade de expressão, e não àquelas formas de liberdade que, hoje em dia, certas pessoas se permitem para humilhar os outros de forma arrasadora. A meu ver, isso não tem nada a ver com liberdade de expressão.

Dick pegou uma bolacha de cerveja e começou a rasgá-la em pedacinhos, que ele ia depositando no cinzeiro já cheio.

— Não passamos de seres humanos, e precisamos construir algo bom juntos, Temos que fazer isso unidos — disse ele, e olhou para Damian. — Frank havia encontrado algo que pertencera a Winckel, algo de valor inestimável.

Dick fez um gesto para Damian se aproximar e disse baixinho:

— A *Semper augustus*.

— A *Semper augustus*?

Ele balançou a cabeça como se lamentasse.

— A tulipa mais valiosa de todas. Tão valiosa que, durante séculos, se duvidou de sua existência. Parece que só havia três desses bulbos no século XVII. Ninguém sabia a quem pertenciam.

— Essa tulipa era tão rara assim? Ora, mas era só cultivá-la!

— Não, não. Era justamente esse o problema. As tulipas que estavam no catálogo que lhe mostrei, com as pétalas flamejantes, eram quase impossíveis de serem cultivadas. Por isso mesmo eram tão escassas e valiosas. Jardineiros da época não sabiam a razão. Eles colocavam o bulbilho de uma flor com aquelas pétalas no solo e, com o tempo, surgiam tulipas monocromáticas ou com pétalas praticamente sem cor. O que eles não sabiam naquele tempo é que as tulipas matizadas sofriam de uma doença. Só descobriram isso no século XX. Era um vírus transmitido por piolhos, o vírus do mosaico.

— Quer dizer que um vírus, algo tão nocivo, produziu as mais belas tulipas e, ao mesmo tempo, provocou tanta desgraça? — concluiu Damian, ensimesmado.

— Dizia-se que apenas três pessoas possuíam uma *Semper augustus*. Uma delas seria Wouter Winckel, mas isso nunca foi provado.

— Se ele a tinha, deve ter sido vendida com o restante da sua coleção durante aquele leilão.

— Aí que está o problema: isso não aconteceu. Então todo mundo concluiu que se tratava apenas de um boato. Até Frank encontrar o bulbo, mais de três séculos depois.

Dick tocou o braço de Damian.

— Dá para imaginar o que aconteceria se a *Semper augustus* renascesse? Se conseguíssemos clonar essa tulipa com as mais novas técnicas e o conhecimento atual?

— Milhões seriam arrecadados.

— Dezenas de milhões! E era isso que Frank tinha em mente. — Dick ergueu o dedo. — E vale lembrar que não era em benefício próprio. O que ele queria era injetar uma enorme soma de dinheiro na ciência. Rios de dinheiro entrariam, para os mais variados ramos de pesquisa.

Pensativo, Dick olhava para a frente.

— Acho que os assassinos de Frank e Simon estão atrás do bulbo. Eles sabem seu valor e o querem para si. Querem usar a *Semper augustus* para financiar seus planos de expansão mundial do fundamentalismo cristão.

— Mas quem são eles?

— Esse é o problema. Ainda não descobri. Na carta de despedida que Paul escreveu para a mulher, ele explicava tudo isso. Dizia até que sabia quem eram, mas que levaria seus nomes para a sepultura.

Damian aquiesceu e concluiu:

— Para proteger a família.

— Exatamente. Mas eu vou descobrir quem eles são, quem são os culpados por tudo isso. Sou o único que ainda pode impedi-los.

Coetzer já estava na terceira xícara de café, mas continuava na página 3 do jornal. Ele havia empurrado a cadeira o máximo que pudera, sem chamar atenção, na direção de Dick e Damian. Com o fone no ouvido, conseguira acompanhar toda a conversa.

52

Tara se assustou com o barulho estridente da campainha que ressoou pela casa vazia. Foi até o salão que dava para a rua e olhou com cautela pela janela.

O homem que estava diante da porta era tão pequeno que parecia uma criança. O sobretudo preto chegava aos tornozelos. Os sapatos, também pretos, brilhavam, e ele usava um cachecol vermelho, de tricô, em volta da gola erguida. A maleta que carregava já tivera dias melhores. Quando Tara o viu levar o dedo novamente à campainha, decidiu que sua aparência era inofensiva o suficiente para correr o risco. Foi até a porta da frente e abriu-a.

Por um momento os olhos dele se iluminaram de surpresa.

— Bom dia, senhora. — Ele estendeu a mão. — Meu nome é Wolters. Estou à procura do Sr. Vanlint.

— Ele não está. O senhor disse Wolters?

— Isso.

— Sou Tara, namorada de Alec Schoeller. O senhor não é da casa de leilões?

Ele assentiu bem devagar.

— Pode entrar. Estou sabendo de tudo.

— Eu... A senhora saberia me dizer quando o Sr. Vanlint estará de volta? Claro que eu deveria ter ligado antes, mas como precisava passar num lugar aqui por perto, aproveitei...

— Ele ainda deve demorar um pouco, mas entre, por favor. O senhor deve ter algo a dizer sobre o texto escondido no livro de tulipas, não é mesmo?

Ele pareceu aliviado.

— Isso mesmo, é por isso que estou aqui.

— "Tulipa." Era essa a palavra-chave, não era?

Ele assentiu.

— Venha comigo.

Enquanto ele a seguia, ela olhou para trás.

— Café?

— Aceito.

Wolters tirou o sobretudo e sentou-se à mesa da cozinha. Pouco depois, ele pegou com as mãos a caneca que Tara colocou sobre a mesa e tomou um grande gole. Quando ela se sentou diante dele, Wolters disse:

— Vocês tinham razão. A palavra-chave era realmente "tulipa".

— Foi o que pensamos. Não podia ser outra.

— Perdoe-me se não consigo conter minha curiosidade, mas como vocês descobriram?

— Quer dizer que conseguiram decifrar a mensagem? — desconversou Tara.

Wolters pôs a mão no bolso interno do paletó e retirou um pedaço de papel.

— Quer que eu leia?

— Por favor.

Ele ainda a fitava com cautela.

— Depois a senhora vai entregar isto ao Sr. Vanlint?

— Pode ter certeza de que entregarei assim que ele passar por aquela porta.

Wolters desdobrou o papel.

— Então está bem. O que conseguimos decifrar foi o seguinte:

Sua beleza divina
Suportável apenas para um dentre muitos
Permanecerá guardada
Nesta morada espiritual de prata

Até renascer para a vida
A Semper augustus

Ele ergueu os olhos.

— Isto lhe diz alguma coisa?

Tara tentava não demonstrar nenhuma emoção. Seu coração disparou de tal forma que tinha medo que Wolters ouvisse seus batimentos. Estava feliz de ter seguido sua intuição, de ter percebido que deveria manter-se perto de Alec para descobrir onde estava o bulbo. Mas ela ainda não havia chegado lá. Ainda faltava muito.

— Pelo menos sabemos o que está escrito e que não se trata apenas de letras sem sentido. Muito obrigada. Damian e Alec ficarão muito contentes com isso.

Ela empurrou a cadeira para trás e se levantou.

Wolters ficou olhando para ela.

— A *Semper augustus* é um tipo de tulipa, não é?

— Mais uma vez, Sr. Wolters, muito obrigada. Assim que chegarem, entregarei a eles — disse ela, se esquivando. Ela estendeu a mão para receber o bilhete.

— O que você vai nos entregar?

Tara virou-se assustada para Alec e Emma, que se encontravam à porta. Ela se recompôs e disse:

— O Sr. Wolters teve a gentileza de dar uma passada para contar o que descobriu. Aqui está.

Alec cumprimentou Wolters. Sem tirar os olhos de Tara, recebeu o papel da mão dele.

— Sr. Schoeller! — Wolters levantou-se e pegou nervosamente o casaco. — Acho melhor eu ir. Espero que o senhor não ache ruim eu ter contado à sua namorada o que estava escrito.

Alec olhou para Tara e abriu a boca, pronto para dizer alguma coisa, mas voltou a fechá-la ao ver seu olhar.

— De jeito nenhum — tranquilizou-o Alec. — Vou levá-lo até a porta.

Quando voltou, avançou em Tara, que recuou e caiu sentada na cadeira atrás dela.

— O que você está tramando? Como assim, minha namorada? O que está pretendendo?

— Você não está entendendo? Trata-se da *Semper augustus*. O bulbo está escondido em um objeto de prata — disse Tara. Seus olhos estavam arregalados, e o rosto tinha um rubor doentio.

— Afinal, você vai me dar uma resposta ou não? Você conhecia Frank muito melhor do que nos fez acreditar. Até bem demais. Aqui, leia isto.

Ele tirou o e-mail do bolso da calça e atirou-o no rosto de Tara. O papel caiu em seu colo. Ela o desamassou. Pouco depois, olhou para ele com ar despreocupado.

— Então agora que vocês sabem a que ponto chegamos, devem compreender a importância disso. Frank tinha prata em casa ou em algum cofre?

— Quer parar de falar sobre essa maldita prata? Quero que você me explique agora mesmo o que está acontecendo e o que você tem a ver com tudo isso.

Ela deu de ombros e ficou olhando para a frente, calada.

Alec se ajoelhou diante dela e apoiou as mãos nos seus joelhos.

— Tudo bem, vamos fazer um acordo: você me conta qual é o seu envolvimento nessa história e tudo o que sabe a respeito. Em troca, eu lhe conto sobre a coleção de pratarias de Frank. Combinado?

Os olhos de Tara se iluminaram.

— Quer dizer que ele tinha mesmo? Você sabe se tem peças do século XVII?

Alec cruzou os braços e fitou-a em silêncio.

— Está bem! *Semper augustus*, já ouviu falar?

— Já, hoje mesmo. A tulipa mais valiosa do mundo — adiantou--se Emma. — Resta saber se ela algum dia existiu.

— Existiu, sim. Frank me incumbiu de preparar o terreno para gerar a *Semper augustus*.

— Gerar? Você quer dizer cultivar?

— Não, Em, eu sei exatamente o que ela quer dizer — interpôs-se Alec. — Ela ia cloná-la.

— Cloná-la? — perguntou Emma, espantada. — Mas é impossível. Só se consegue clonar células vivas.

Tara olhou-a com um sorriso.

— É possível, sim... Eu consigo fazer uma réplica genética idêntica. Quando Frank veio me procurar para saber se eu queria tentar, ele me deu dinheiro para pesquisar todas as possibilidades nesse sentido. E eu consegui descobrir como fazer.

— E esse bulbo está escondido numa "morada espiritual de prata" — disse Emma.

— Por isso a minha pergunta sobre a coleção de pratarias. Será que você pode me responder agora, por favor?

— Ainda não — respondeu Alec. — Ainda não terminei. Por que Frank queria clonar a tulipa?

— Para ganhar dinheiro com ela.

— Dinheiro ele tinha de sobra.

— Mas não o suficiente. A *Semper* renderia dezenas de milhões. Hoje em dia, após anos de cruzamentos, é possível comprar, por alguns euros, tulipas com pétalas de contornos flamejantes, parecidíssimas com a *Semper*. Mas elas não têm nada a ver com a verdadeira. São falsas, imitações. E o que aconteceria se a verdadeira *Semper* reaparecesse no mercado? Uma tulipa com uma história tão florida... No século XVII, poucos tiveram a oportunidade de estar diante de uma verdadeira *Semper augustus*. Com a clonagem, conseguiríamos trazê-la de volta à vida. Nada de imitações baratas, mas uma descendente direta. Uma verdadeira *Semper augustus*.

Emma ficou olhando para ela.

— E o que você ganharia com isso?

— Respeito. Admiração. Mas, acima de tudo, prestígio. Quem sabe até algum prêmio importante. Finalmente eu alcançaria notoriedade. Vocês não sabem como funciona o meu mundo. Não se pode confiar em ninguém, colegas de trabalho se apropriam das suas ideias e dos resultados das suas pesquisas sem o menor pudor. E você é destruído se não conseguir provar sua capacidade. — Sua voz ficou embargada. — Eu já havia pesquisado tudo, documentado, feito experiências, analisado os resultados. Estava tudo pronto, só faltava o bulbo — continuou ela, mais baixo —, que estava com Frank. Aí ele morreu. E ele era o único que sabia onde o bulbo estava. Ele me contou que o escondeu onde ninguém o encontraria. Foi assim que, logo que vi você se aproximando da casa de Simon, Alec, pensei que poderia me levar até a *Semper augustus*, sem que eu precisasse lhe contar tudo.

— Parece que você acertou — disse Alec.

— Parece que sim — respondeu ela, pensativa.

— E quem está atrás de você?

Ela ergueu o olhar para ele, sem entender.

— Atrás de mim? Ah, já entendi. Que eu saiba, ninguém.

— Ninguém? — Alec soltou um palavrão. — E quem foi que nos seguiu quando estávamos vindo da casa de Simon?

— Quem disse que fomos seguidos? — Ela deu de ombros. — Se eu não tivesse feito aquela encenação, Damian não teria me convidado para ficar aqui.

Absorto em pensamentos, Dick desceu as escadas. O vento se espremia pelos corredores subterrâneos da estação do metrô, empurrando-o pela plataforma vazia. Uma folha de árvore perdida foi esmagada por seus pés. Uma sacola de plástico esvoaçava graciosamente na direção contrária. Ele olhou para o relógio e, em seguida, fitou o muro sujo do outro lado. A alça da pasta grudava na sua mão úmida. A fita adesiva com que a colara havia se soltado. Ele segurou a pasta entre as pernas e começou a arrancar os resíduos de cola da mão.

Ouviu alguém andando na plataforma. Os passos pararam bem atrás dele. De repente, a pasta entre suas pernas foi chutada para longe. De boca aberta, Dick acompanhou a curva que ela fez até cair nos trilhos e abrir-se. Folhas de papel voaram sobre o carril e foram sugadas para dentro do túnel.

— O que...?

Estarrecido, ele se virou. Uma mão espalmada cobriu-lhe o rosto. O barulho de um trem, a plena velocidade, se aproximava mais e mais. A última coisa que ele ouviu foi um grito horrível. A última coisa que se perguntou foi se aquela voz era sua.

53

Eles ouviram a porta da frente se fechar, e pouco depois Damian entrava no recinto.

— Wolters passou por aqui, e Tara teve a gentileza de convidá-lo a entrar para ouvir o que ele tinha a dizer — informou Alec.

O tom cínico não escapou aos ouvidos atentos de Damian, que voltou o olhar para a moça. Depois de Alec lhe contar o que ela dissera, Damian comentou:

— Quer dizer que a palavra-chave confere.

— Veja isto. Leia. Eles decifraram a mensagem e chegaram a isso.

Passados alguns segundos, ele levantou os olhos. Seu olhar era tenso.

— A *Semper augustus*. Dick acabou de me falar dela. Quer dizer que era verdade que Frank tinha o bulbo. Para ser sincero, quando Dick me contou, achei difícil de acreditar.

— Era sobre isso que Dick queria falar com você? — perguntou Emma.

— Sobre isso e outras coisas mais, mas o resto eu conto já. Alec, Frank não tinha uma coleção de pratarias?

— Coleção é um exagero, são cerca de vinte peças. Algumas muito bonitas.

— Do século XVII? — Tara o olhava ansiosa.

— É... Acho que sim.

Ela avançou alguns passos e parou ao seu lado. Segurou com tanta força o braço de Alec que ele sentiu as unhas dela atravessarem o agasalho que vestia.

— Temos que ir para Londres, ver se encontramos alguma coisa. — Ela o puxava pela manga. — Ver se realmente tem algo escondido lá.

Alec riu com desdém.

— Você não pode estar falando sério. Acha mesmo que tem um bulbo de tulipa escondido numa daquelas peças?

O jeito como ela o olhava transformou sua incredulidade em dúvida.

— Mas você é mesmo um cretino, um teimoso! — gritou ela. — Está escrito ali, naquele papel, preto no branco.

— Quer levar um copo d'água na cara ou vai parar com essa histeria? — disse Emma, fitando-a com um olhar gélido. Depois, voltou-se para Damian: — Vamos trazer a coleção para cá?

Ele assentiu.

— Alec, ligue para Tibbens, peça para ele levar a prataria para o aeroporto e entregar ao nosso piloto. A coleção pode estar aqui em questão de horas.

— E se o encontrarmos? Se o bulbo estiver mesmo dentro de uma das peças, o que vamos fazer? — perguntou Emma a Alec.

— Ainda não sei.

— Mas eu sei! — disse Tara.

O rosto de Alec se contorceu.

— Pode esquecer. Você vai ser a última a pôr as mãos no bulbo. Frank e Simon foram assassinados por causa dele. Pelo visto, isso não afeta você nem um pouco. A única coisa que interessa é o bulbo. Pensei que você quisesse nos ajudar, que quisesse descobrir quem matou Frank e Simon. Já parou para fazer um exame de consciência, já se olhou no espelho? Você é repugnante.

Tara o fitava com raiva. Ela cuspia as palavras ao responder:

— O fato de eu não demonstrar não significa que eu não sinta nada. Você acha mesmo que sou um monstro insensível? Isso me afeta, sim, e muito, só que tenho outras prioridades no momento. — Ela estendeu as mãos e continuou, em desespero: — Será que você não consegue imaginar o que isso significa para mim? Não me interessa o dinheiro. A única coisa que me interessa é a *Semper augustus*.

— Se fosse isso, talvez eu até conseguisse entender. Mas não. Você só pensa em você, no seu ego.

Tara balançou a cabeça e baixou o olhar. Sua voz estava trêmula quando falou:

— Eu podia ter ajudado Frank a alcançar seu objetivo.

Alec riu de escárnio.

— Ajudar? Ora, me poupe da sua magnanimidade. — Ele deu-lhe as costas. — Você me dá nojo.

Ela saiu correndo da cozinha.

Damian pegou a mala das mãos do motorista. Na sala, colocou-a no chão. Alec sentou-se de cócoras em frente à mala e a abriu. Dentro dela havia vinte pacotes, envolvidos em plástico bolha e selados com fita adesiva. Passados quinze minutos, as peças de prata estavam todas expostas no assoalho.

— Pelo amor de Deus, onde um bulbo poderia estar escondido? — Alec olhava para a prataria. — Não caberia numa dessas peças.

Todos levantaram a cabeça quando Tara entrou. Com os olhos injetados, ela caminhou timidamente na direção de Alec.

— O que você acabou de me dizer... é verdade. Você tem razão. Alguém tinha que me acordar. Eu me portei pessimamente. — Suas mãos estavam entrelaçadas sobre o peito. — O importante mesmo é que o assassino seja preso, e nada além disso. Acho que eu não conseguiria mais trabalhar com o bulbo. Tem sangue demais nele. — Ela balançava a cabeça. — Não quero nem saber que fim levou.

— Vamos — disse Emma —, dê uma ajudinha aqui. Se essa história confere, o bulbo deve estar numa dessas peças.

Cada qual pegou uma. Tara começou por um castiçal, virou-o e tentou puxar o feltro que protegia a base do pé. Conseguiu arrancá-lo e olhou dentro da cavidade. Balançou a cabeça.

— Neste não tem nada, mas tem que estar por aqui.

Passado um tempo, Emma disse:

— Acho que encontrei alguma coisa. Aqui, vejam. — Segurando uma fivela, ela apontava para a parte mais larga. — Tem uma tulipa gravada aqui.

— Deixe-me ver — pediu Damian.

Ele pegou a fivela e aproximou-a dos olhos. Na parte mais larga havia uma pequena tulipa gravada na superfície de prata. Ele deslizou o dedo sobre o enfeite e pressionou-o de leve. Para sua surpresa, a parte de cima da fivela se abriu.

— Então é verdade mesmo — murmurou Tara.

Todos os olhares estavam fixos na peça enquanto ele a abria ainda mais. Damian examinou o interior pela pequena abertura e então balançou a cabeça.

— Nada. Está vazia.

— E aquela? São duas.

Alec pegou a outra fivela e repetiu o movimento. Também esta outra se abriu. Ele enfiou os dedos na abertura. Quando os retirou, trazia um minúsculo saquinho marrom entre o polegar e indicador.

— Meu Deus! — exclamou Tara.

Alec conseguiu abrir o saquinho; mantendo a mão sob a abertura, sacudiu-o. Algo marrom-escuro caiu de dentro. Não tinha mais de um centímetro e parecia uma uva-passa.

— Está completamente ressecado — sussurrou. — Não tem mais nenhuma vida nisso.

Tara retrucou, cheia de entusiasmo:

— Se você soubesse quanta vida eu consigo tirar daí!

— E a outra fivela, por que está vazia? — a voz de Emma soou pensativa.

— Acho que o papel com a mensagem estava ali dentro. Lembra que estava escrito "Nesta morada espiritual de prata"? — citou Alec.

— Quer dizer que Frank tirou o bilhete de dentro da fivela e o colocou no livro das tulipas.

Londres

2001

— Espere aqui — disse Frank Schoeller ao motorista, depois de saltar do carro. — Volto já.

Nos últimos dias, as manhãs frescas vinham dando lugar a tardes insuportavelmente quentes. O asfalto da Kings Road havia sugado todo o calor. Frank podia senti-lo subir pelas pernas da calça.

Ele passou o lenço pelo rosto. Parou diante da vitrine do antiquário e olhou cheio de admiração para o aparador em exposição. Era revestido de couro de arraia brilhante, cinza, pontilhado. Os puxadores de marfim nas portas e gavetas pareciam novos. Frank tocou a campainha. Quando ouviu o zunido da tranca sendo aberta, empurrou a porta.

— Sr. Schoeller, como vai? — cumprimentou o homem que vinha em sua direção.

— Muito bem. E por aqui? Como vão os negócios?

— Vão bem. Não poderiam estar melhor. O que posso fazer pelo senhor hoje? À procura de algo em especial?

— Na verdade, não. Só vim dar uma olhadinha.

— Por favor, fique à vontade. Se precisar de qualquer coisa, sabe onde me encontrar.

Frank passava pelas prateleiras examinando cada objeto. Netsuquês de marfim talhados como pequeninos micos, flores e lutadores. Relógios minúsculos com desenhos refinados nos ponteiros esmaltados. Ao lado da mesa, no centro da loja, peixinhos dourados nadavam num enorme vaso de plantas chinês. Ele foi até os fundos do local, onde se encontravam os móveis, e aspirou profundamente o cheiro de cera. De repente, o dono encontrava-se ao seu lado.

— Sr. Schoeller, tenho algo que talvez... Quero dizer... O senhor não é holandês?

— Sou, sim.

— Naturalmente, não sei se vai lhe interessar, mas é um artigo holandês, do século XVII, portanto, quem sabe? Espere um instante, já vou buscar.

Frank ouviu um farfalhar no salão dos fundos.

— Veja — disse o proprietário, aproximando-se dele com algo na mão. Ele então abriu os dedos e desdobrou o fino papel — Comprei num leilão na Holanda, da última vez que estive lá. São sublimes.

— São assinadas?

— São. Por favor, me acompanhe.

Ao chegar a sua mesa, ele apertou o interruptor que acendia a luminária de ampliação e posicionou as fivelas sob a lente. Frank curvou-se para a frente e observou pela lupa. Eram maravilhosas em toda a sua simplicidade e seu design austero. Somente a parte superior das fivelas era adornada, uma única tulipa em cada.

— A marca de autenticidade está aqui. O senhor está vendo?

O dedo do antiquário apareceu ampliado. Sua unha tocou um sinal quase invisível, gravado na lateral.

— Eu mesmo escolhi. São do século XVII. Não posso precisar exatamente, mas creio que por volta de 1630 ou um pouco mais tarde. Foram feitas por um ourives de Alkmaar. O senhor conhece o lugar?

— Mas é claro. Uma belíssima cidade centenária, no norte da Holanda.

— Ah!

— Posso?

— Naturalmente. Pode examiná-las à vontade.

Frank se sentou. Pegou as fivelas, uma a uma, e examinou-as com atenção através da lupa. Quando esquadrinhou novamente a tulipa que ornamentava a peça, percebeu que havia algo escrito embaixo. As letras eram minúsculas, tão pequenas que mal se podia ler a palavra, mesmo através da lente.

— Tulipa — murmurou.

Enquanto deslizava o dedo sobre a prata, ele deixou a imaginação seguir seu curso. Anos antes, algum negociante rico devia ter usado aquelas fivelas, cheio de orgulho. Nem todos deviam ter se alegrado com isso. Naquela época, não era usual ostentar riqueza.

— Mesmo se agirmos normalmente, já seremos considerados loucos. Ora essa. Esses calvinistas... — murmurou, enquanto se levantava. — Gostei dessas fivelas, mas não acho que sejam tão especiais assim. E aqui, está vendo? Tem uma concavidade. Mas eu não passo de um velho, e estou começando a ficar sentimental. Pode abusar disso. Qual é o seu melhor preço?

Sentado à mesa da cozinha, Frank levantou a taça e entornou o conhaque de um só gole. Calçou uma luva impregnada de polidor de prata e deslizou-a sobre a fivela. Em cima do adorno, imprimiu um pouco mais de força para limpar a mancha enegrecida. De repente, sentiu algo movimentar-se sob sua mão. Colocou-a sobre a mesa, tirou a luva e olhou surpreso para a fivela. Levantou-a e aproximou-a do nariz. Seus dedos mal cabiam na abertura. Quando retirou a mão, trazia um papelzinho cor de sépia preso entre a ponta dos dedos.

54

A voz mecânica de Dick lhe dizia para deixar uma mensagem após o sinal.

— Dick, aqui é o Damian. Assim que você puder, me ligue de volta. Achamos uma coisa. Por favor me ligue, é muito importante.

Mal tinha desligado, o telefone tocou. Ele reconheceu o número.

— Alô, Dick, escute, eu...

— Desculpe interromper, senhor — cortou-o uma voz de mulher. — Estou ligando do hospital. Eu vi que o senhor telefonou. É parente do Sr. Beerens?

— O quê? Não, sou amigo dele. Como assim? O que está acontecendo? Ele está no hospital?

— Lamento informar, mas o Sr. Beerens faleceu há 15 minutos.

— O que a senhora está dizendo? Faleceu? Mas é impossível. Ainda há pouco eu falei com ele.

— Ele foi trazido há uma hora. Vítima de um acidente. Caiu da plataforma do metrô e foi atropelado. Uma fatalidade. Estão achando que ele deixou cair a pasta nos trilhos e foi tentar pegá-la, mas não conseguiu voltar à plataforma a tempo. Ou tropeçou. Ninguém viu acontecer. Ele estava inconsciente ao chegar.

Damian desligou. Começou a suar frio. Isso significa que o assassino não está longe, pensou. E se for assim, é muito provável que ele saiba quem somos e onde estamos.

Ele percorreu o corredor às pressas e entrou de supetão na sala.

— Temos que sair daqui. Agora. Dick morreu.

Tara e Alec olharam-no incrédulos. Emma soltou um grito e cobriu a boca com a mão.

— Acabaram de ligar do hospital. Dizem que foi atropelado pelo trem do metrô. Eles acham que Dick caiu e que foi um acidente. É lógico que não foi. Não estamos mais seguros aqui. Temos que ir embora e levar a *Semper augustus*.

— Ir embora? — perguntou Tara. — Mas para onde?

— Para a ilha.

55

Pela terceira vez naquela noite, Dawn abria o dossiê de Simon Versteegen. Não conseguia se concentrar. Em algum lugar soavam batidas incessantes. Um tom grave alternava-se com algo que parecia música e que retumbava no seu quarto de hotel. Ela percebeu que começava a se agarrar aos tons que reconhecia para tornar aquela repetição monótona mais suportável.

Foi até a janela, levantou o vidro e olhou para fora. Se ficasse na ponta dos pés, ainda conseguiria ver um pedacinho do canal. Lá embaixo, grupinhos passavam conversando. Ela viu um rapaz se soltar da namorada e esvaziar o estômago na entrada de uma casa, do outro lado do hotel. Dawn ficou imaginando o morador indo trabalhar na manhã seguinte e pisando, logo de saída, naquele vômito. Fechou a janela. Quando ia puxar as cortinas, viu a porta se abrindo do outro lado. Num movimento único, arremessaram um balde de água sobre o local onde o rapaz havia vomitado.

Voltou para a cama, deitou-se e pegou o dossiê. Versteegen tinha 73 anos de idade quando fora assassinado. Vinha de uma família grande, estudara direito e terminara sua vida profissional como diretor de uma grande empresa farmacêutica. Presidira várias entidades. Havia parado de trabalhar aos 60 anos. Não porque só então tivesse condições para isso — a família tinha bastante dinheiro —, mas porque não quisera parar antes. Casara-se duas vezes e não tinha filhos naturais, só uma enteada. A filha da sua segunda esposa; ele a adotara após a morte da mãe dela. Era sua única herdeira.

Dawn espalhou as fotos da cena do crime diante de si.

— Tem que ter alguma coisa, tem que ter — murmurou.

Uma a uma, ela erguia as fotos e as colocava de volta. Quando pegou aquela que Ben mencionara, mostrando as manchas feitas com o sangue de Versteegen na parede da cama, ela se sentou. Afastou-a um pouco e comprimiu os olhos. Ele tinha razão, realmente parecia uma tulipa. Ela pegou a ampliação da imagem e franziu as sobrancelhas. Parecia-lhe tão familiar. Onde vira aquilo antes? Balançou a cabeça por um momento e fechou o dossiê. Quem sabe não haviam se deixado levar por uma ideia fixa de que existia uma relação entre Schoeller e Versteegen? E se os dois assassinatos não tivessem nada a ver um com o outro?

Ela colocou o dossiê no chão, ao seu lado, e ligou a televisão. Quando achou a BBC, levantou-se e foi até o frigobar. Ficou de cócoras em frente à minigeladeira. Num flash, viu diante de si. Voltou rapidamente para onde estava sua pasta, retirou o dossiê de Schoeller e pegou as fotos.

— Onde você está? Ande logo, você tem que estar aí — disse para si mesma enquanto examinava a pilha de fotografias. — Ah! Aí está você.

Schoeller sobre a mesa de necropsia. O corpo fora lavado, mas ainda não haviam começado o processo.

— Eu sabia. Eu sabia.

Agora que o sangue havia sido lavado, estava nítido. Os talhos no corpo dele eram iguais ao desenho feito na parede de Versteegen. Os dois cortes superiores se uniam formando um "U". Entre eles, descia uma incisão profunda e reta, como o caule de uma flor. Mais dois cortes partiam em diagonal de cada lado da incisão vertical.

— Uma tulipa? — murmurou ela.

O telefone tocou. Sem tirar os olhos da imagem, ela pegou o celular.

56

O acidentado caminho de areia que atravessava os prados da Frísia havia sido feito especialmente para se chegar à ilha. A chuva transformara a estradinha de terra batida numa rota enlameada. Damian manobrava o carro devagar, evitando os buracos maiores e o acostamento alagado. Passados quase 2 quilômetros, eles chegaram a uma pequena área asfaltada, que servia de estacionamento.

O vento frio uivava sobre a planície. Quando saltaram, a chuva fustigava-lhes a pele como alfinetadas. Eles pegaram seus pertences no carro e percorreram um caminho estreito até o cais. À distância, um feixe de luz balançava violentamente de um lado a outro.

— Damian! Vocês têm luz suficiente?

Parecia que a voz era carregada para longe pelo vento forte.

— Não se preocupe — gritou ele em resposta. — Pode ficar aí.

Eles subiram no píer, onde havia um barquinho branco. Ao lado, um homem alto. O cabelo louro colava na testa, e o agasalho de marinheiro, já encharcado, pendia-lhe pesadamente sobre os enormes ombros.

— Que bom que pôde vir, Sytse.

— Mas claro, Damian. Vamos, embarquem logo, as moças estão ficando ensopadas.

Enquanto ele segurava o barco, que, atiçado pelas ondas, balançava perigosamente, os quatro embarcaram. Damian ficou de pé ao lado de Sytse, que colocou a chave na ignição. O motor despertou com um estouro.

— Está tudo preparado — gritou ele, acima do barulho do motor e da chuva. — Tem comida na geladeira, e o resto você sabe onde encontrar. Se precisarem de alguma coisa, é só me avisar que eu levo.

Atravessaram o canal e atracaram dez minutos depois.

A ilha tinha cerca de 1 quilômetro quadrado. Anos antes, Damian conseguira comprá-la por uma bagatela. Logo demolira o galpão em ruínas que havia lá. Depois, o terreno ficara desocupado durante anos, até ele tomar uma atitude e mandar construir uma grande casa. As autoridades locais não gostaram nada ao se deparar com um projeto modernista, mas no final acabaram concordando.

Depois de tê-los deixado no píer, Sytse amarrou a embarcação e subiu no seu próprio barco, que o levou embora pela noite tempestuosa. Todos ficaram olhando-o afastar-se. Não demorou muito e não havia mais nada para se ver.

57

A dor intensa atravessou-lhe a cabeça e desceu até as costas, através da coluna cervical. Seus joelhos cederam. Ele tentou impedir que seu corpo tombasse, mas não conseguiu manter-se ereto. Com um baque, caiu de lado. A chuva penetrava sua orelha e os olhos. Fechou-os com força para evitar mais água. Alguém pegou seu pulso e começou a puxar os dedos. Não, a chave não! Ele fechou a mão e sentiu que estava sendo cortada. Abriu os olhos. O capuz cobria todo o rosto do homem, que se curvava sobre ele como uma vaga sombra. De repente, largaram sua mão. Ele sentiu darem um puxão no cordão preto em que estavam penduradas as chaves, entre seus dedos. Então também isso parou. Ele relaxou por um instante. Tinha de se concentrar, mas a dor na cabeça distraía sua atenção. Concentre-se, Sytse, concentre-se. Sua mão queimava insuportavelmente. Ele deu um grito. O segundo golpe na cabeça pôs fim a tudo. Ele arriou na lama rasa. A mão se abriu.

A cada rajada de vento o pequeno barco a motor pendia mais para a esquerda. Coetzer se afastava mais e mais de seu destino — o pequeno canal que o levaria ao píer da ilha. Não via um palmo à frente do nariz. A água descia com a força e o volume de uma chuva tropical. Puxou o leme e a embarcação retomou seu curso. Se conseguisse mantê-la assim, tudo daria certo, ele sabia disso.

De repente, algo se projetou à sua frente. Era imenso. Puxou o leme para si o máximo que pôde. O barco girou imediatamente para a direita, mas não foi o suficiente para desviar da boia Com um estampido seco, ele bateu. Seu corpo foi atirado para a frente e bateu com o rosto na borda da pequena estação de comando. Ele levantou-se xingando e passou a mão no queixo.

Procurou ver através da chuva e percebeu que estava do lado certo do canal. À esquerda, conseguiu distinguir com dificuldade os contornos da casa. Quando empurrou a alavanca para baixo, o ronco do motor deu lugar a um barulho singelo. Poucos minutos depois ele levava o barco sem ser notado até o píer.

58

— Bom — começou Damian assim que se instalaram na sala —, agora que chegamos aqui a salvo, posso contar o que fiquei sabendo pelo Dick. Depois, então, decidiremos o que fazer com o bulbo.

Depois de repassar a eles todas as informações que ele recebera de Dick, Alec comentou:

— Eu sei o que devemos fazer com isso. Esse negócio só traz desgraça. Três pessoas já morreram. O que estamos querendo? Mais mortes? Ou que o bulbo caia em mãos erradas? Será que seria tão horrível assim se nunca mais ouvíssemos falar nessa flor? Qual o problema se a *Semper augustus* permanecer um mito para sempre? Quem sentiria falta dela? Ninguém. Ninguém mesmo. — Alec olhava em súplica para todos do grupo. — Temos que destruir o bulbo.

— Como você se atreve a propor isso? — retorquiu Tara, furiosa. — Alec, você pegou o caminho errado. Não ouviu o que Damian disse? O trabalho do SCF é crucial. Se você destruir o bulbo, vai acabar deixando os três na mão: Frank, Simon e Dick. Eles terão morrido por nada.

— Poupe-me dessa sua baboseira. Há dinheiro em todo lugar. Agora que Frank não está mais entre nós, cabe a eles procurarem novos financiadores. Não, eu sei exatamente o que devemos fazer com a *Semper*.

Alec abriu a fivela, sacudiu-a até o saquinho cair e aproximou-se da lareira. As chamas altas lambiam as paredes enegrecidas. O brilho alaranjado refletia sobre a prata.

— Não! Espere! — gritou Tara.

Ela mergulhou à frente. Pendurou-se no braço de Alec com todo o seu peso.

Damian aproximou-se dela e segurou-lhe os braços.

— Deixe que ele faça o que tem que ser feito — disse, soltando-a a todo custo. — Ele tem razão. Já chega.

Enquanto tentava se livrar dele, Tara disse, ofegante:

— Espere um pouco, ouçam o que eu tenho a dizer. Não façam isso. Vocês não podem destruir a *Semper* assim, sem mais nem menos. Como podem fazer isso com Frank? Ele iria querer que dessem continuidade ao seu trabalho, eu o conhecia, ele era muito mais dedicado a isso do que vocês pensam. Vocês não fazem ideia da importância que isso tinha para ele. Era seu único propósito na vida.

Alec não fez menção de se afastar do fogo.

— Além disso, ela é minha! — A voz de Tara tornou-se estridente. — Eu determino o que acontece com ela. A *Semper* é e sempre será minha!

Damian sacudiu-a com força e gritou:

— Acorde, pelo amor de Deus! Essa tulipa idiota só traz desgraça. Você quer o quê, que mais gente morra? Será que você não entende que, se isso acontecer, você também será responsável?

De repente, ela baixou a cabeça e cravou os dentes com toda a força na mão de Damian. Ele a soltou com um grito. Naquele mesmo instante, a porta da sala se abriu com violência.

Chocados, todos olharam para o homem parado na soleira com uma pistola apontada para eles. Era alto e parecia forte. Tinha o rosto queimado de sol. Quando ele riu, debochado, uma fileira de dentes brancos e perfeitos apareceu em seu rosto. Com a mão livre, ele limpou um pouco de sangue do queixo. Seu olhar dava a impressão de que ele tinha pleno controle de si. Encarou um a um, até seus olhos azul-claros recaírem em Alec. Os cantos de sua boca subiram.

— Boa noite, Alec. É você, não? Eu vim atrás de você. Ou melhor, vim atrás disso aí que você está segurando.

O olhar de Alec desviou-se de imediato para a lareira.

— Eu não faria isso se fosse você. Ou quer que eu comece uma carnificina aqui? Não tem problema algum, é só dizer. Você viu o estado do seu tio e de Versteegen. E Beerens também não teve fim melhor, posso lhe garantir. Seus amigos podem ter o mesmo fim que eles. Você não vai querer isso, vai? Sabe de uma coisa? É melhor colocar isso em cima da lareira. Devagar. Isso, assim mesmo. E me faça a gentileza de se afastar agora. Pode se sentar, sim, todos podem se sentar. Sentados. Sentados!

Eles acompanhavam o movimento que Coetzer fazia com a arma.

— Que pena que você não estava presente quando cuidei do seu tio — continuou ele quando todos haviam se sentado. — Você deveria ter visto. Admito que quase senti respeito por ele. Foi o primeiro com quem já trabalhei até hoje que não soltou uma só palavra.

Alec levantou-se de um pulo, mas Damian puxou-o de volta para o sofá.

— E aí temos Damian Vanlint. Acabei sabendo tudo sobre você também. Gostaram da aventura?

Coetzer passou a mão pelo rosto, para afastar as gotas de chuva que escorriam do seu cabelo, e deu mais um passo para dentro da sala.

— Quem é você? — perguntou Damian.

— Não interessa.

— Como chegou aqui?

— Peguei um barco emprestado. Seu amigo não vai mais precisar.

— O que você fez com Sytse, seu filho da mãe? — gritou Damian.

— Isso é o que menos importa no momento. — Coetzer sorriu. — Não, minhas prioridades são outras. Todos aqui sabemos do que se trata. Estou aqui pela *Semper augustus*.

Alec riu com desdém.

— Então estamos todos no mesmo barco. Alguém também deve ter feito a sua cabeça e dito que isso vale muito dinheiro. — Alec apontou para a lareira. — Sabe do que mais? Pode pegar. Por favor, leve essa merda daqui, e para bem longe.

Os olhos de Tara voltaram-se para Alec.

— Ele tem razão — disse ela. — Não dá para fazer nada com o bulbo do jeito que está. E eu já deveria saber isso; afinal, fui contratada para cloná-lo.

— Não precisa me dizer quem você é. É mentira sua.

Tara balançou a cabeça.

— Pode ter certeza de que sei muito bem do que estou falando. Acabei de dar uma boa olhada no bulbo, foi a primeira vez que o vi de verdade. Está completamente seco. Não dá para fazer absolutamente nada com ele.

— Espere um pouco que eu vou lhe mostrar. — Alec levantou-se e deu alguns passos na direção da lareira.

Coetzer apontou a arma em sua direção.

— Parado! Acabei de escutar o que vocês estavam dizendo sobre o bulbo, e eu vi Tara tentando tirá-lo de você. Uma atitude um tanto despropositada por algo sem nenhum valor.

Alec soltou um palavrão.

— Quem é você? Para quem você trabalha?

A gargalhada sarcástica de Coetzer ressoou pela sala.

— Como você é patético. Não é da sua conta. Só vou pedir mais uma vez. Sentados! Se não... Esperem, tenho uma ideia melhor.

Ele deu dois passos, aproximou-se de Emma e pegou-a pelos cabelos. Com um movimento brusco, puxou sua cabeça para trás. Em seguida, encostou o cano em sua têmpora.

59

Dawn desceu do carro. Em questão de segundos estava encharcada. O vento soprava contra seu corpo, impelindo-a na direção da água. Cambaleante e com dificuldade, ela vestiu a capa de chuva que lhe enfiaram nas mãos e cobriu a cabeça com o capuz. Apressada, seguiu os investigadores que corriam na direção do píer. Os sapatos afundavam na lama e pareciam mais pesados a cada passo.

O píer não entrava verticalmente na água, mas se estendia sobre toda a largura da estreita margem. Antes de os investigadores o alcançarem, reduziram o passo até pararem. Dawn viu Ben apontar para a esquerda e sair correndo naquela direção. Ela foi atrás dele o mais rápido que pôde.

— O que foi? — perguntou, ainda ofegante, quando os alcançou.

Estavam de cócoras, curvados sobre alguma coisa. O homem estava de lado, com metade do rosto na poça lamacenta. Ben rolou-o de costas. Abaixou a gola do agasalho do desconhecido e pressionou a ponta dos dedos em seu pescoço.

Ben olhou para cima.

— Este é o barqueiro que Vanlint havia contratado para nos levar até o outro lado. Está desacordado. Temos que chamar uma ambulância.

Ele olhou para o colega e apontou com o polegar para a água, que batia com violência na margem.

— Vou com ela até o outro lado. Você fica aqui para poder indicar o caminho para a ambulância, senão eles não vão conseguir achar.

Dawn não entendeu uma palavra, mas compreendeu exatamente o que ele quis dizer com o gesto. Por cima da água agitada, olhou para o outro lado, para o fraco raio de luz ao longe.

— E como vamos chegar lá sem barco?

Ben levantou-se. Os dois caminharam juntos pelo píer. Ele se curvou, e seus olhos deslizaram pela margem.

— Por aqui. Tem algo desse lado — gritou ele.

Abriram caminho pelos juncos. Dawn tentava se desviar da folhagem dura que chicoteava seu rosto. Quando alcançou Ben, ele já estava com um pé num barquinho de ferro, a remo. Segurando a mão dele, pulou para dentro da embarcação, que começou a balançar com perigo.

— Cuidado — gritou Ben, segurando-se às bordas com as mãos. — Jamais pule, sempre embarque com calma. Sente-se ali, vou empurrá-lo. Pegue aquele remo que eu pego o outro.

— Vocês estão acostumados a tudo isso, pelo visto — gritou ela. — Estou fazendo o que posso!

Ben empurrou o barco e sentou-se ao lado dela.

— Ao meu comando, Ok? Lá vamos nós.

Eles abriram caminho devagar, mas assim que pegaram o ritmo, o barco empreendeu considerável velocidade. Não demorou muito e perderam o píer de vista.

— Um, dois; um, dois — gritava Ben no seu ouvido.

Agora a velocidade era máxima. Dawn olhou para trás. Pela borda do capuz, conseguiu distinguir a ilha. Metro a metro, a cada remada, aproximavam-se cada vez mais.

60

Coetzer pressionava o cano com tanta força na têmpora de Emma que ela fez uma careta de dor. Com a cabeça, ele fez um sinal para Alec.

— Pegue aquele negócio e traga aqui ou eu estouro os miolos dela.

Damian sentiu a adrenalina lhe subir pelo corpo. *Não se mexa. Fique calmo*. Ele respirou fundo e levantou os braços.

— Vamos com calma, você já vai ter o que quer. Alec?

Os olhos de Coetzer seguiam Alec, que se virou para a lareira e pegou o bulbo. Naqueles poucos segundos, Damian disparou para a frente. Com toda a sua força, arrastou o homem consigo para o chão. Damian, deitado por cima dele, pegou-o pelas orelhas. Com violência, bateu com sua cabeça no chão de pedra. Coetzer largou a arma com um grito. Damian ergueu-o.

— Agora eu quero ver, seu covarde safado!

Chutou-o nos testículos, e o homem caiu novamente ao solo, com as mãos na virilha.

Quando Damian ia imobilizá-lo no chão, Tara gritou, ofegante:

— Peguei!

Com as mãos, ela apontava a arma para Coetzer. Damian soltou--o e se levantou. Mas no momento em que ela deu um passo na direção de Coetzer, ele tirou, num movimento fluido, uma faca presa ao tornozelo e levantou o braço, a lâmina entre os dedos.

O tiro ecoou pela casa. A cabeça de Coetzer voou para trás. Seu olho esquerdo ficou esbugalhado e olhava estarrecido para o teto;

o direito era um buraco de sangue. Devagar, sua cabeça foi caindo para o lado.

Boquiabertos, Alec e Damian fitavam Tara, que olhava em transe para a arma. As articulações dos seus dedos estavam brancas, tamanha a força com que segurava a pistola. Alec aproximou-se bem devagar e estendeu a mão.

— Está tudo bem, me dê a arma. Pode me dar.

Ela sacudiu violentamente a cabeça. Olhando para Alec e Damian, apontou a arma para eles. Com movimentos bruscos, apontava ora para um, ora para o outro. Suas mãos tremiam.

— Emma, junte-se a eles, por favor. Muito bem, agora Alec, você também, por favor.

— Não.

— Não? — Como ele não se mexia, ela continuou: — Então você não me deixa escolha.

Devagar, ela começou a puxar o gatilho.

— Parados! Polícia! Solte a arma e vire-se devagar, com as mãos para cima.

O investigador tinha Tara na mira, que abriu logo a mão. A arma ressoou ao cair no chão. Enquanto a mantinha sob sua mira, ele aproximou-se da pistola e chutou-a na direção de Dawn.

Alec a fitava espantado.

— O que você está fazendo aqui?

— Ele ligou — disse Dawn, olhando para Damian. — Este é Van Dongen, da polícia holandesa.

— Prazer — disse Ben.

— Como está o barqueiro? — indagou Damian.

— Se tudo tiver corrido bem, a caminho do hospital. Estava inconsciente quando o encontramos.

— Espere um pouco — disse Alec. — Damian? Tínhamos combinado que não envolveríamos a polícia.

— Depois que eu soube da morte de Dick, liguei para a Scotland Yard para falar com Wainwright. Contei a ele o que eu sabia. Insisti para que tentassem colocar o assassino na nossa pista. Ele entrou em contato com a detetive Williams, que por coincidência estava em Amsterdã.

Alec soltou um palavrão.

— Você nos usou como isca? Perdeu o juízo, cara? Poderíamos estar todos mortos.

— Alec, se ele não tivesse alcançado Sytse, a polícia teria chegado a tempo.

— Ah, não.

Tara olhou confusa para as próprias mãos. Tinha sido ela? Ela tinha apontado a arma para alguém? Tara começou a tremer, e suas mãos sacudiam descontroladas. Devagar, ela foi caindo ao chão. Alguém se aproximou. Ela olhou para cima. Alec estava de cócoras ao seu lado.

— Você está bem?

Tara balançou a cabeça. Em seguida, apoiou-se de lado sobre as palmas das mãos e vomitou. Lágrimas rolavam pela sua face, alternando-se com fortes convulsões. Colocaram um pano molhado sobre sua testa e ela segurou-o firmemente. A água escorria pelo seu rosto.

— O que foi que eu fiz? — sussurrou ela.

— Não diga nada, vai ficar tudo bem.

Ela ergueu o rosto em prantos.

— Eu sinto tanto... Tinha imaginado tudo tão diferente...

Alec assentiu.

— Não tem problema. Tudo acabou bem.

— Alec, o que vamos fazer agora com a *Semper*? Não podemos jogá-la fora ou destruí-la. Seria um pecado, não é mesmo? Não concorda comigo?

61

Para turistas à procura de um pouco de paz em Londres, o Kew Gardens é uma bênção. O antigo jardim privativo do rei Jorge III fica em um dos bairros nos arredores da cidade. No final do século XIX, os jardins botânicos foram abertos ao público. Seus 132 hectares abrigam mais de 40 mil espécies diferentes de plantas singulares. Também há dezenas de edificações monumentais espalhadas pela área.

À esquerda do portão de ferro fundido de alguns metros de altura, Tara e Alec se identificaram na guarita e entraram no parque. Era quase hora de fechar. Cruzaram com alguns turistas que já estavam de saída.

— Acho esta a solução perfeita — disse ele.

Tara assentiu.

— A *Semper* estará em boas mãos aqui. Estou feliz que tenham concordado comigo.

Durante todo o percurso de volta da ilha para Amsterdã, Tara não dissera uma palavra. Quando chegaram a casa, ela subiu imediatamente para o quarto. Na manhã seguinte, disse a eles o que poderia ser feito com a *Semper augustus*. Mais cedo ela havia entrado em contato com Karl Peterson, diretor do Kew Gardens, a quem ela havia assistido durante um simpósio. Peterson dera uma palestra sobre o Banco de Sementes do Milênio, projeto iniciado por ele próprio em 2000. Ela imediatamente se encantara com seu jeito inspirador de falar a respeito dessa iniciativa. Em Wakehurst Place, West Sussex, perto do Kew Gardens, dezenas de milhares de sementes de flores e plantas de todo o mundo eram guardadas em imensos cofres subterrâneos. Não estavam ali apenas para a posteridade, mas também para servirem de depósito de alimentos, no caso de uma catástrofe natural ou causada pelo homem. Porque, além de flores e plantas, os bunkers continham sementes de grãos e vegetais.

Quando Tara lhe dissera o que queria guardar ali, o homem não conseguiu conter sua alegria. Peterson lhe garantira que a *Semper augustus* estaria a salvo em Wakehurst Place para todo o sempre.

Pararam no cruzamento.

— Esquerda, direita ou em frente? — perguntou Alec.

— Deixe-me ver. Faz um tempo que não venho aqui. Ah, sim. Já vi. Temos que ir por ali. O escritório fica do outro lado da Temperate House, aquela estufa grande.

Eles se afastaram do caminho principal, percorrendo uma alameda entre árvores e arbustos centenários, e depois caminhando na direção da enorme estufa vitoriana. Havia um muro de tijolos caiados na parte inferior, sobre o qual se apoiavam janelas tão largas que as paredes pareciam ser feitas unicamente de vidro. Terminavam, lá em cima, em uma viga de aço. A partir daquele ponto, as placas de vidro haviam sido colocadas em diagonal, até alcançarem a viga de aço do segundo andar daquela construção de 15 metros de altura.

Pouco antes da entrada para a estufa, eles seguiram o caminho à esquerda e pararam em frente ao prédio de tijolos vermelhos. A porta era mantida entreaberta graças a um saquinho de couro cheio de areia. Alec deu passagem a Tara.

O tique-taque do grande relógio de pêndulo, no hall, era discreto. O local cheirava a incenso e cera. O parquete brilhava devido aos muitos anos de uso. Nas paredes e ao longo da escadaria havia gravuras de flores e plantas com estreitas molduras douradas.

Alec apontou para cima e olhou para Tara com as sobrancelhas erguidas.

— Não faço ideia — disse ela. — Nunca estive aqui.

— Será que é melhor tocar a campainha? Ele sabia que viríamos, não sabia? Boa tarde! Tem alguém aí?

O chão rangeu acima de suas cabeças. Uma cadeira foi arrastada e, pouco depois, eles ouviram passos firmes que estancaram no topo da escada.

— Vieram para falar com Karl Peterson, nosso diretor? — perguntou uma voz monótona lá de cima. — Ele está aguardando vocês. Podem subir e seguir para a sala dele, primeira porta à direita.

A decoração da sala era moderna. Sobre a espaçosa mesa branca havia a tela de um computador, com uma grande planta carnívora ao lado. Os casulos, para onde pequenos insetos eram atraídos, pendiam pesadamente. Atrás da mesa havia uma estante com pastas de arquivo. Ao lado, diplomas e certificados na parede. Quando a porta se fechou, eles se viraram.

— Alec Schoeller e Tara Quispel, não é?

Eles assentiram. O homem era alto, tinha quase 2 metros. Seu cabelo grisalho e fino colado ao crânio em linhas penteadas. De trás das lentes dos óculos ele os observava. A partir do septo nasal, uma cicatriz atravessava-lhe o rosto até o lábio superior.

— O diretor me pediu para recebê-los e disse que vocês tinham uma doação para nós — informou, com uma voz nasalada. — Os senhores trouxeram algo para o Projeto Banco de Sementes do Milênio, não é mesmo?

Alec assentiu.

— Ele não está?

— Está, sim. Já vem. Está numa reunião. Podemos esperar por ele, se preferir.

— Vai me perdoar, mas eu realmente prefiro entregar diretamente a ele, se não se importa.

— Como preferir. Então, vamos esperar um pouco — concordou ele, apontando para as cadeiras em frente à mesa. — Sentem-se. — Ele próprio ficou de pé, ao lado, e cruzou os braços.

— Quer dizer que o senhor vem trazer a *Semper augustus*? O senhor entende que é uma aquisição fantástica para a nossa coleção, não é mesmo? Estamos muito felizes.

— Espero, para o bem do senhor, que continuem felizes — disse Tara. — Essa flor não nos trouxe muitas alegrias.

O homem ergueu as sobrancelhas. Deu uma curta risada e foi se sentar atrás da mesa.

— Ah, não? Será que ela é amaldiçoada?

— Não, claro que não — contrapôs Alec. — Mas estamos muito aliviados de podermos nos desfazer dela. Se o senhor sabe algo a respeito do bulbo, pode imaginar o motivo.

— Está se referindo ao valor dele?

— Exatamente.

— Amanhã a tulipa será levada ao Projeto do Banco de Sementes, no Wakehurst Place. Trancafiada a sete chaves, para sempre — disse, remexendo na gaveta da mesa. — Aí ninguém mais ganhará um centavo com ela... O que é uma pena.

Tara segurou a mão de Alec com força. O silenciador já estava afixado ao cano da pistola apontada para eles. A fivela, que se encontrava no bolso interno do paletó de Alec, parecia pulsar sobre seu coração, como um ser vivo.

— E então, qual dos dois está com o bulbo?

Alec controlou o medo e tentou falar com a voz mais relaxada possível. Recostou-se na cadeira.

— Você não acha mesmo que vamos entregá-lo para o primeiro que apareceu na nossa frente, acha? Seu filho da puta arrogante. Depois de tudo pelo que passamos? Vai ser o diretor ou ninguém.

— Pode ter certeza de que ele não vem mais, ou será que você ainda não entendeu? Pelo visto é mais burro do que eu pensava. Acho que você não está entendendo bem com quem está falando.

— É verdade, não faço a menor ideia — concordou Alec. — Mas também não me interessa saber. Estou farto de tudo isso.

— Vamos, me dê logo. — O homem estendeu a mão e deu um passo na direção deles.

— Não. — Tara levantou-se e pressionou a bolsa contra o peito.

O homem virou-se para ela. Nesse instante, Alec pulou da cadeira e, como um autêntico jogador de rúgbi, deu um encontrão no ombro dele, fazendo com que caísse para trás e batesse com a cabeça na parede. A arma voou da sua mão e deslizou até o outro lado da sala.

Alec pegou a mão de Tara e puxou-a para fora dali. Pelo canto do olho, viu o corpanzil escorregando pela parede até o chão. A cabeça caiu para a frente e os braços penderam moles ao longo do corpo.

62

— No que você está pensando?

Damian olhou para Emma, que estava deitada ao seu lado, e sorriu.

— Que Frank estaria feliz com essa solução. E Wouter Winckel provavelmente também.

Ela ergueu o corpo.

— Dá para imaginar, viver num país onde você se sente ameaçado só por expressar sua opinião?

— Ou professar sua fé. Não, no que diz respeito a isso, estamos bem por aqui.

— Por enquanto.

Damian fitou o teto.

— Ainda acho impressionante como a liberdade conquistada por um povo pode ser suprimida assim, de uma hora para outra. Como se houvesse um movimento ondulatório. Podemos prová-la num momento, e, em seguida, tudo voltar a ser como antes.

— É só um grupo achar que o limite extremo da liberdade foi alcançado...

Ele olhou para ela.

— Você alguma vez chegou a esse limite?

— Cheguei, e sei exatamente onde se encontra. Você quer saber como?

— Como?

— Descobrindo por mim mesma. Porque você me deu a liberdade de fazê-lo. E é por isso que gosto tanto de você.

No momento em que ele se debruçou sobre ela, o telefone tocou.

— Não atenda — pediu ela, baixinho.

Ele sorriu e tomou-a nos braços. O telefone parou por alguns segundos, mas logo o celular começou a tocar.

— Talvez seja melhor atender.

Ele suspirou e pegou o aparelho.

— Vanlint.

— Sr. Vanlint, aqui é Wainwright. Perdoe-me incomodá-lo, mas gostaria de colocá-lo a par de algo. Descobrimos quem ameaçou sua vida e assassinou Schoeller e Versteegen.

Ele se sentou.

— Sim?

— Levou algum tempo, tendo em vista que ele fazia uso de diversas identidades. A Interpol está atrás dele há anos.

— A Interpol?

— Sim, era um assassino de aluguel.

Damian se ajeitou na cama.

— Mas isso quer dizer...

— Que o mandante dos crimes continua livre. É por isso que estou ligando para o senhor. Onde está o bulbo?

— Alec e Tara levaram para a Inglaterra. Vão entregá-lo ao Kew Gardens.

— Ao Kew Gardens? Como assim?

— Para que seja conservado no Projeto Banco de Sementes do Milênio — explicou Damian apressado. — Vocês têm que ir para lá o mais rápido possível.

63

Eles pararam ofegantes. Já havia escurecido, e o parque estava deserto. Do lugar onde se encontravam, os caminhos pouco iluminados seguiam em todas as direções.

— Para onde vamos?

Ouviram passos pesados descendo as escadas atrás deles.

— Para lá — gritou Alec. — Venha.

Eles correram o mais rápido que puderam na direção da Temperate House e então subiram as escadas para a estufa. Alec empurrou a estreita porta e puxou Tara para dentro.

O calor dos trópicos envolveu-os. Alec olhou em volta com atenção, à procura de algo para bloquear a porta. Com as mãos, pegou a borda de um vaso de terracota imenso e tentou puxá-lo. Não havia como movê-lo.

Tara olhou para fora.

— Ele está se aproximando— gritou. — Para onde podemos fugir?

O homem chegara à escadaria e estava no primeiro degrau. Alec olhou em volta. A disposição no interior da estufa era muito clara. Havia dois corredores azulejados entre os canteiros, que se estendiam paralelos de um lado a outro e se encontravam no centro, exatamente onde Tara e Alec estavam.

— Olhe — disse Alec, apontando para a escada em caracol, de ferro fundido. — Vamos subir.

Um tiro se fez ouvir, e o som de vidro estilhaçando. Num milésimo de segundo, Alec sentiu o ar se deslocar. A bala havia acertado uma palmeira a poucos metros de distância. Eles correram até a escada e subiram a toda velocidade.

— E agora? — perguntou Tara, sem ar. Gotas de suor brilhavam em sua testa. Eles se encontravam numa passarela alta de metal, que atravessava toda a extensão da estufa, para que os visitantes pudessem ver as plantas de cima. — Estamos encurralados — gritou ela. — Veja, Alec, ela dá a volta. Não vamos conseguir chegar a lugar nenhum daqui.

Alec apoiou-se no corrimão e olhou para baixo. O homem havia corrido na direção contrária. Apavorado, viu algo transparecer no meio da folhagem, ao longe. Era outra escada. À esquerda ou à direita, aonde quer que fossem, acabariam encontrando-o. Só lhes restava descerem, mas isso também não adiantava muita coisa. O agressor perceberia imediatamente e chegaria à base da escada no mesmo instante que eles.

Passos pesados ressoavam nos degraus de metal. Em questão de segundos ele estava diante dos dois. A uma distância de alguns metros, eles se entreolhavam por cima da copa das árvores, à espera de quem daria o primeiro passo. Mesmo de longe, Alec ainda percebeu que o homem respirava com dificuldade. Seu peito subia e descia pesadamente. Ele tomou uma decisão e pegou a mão de Tara.

— Quando eu contar "três", corremos a toda velocidade para o lado direito da passarela, certo?

— E aí? Ele vai estar lá esperando por nós.

— Confie em mim.

Ela assentiu com a cabeça. No "três", eles correram pela passarela. O som dos seus pés retumbava no metal. Ao longe, Alec viu o homem largando o corrimão e caminhando com calma na direção deles, a arma em riste.

— Alec, não! — gritou Tara. — Estamos indo direto para cima dele.

— Pare aqui, agora! Pule!

Com um pulo, os dois mergulharam de lado, na copa das árvores. Foram caindo pelas folhas e galhos da palmeira de 16 metros de altura, até chegarem ao chão, com um baque surdo. Tara olhou em volta, num torpor. Gemendo, pôs a mão no cotovelo. Alec ajudou-a a se levantar, enquanto pressionava um dedo nos lábios. Ela seguiu seu olhar para cima. O som de passos estava se afastando. Na ponta dos pés, Alec e Tara seguiram na mesma direção. Perto da escada, ele apontou para o nicho sob os degraus. Eles se espremeram naquele espaço apertado e encostaram-se o máximo que podiam na estreita parede. Ouviram o homem descendo as escadas. De repente, ele parou. Através do ferro trabalhado, viram, acima deles, as solas dos sapatos deslizarem levemente sobre o patamar. O homem ficou parado ainda um instante, mas logo continuou a descer, devagar. Assim que seus pés tocaram o solo, Alec curvou-se para a frente, pegou os tornozelos do homem e deu um puxão. Com um grito, ele caiu de bruços, batendo o rosto no chão e soltando a arma.

— Tara, pegue a arma! — gritou Alec, que havia se deitado sobre o agressor para imobilizá-lo.

Ela lhe jogou a pistola. Devagar, Alec se levantou.

— De pé!

O homem olhou para eles. Sangue escorria do seu nariz, que parecia estranhamente torto no seu rosto. Ele se apoiou sobre as mãos e ergueu o corpo até ficar de joelhos. De repente, se deixou cair. Gemendo, levou as mãos ao rosto.

— Agora é a nossa vez — disse Alec. — Quem é você?

O homem balançou a cabeça e começou a dar risadinhas.

Alec deu-lhe um pontapé na perna.

— Quem é você? O que você queria com o bulbo?

Quando o homem sorriu, Alec percebeu que lhe faltava um dente. E que estava sangrando pela boca. Depois de cuspir, o homem disse:

— Eu tenho dinheiro. Quer? Trinta e dois milhões de euros. Tenho tudo isso e posso dar a você agora mesmo, se me entregar a *Semper*.

— Foi você? Foi você que sumiu com todo o dinheiro do fundo?

Devagar, ele assentiu com a cabeça. Gotas de sangue pingavam no chão molhado e se espalhavam, formando manchas.

— Fui eu, sim. Eu precisava do dinheiro para comprar a *Semper*.

— E por acaso foi você quem começou esse fundo?

— Eu fui um dos que tomaram essa iniciativa.

— Você queria a *Semper* para poder devolver o dinheiro aos investidores? — perguntou Tara.

O homem deu uma gargalhada.

— Claro que não, sua burra! Nenhum deles sentiria falta do dinheiro, eram todos podres de ricos. Achei que era um bom valor para um único bulbo. Mas quando Frank percebeu de onde eu tinha tirado o dinheiro, não aceitou mais minha oferta.

— E essa recusa lhe custou a vida...

O vigarista assentiu.

— Ele sabia demais e ia abrir o bico.

— E você acha mesmo que eu vou aceitar sua oferta?

— Cada um é diferente.

— E quanto a Simon? — perguntou Tara.

Ele levantou a cabeça.

— Simon estava com problemas financeiros por ter investido no fundo. Ele não sabia que eu tinha dado sumiço no dinheiro e pensava que eu, assim como ele, tinha sido enganado, que eu também tinha perdido todo o meu dinheiro investido.

— Vocês trabalharam juntos para conseguir a *Semper*? — perguntou Tara, com a voz alterada.

Ele concordou.

— No início, sim. Até Simon mudar de ideia. Quis voltar atrás. Mas aí ele já sabia demais.

— E então você mandou matá-lo também? E o diretor, onde ele está? Onde está Peterson? Por acaso você também...

O homem apoiou-se no chão e, devagar, começou a se erguer. Cambaleante, ajeitou as costas e estendeu os braços.

— Sabem de uma coisa? Eu tenho outra ideia. Eu dou o dinheiro a vocês e vocês me soltam. Podem ficar com o bulbo. Têm ideia de tudo que podem fazer com esse dinheiro? Tara? Você vai poder financiar suas pesquisas. Todo o dinheiro de que você precisa está ao alcance da sua mão.

Tara balançou a cabeça.

— Você chegou tarde — retorquiu ela. — Se você tivesse me oferecido isso há uma semana, eu teria aceitado num piscar de olhos. Mas agora, não mais.

— E por que não? O que mudou?

— Eu. Eu mudei.

De repente, um feixe de luz iluminou o rosto do homem, que, num reflexo, protegeu os olhos com o antebraço. Alec puxou Tara para si. Alguém gritou, segurou-os e levou-os para fora. Policiais fortemente armados passaram por eles e miraram no homem, que tinha as mãos erguidas sob o feixe de luz.

Sob escolta, eles saíram da estufa. Para sua surpresa, Alec viu Wainwright esperando por eles.

— Então, Sr. Schoeller? Aposto que o senhor nunca imaginou que um dia ficaria feliz em me ver.

Dawn estava atrás dele, sorrindo.

64

Após amarrar o barco de Sytse, Damian entrou na casa. Com cuidado, girou a rolha da garrafa de champanhe e encheu as taças.

— Pronto. Ainda vai demorar um pouco até Sytse conseguir navegar de novo, mas estou muito feliz que ele esteja se recuperando bem daquela pancada. Espero não receber nenhuma visita inesperada desta vez.

— E eu espero que desta vez tudo tenha acabado mesmo — disse Emma. — Então, Alec, é verdade que aquele cara queria a *Semper augustus* só pelo dinheiro?

— É. Parece que os envolvidos na usina de ideias, aquele projeto que Dick mencionou, não tinham nada a ver com a morte de Frank e Simon. Pelo menos foi o que entendi do que Wainwright disse. Coetzer foi contratado para descobrir onde Frank escondera o bulbo. Como ele não abriu a boca, Coetzer o matou. Aí eles acharam que eu devia saber onde Frank havia escondido a *Semper augustus.*

— Agora eu sei por que Simon comentou que, se alguém sabia de alguma coisa, esse alguém devia ser você — lembrou Tara. — E eu caí feito uma tola. O que ele queria mesmo era descobrir, através de mim, onde a *Semper* estava.

— Tara, Simon estava desesperado — disse Damian. — Tenho certeza de que ele jamais quis colocá-la em perigo. Além disso, ele já estava arrependido do que tinha feito, caso contrário, não o teriam assassinado.

— Talvez você tenha razão. De qualquer forma, estou feliz que Karl Peterson tenha guardado a *Semper augustus* a sete chaves. O bulbo está no seu devido lugar.

— Que sorte ela ter sobrevivido intacta. Afinal, ele ficou feliz?

Tara sorriu.

— Mas é claro! Um bulbo desses é um achado para o instituto. Ele mandou que a levassem imediatamente para Wakehurst Place.

— Falando em tulipas, o que eu não entendo é por que Coetzer gravou o desenho de uma tulipa no peito de Frank e na parede de Simon. Por que será que ele fez isso? — perguntou Emma.

— Eu também me fiz a mesma pergunta — disse Damian. — Wainwright acha que ele quis deixar uma pista falsa para a polícia, para que pensassem que havia um assassino em série à solta, e que a tulipa era sua assinatura.

Alec se espreguiçou.

— Só espero uma coisa, que a *Semper augustus* fique para sempre em Wakehurst Place.

Tara assentiu com a cabeça.

— E, desta vez, não mais numa morada espiritual de prata, mas numa de aço intransponível.

Wakehurst Place

West Sussex, 2009

Um a um, seus colegas de trabalho iam para casa, deixando-o sozinho para trás, na parte mais bem guardada do prédio. Nas últimas semanas, ele sempre ficava até tarde, por isso não estranhavam mais.

Assim que teve certeza de que todos haviam ido embora, ele abriu a porta para o laboratório e dirigiu-se para o largo corredor que levava às portas dos cofres. Parou diante da segunda. Digitou o código conhecido por apenas um pequeno grupo de funcionários do Projeto Banco de Sementes do Milênio. Quando a luz verde se acendeu, ele empurrou a pesada alavanca para baixo e entrou.

Havia gavetas de metal cobrindo todas as paredes. Cada uma delas tinha uma etiqueta com um número. Foi até a parede da direita e se ajoelhou. Ele sabia exatamente qual queria. Puxou-a para si. Enquanto a levava para a mesa no centro do local, passava o dedo sobre a etiqueta e sussurrava:

— Você é o meu futuro.

Colocou a gaveta sobre a mesa com cuidado. Prendeu a respiração por alguns instantes. Ali estava ele. Era quase inimaginável que aquele negócio marrom e horroroso ocultasse uma essência divina. Que fosse tão valioso. Ele sorriu. O fato de terem lhe pedido para conseguir o bulbo para eles enchia-o de orgulho. Disseram que tinham esperado tanto tempo por aquilo, e que estavam atrás dele havia dois anos, que até tinham perdido as esperanças de consegui-lo. Haviam-no convencido de que ele era o único capaz de ajudar.

Ele conhecia os riscos e sabia que seu emprego estava em jogo, mas o desafio da incumbência e a fortuna que lhe haviam prometido convenceram-no. Tinha a convicção de que essa seria uma chance única durante toda a sua carreira.

Ele bateu no bolso do jaleco e deslizou a mão para o seu interior. Os dedos envolveram o bulbo ressecado que ele colocara ali mais cedo. À primeira vista, não havia diferença entre aquele e o da Semper augustus. *Não, levaria anos até descobrirem que o bulbo valioso havia sido trocado por um exemplar sem valor.*

Depois de fazer a troca, ele voltou para a parede. Ajoelhou-se e empurrou a gaveta de volta no lugar. Pensou na soma que seria depositada no dia seguinte, na sua conta secreta. A partir daquele momento, ele seria livre. Então, poderia montar seu próprio laboratório, desenvolver suas pesquisas e comprar o que quisesse.

A porta pesava como chumbo, e ele teve de fazer uma força enorme para trancar o cofre. Olhou para o corredor deserto. Voltou rapidamente para o laboratório.

— Então, rapaz, trabalhando até tarde?

— Mas que susto você me deu!

O guarda olhou-o gentilmente.

— É, percebi. Desculpe, mas estou fazendo a minha ronda. Não está na hora de ir para casa? De cair na farra? É sexta-feira à noite! Um rapaz da sua idade não deveria estar trabalhando o tempo todo. Você tem que aproveitar a vida! — O guarda abriu os braços e deixou-os cair de novo. Levantou o dedo em riste. — Porque antes que você se dê conta, ela acaba. Pode acreditar nas palavras de um velho sábio. Você tem é que aproveitar ao máximo.

Assentindo com a cabeça gentilmente para o guarda, ele colocou a mão no bolso do jaleco. Os dedos acariciavam o bulbo.

— Eu sei o que você quer dizer, e pode ter certeza de que vou aproveitar. Não se preocupe.

AGRADECIMENTOS

Sem o apoio, as palavras motivadoras e a confiança de meu querido marido, meus pais, minha sogra, minha família e meus amigos, eu jamais teria conseguido. Sou-lhes muito grata. O mesmo se aplica às minhas leitoras Godelieve e Liliane, que demonstraram uma profunda amizade com as críticas ao manuscrito. Além disso, tenho uma imensa dívida de gratidão para com meu agente, Paul Sebes, e minha editora, Juliette van Wersch, pelo incentivo, pelas correções e pela paciência.

O fantástico livro *Tulipomania*, de Mike Dash, me inspirou profundamente. Além das fontes escritas e digitais que pesquisei, algumas pessoas ainda me cederam seu tempo para responder a perguntas. Sou grata a Bert Stoop e Simon de Waal, da Delegacia de Polícia Amsterdã-Amstelland; a Harry de Raad, do Arquivo Regional de Alkmaar; e a Jan Pelsdonk, do Museu do Dinheiro em Utrecht.

Esta é uma obra de ficção. Os personagens e acontecimentos são baseados parcialmente em fatos históricos e atuais, mas foram integrados ao livro para servirem aos meus propósitos. No meu site, www.daniellehermans.nl, há informações sobre os acontecimentos e as fontes que consultei para este livro.

Este livro foi composto com a tipologia Palatino, em corpo 11/16, impresso em papel off-white pelo Sistema Cameron da Divisão Gráfica da Distribuidora Record.